AF284025

Sasha Del Serce, geboren in der Schweiz, ist während ihres 4. Lebensjahres mit ihrer Familie nach Südamerika und Südafrika ausgewandert. Mit 13 ist sie zurückgekehrt in die Schweiz, wo sie bis heute lebt.

Für ihr erstes Buch „Life is Beautiful" hat sich Sasha von ihrer Fantasie inspirieren lassen.

facebook.com/sasha.delserce

Sasha Del Serce

Life is Beautiful

Roman

Bibliografische Information der Deutschen
Nationalbibliothek:
Die Deutsche Nationalbibliothek verzeichnet diese
Publikation in der Deutschen Nationalbibliografie; detaillierte
bibliografische Daten sind im Internet über
http://dnb.dnb.de abrufbar.

© 2021 Sasha Del Serce

Herstellung und Verlag: BoD – Books on Demand,
Norderstedt

ISBN: 978-3-7534-9099-1

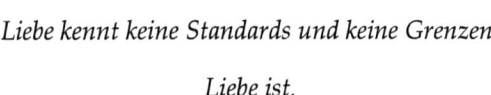

Liebe kennt keine Standards und keine Grenzen.

Liebe ist.

1

„Findest du nicht, dass man mir das Alter langsam ansieht?" Ich stehe im Bad mit meiner Freundin Stella und starre mich im Spiegel an. Ich grinse und Lachfältchen bilden sich um meine Augen.

„Sandra, im Ernst, du siehst super jung aus und deine Grübchen sind so süß und sexy. Du brauchst eine Brille, das ist sicher." Stella verdreht die Augen und schaut mich von der Seite an. „Du bist 35 und siehst aus wie 28! Ich habe gelesen, dass wir Frauen sexuell erst in den Dreißigern richtig in Fahrt kommen." Stella hebt eine Augenbraue und schmunzelt. „Dann kannst du jetzt Vollgas geben und dein Liebesleben auskosten."

Ich bin ein bisschen überrascht, dass so ein Satz von Stella kommt. Ich sehe sie belustigt an und schaue dann wieder zurück in den Spiegel. Mein eher bleiches Gesicht und meine braunen Augen finde ich total langweilig, aber meine langen, dunkelblonden Haare reißen es raus. Ich schließe kurz die Augen und meine innere, mahnende Stimme sagt: „Ich bin gut, wie ich bin. Ich bin schön und sexy!"

„Also ich habe gelesen, dass man ist, was man denkt. Wenn ich mir jeden Tag sage, wie schön ich bin, und wenn ich es auch so richtig spüre und glaube, dann bin ich es auch und mein Umfeld denkt es auch. Ich habe mir geschworen, dass ich mich lieben werde, egal wie ich mich fühle. Mein neues Motto heißt: Brüste raus, Kinn hoch, zeig, was du hast und sei stolz drauf. Jedes Fältchen zeigt Lebenserfahrung." Ich öffne meinen Mund und zeige Stella die Zähne für die Nach-dem-Essen-Kräuter-in-den-Zähnen-Kontrolle.

„Alles gut, Sandra, du hast nix zwischen den Zähnen." Sie grinst und zeigt mir ihre Zähne. „Alles gut bei mir?"

Ich lache. „Jep, alles schön wie immer."

Und das meine ich auch so. Stella ist einfach wunderschön. Sie hat eine goldbraune Haut, große, honigbraune Augen und attraktive, volle Lippen. Sie hat eine sportliche Figur und kann einfach alles tragen. Sie hat diese zeitlose Eleganz. Stella und ich haben uns bei der Arbeit kennengelernt. Wir sitzen auf demselben Stockwerk und treffen uns ab und zu im Bad, um unsere News zu teilen.

„Ich finde das eine gute Einstellung, Sandra. Wie soll dich jemand lieben, wenn du es selber nicht tust? Das hat was!" Stella nickt und bestätigt damit meine Theorie.

Wir machen uns auf den Weg zurück zum Schreibtisch. „Stella, ich muss dir was sagen", meine Stimme wird leiser, „ich bin jetzt seit fünf Jahren Single, und wenn ich ehrlich bin, hatte ich schon seit fünf Jahren keinen... Du weißt schon..."

Stella bleibt stehen und sieht mich fragend an. „Nein, ich weiß es nicht..."

Direkt sage ich: „Sex... Ich hatte schon seit fünf Jahren keinen Sex mehr. Oder besser gesagt seit sechs Jahren."

Sandra sieht mich sehr ernst und fast schon wie eine strenge Lehrerin an. „Das ist nicht dein Ernst. Du? Das überrascht mich wirklich. Ich hatte immer das Gefühl, dass du die Sexgöttin bist, die ständig begattet wird von verschiedenen Typen, du bist sexy und dazu auch sehr offen, wenn es um Sex geht. Außerdem gehst du ständig Salsa tanzen, da gibt es bestimmt einige schöne, heißblütige Männer, die dich ins Bett kriegen wollen. Salsa ist doch Sex auf der Tanzfläche."

Ich schüttle meinen Kopf. „Das war ich vor langer Zeit, aber das interessiert mich nicht mehr. Ich tanze Salsa gern leidenschaftlich, ich flirte auch auf der

Tanzfläche, die körperliche Nähe beim Tanzen ist für mich ganz normal, es ist nichts Besonderes. Natürlich ist es manchmal auch sehr erotisch und es prickelt ein bisschen, aber es ist nie mehr als das. Außerdem hatte ich meine Beziehung mit Mike. Das Thema Sex war für mich einfach sehr unwichtig. Wir hatten im letzten Jahr unserer Beziehung keinen Sex mehr. Ich weiß nicht wieso, aber ich habe auch gar nicht mehr so viel Lust auf Sex. Mike war sowieso immer unterwegs und ich war ganz froh drum, dann musste ich nicht mit ihm schlafen. Mike hat dann mit der Zeit auch immer weniger Interesse gezeigt an Sex. Wir hatten einfach eine schöne Beziehung mit wenig Sex. Für mich stimmte das so. Hätte Mike nicht Schluss gemacht, wären wir jetzt glücklich verheiratet. Schade, dass er die Karriere bevorzugt hat. Er ist und bleibt meine große Liebe. Ich glaube, dass er immer noch Single ist. Er hat wenig Interesse an einer neuen Beziehung."

Ich merke, dass mir das ganze Thema etwas peinlich ist.

Meine Freundin schaut mich bohrend an. „Sandra, wir kennen uns jetzt schon seit sieben Jahren und das erzählst du mir erst jetzt! Du willst mir doch nicht sagen, dass dich das wirklich glücklich gemacht hat und dass dir nichts fehlt!"

Bei Stella bin ich immer ein bisschen zurückhaltend mit solchen Themen. Sie ist super korrekt, ein fleißiges

Bienchen, immer hilfsbereit und man hat das Gefühl, dass man solche Themen vielleicht nicht unbedingt mit ihr besprechen sollte, weil sie total rein und unschuldig wirkt, wie die Jungfrau Maria. Aber sie überrascht mich immer wieder aufs Neue mit ihrer ehrlichen, toleranten, offenen Art. Sie ist einfach einer der nettesten Menschen, die ich kenne.

Wir stehen noch immer mitten im Gang und sehen uns an. Stella lächelt. „Komm, wir machen uns am Samstag einen schönen Abend mit Dirty Dancing, Hugo, Pizza und Eiscreme. Dann können wir über Sex und die Liebe sprechen. Die Wände haben hier Ohren."

Wie auf Kommando öffnet sich die Tür und Rose stürmt auf mich zu mit einem bösen Blick. „Sandra, da bist du ja, ich dachte schon, dass ich ohne dich an die Sitzung muss!" Ich schaue auf die Uhr. „Oh, oh, ich hätte es fast vergessen, sorry. Stella, ich muss los. Heute treffen wir uns mit dem neuen Mitarbeiter. Keine Ahnung, um was es geht. Bis später, meine Liebe!"

Stella ruft uns nach: „Reserviert euch den Samstag, wir machen einen Mädelsabend!"
Rose zieht mich am Ärmel mit und wir machen uns auf den Weg zum Sitzungszimmer. Ich frage sie: „Kennst du den Neuen schon?"
Sie verzieht das Gesicht. „Ja, ich mag den Typen nicht, scheint ein bisschen arrogant zu sein und er sieht

nicht wirklich gut aus. Ein Macho ohne Inhalt. Aber er hat diesen schönen, spanischen Akzent. Das ist wohl das Einzige, was ihn einigermaßen nett wirken lässt. Ich glaube, dass er aus Spanien kommt."

Stella und Rose sind meine besten Freundinnen. Rose kenne ich erst seit einem Jahr, aber sie ist mir sehr nah und ich kann ihr einfach alles erzählen. Wir haben ein endloses Vertrauen zueinander. Sie ist eine sehr beeindruckende Person, denn sie ist zwar erst 25 Jahre alt, aber schon reif und weise wie eine alte Seele. Sie ist super emphatisch und sie kann mir meine Sorgen und Gedanken vom Gesicht ablesen. Ich finde sie sehr schön mit ihren großen, blauen Augen, den blonden, langen Haaren, die sie meistens in einem Dutt trägt. Durch den ganzen Sport, den sie treibt, hat sie einen voll definierten Körper. Super sexy, ohne dass sie es weiß! Sie ist mein Vorbild in so vielen Dingen, weil sie immer ihrem Bauchgefühl folgt und nichts tut, was sie nicht tun will.

*

Wir betreten den Sitzungsraum.

„Hi", der Neue baut sich vor mir auf, „ich bin Ruben."

„Hi, Rrruben, ich bin Sandrrra", sage ich und grinse kurz Rose an. Habe ich da gerade ein bisschen übertrieben mit dem rollenden R? Er scheint das sowieso nicht gemerkt zu haben. Er schaut mich an ohne Regung im Gesicht.

Ruben ist groß, hat grüne Augen, dunkles, gewelltes Haar und ist ein bisschen stämmig gebaut mit Hüftgold. Seine vollen Lippen sind sehr schön, aber das ist auch alles. Sein Blick ist grimmig und arrogant, wie Rose beschrieben hat. Nein, ich finde ihn wirklich auch nicht allzu gutaussehend. Echt unsympathisch.

„Willkommen in der Firma, Rrruben. Hast du gut gestarrrtet?", frage ich. Rose schaut mich mit großen Augen an. Sie versucht, mir dezent ein Zeichen zu geben, damit aufzuhören. Aber ich finde es gerade so lustig.

„Ja, danke. Ich habe gut gestartet und ich würde sehr gern direkt zum Thema kommen. Ich arbeite im Business-Process-Team. Ich habe den Auftrag, die internen Prozesse zu optimieren und dafür sollen wir beide zusammenarbeiten. Ich habe gehört, dass du die Prozesse sehr gut kennst von den einzelnen Teams. Das wurde mir so gesagt." Er schaut mich an mit einem unangenehmen Stechblick, der mich schon jetzt ziemlich nervt.

„Klar, können wir gern tun, stell mir doch einfach für nächste Woche einen Termin ein, dann kannst du mir genau erklären, was du zu tun hast und wie ich dir dabei helfen kann."

Er schaut mich fragend an. „Können wir nicht jetzt damit beginnen? Wir werden gemeinsam an diesem Projekt arbeiten. Ich denke, dass die Zusammenarbeit ein paar Monate dauern wird, und es wäre gut, wenn wir das jetzt vorbesprechen können."

Rose räuspert sich. „Leute, ich denke, dass ihr mich hier nicht braucht, oder? Hat mich gefreut, Ruben. Bis gleich, Sandra." Sie steht auf, lächelt mich an, zwinkert mir zu und verlässt einfach den Sitzungsraum.

Oh Mann, wie das nervt. Ich schaue Rose flehend nach und sie zieht einfach die Tür hinter sich zu, ohne noch einmal zurückzuschauen.

„Ruben, ich habe keine Zeit, aber wenn du mir für die nächste Woche einen Termin schicken könntest, dann..."
Er unterbricht mich: „Du kommst mir irgendwie bekannt vor, Sandra. Tanzt du Salsa?"

Ich bin etwas überrascht. „Eh, ja, wieso?"

Er lacht. „Weil wir uns vor Jahren einmal begegnet sind in der Dream Dancers Tanzschule. Ich glaube, dass du da Salsa geschnuppert hast."

Ich erinnere mich. „Stimmt, da habe ich mal geschnuppert. Warst du auch in diesem Kurs? Ich kann mich nicht an dich erinnern."

Er starrt mich an. „Wir haben sogar getanzt für etwa 15 Sekunden. Ich war damals ein bisschen dicker."

Ich überlege. „Ich hatte da nur mit dem Tanzlehrer kurz den Grundschritt demonstriert, der mir gesagt hat, dass ich Anfängerniveau tanze."

Er grinst, zieht eine Augenbraue hoch und nickt.

Ich kneife die Augen zusammen. Ungern erinnere ich mich an diesen Moment zurück. Er hatte sich vor der ganzen Klasse lustig gemacht über mich. „Ach, das warst du! Jetzt, wo du es sagst, erinnere ich mich. Na ja, es hat mir dann doch nicht so gut gefallen in dieser Tanzschule. Ich habe mich für eine andere entschieden. Aaalso, Ruben, dann sehen wir uns nächste Woche? Schick mir bitte einen Termin. Ich muss jetzt los."

Wir verabschieden uns und ich gehe zurück an meinen Arbeitsplatz.

Rose grinst mich breit an. „Tut mir leid, ich hatte echt keinen Bock, über Prozesse zu sprechen, das interessiert mich nun wirklich nicht. Ich weiß echt nicht, wieso mein Boss mir gesagt hat, dass gerade ich dieses Meeting arrangieren soll. Der Typ ist schrecklich, oder!?"

Ich verdrehe die Augen. „Oh ja, ich finde ihn echt unsympathisch, arrogant, und stell dir vor, wir kennen uns. Hilfe!"

Rose macht große Augen. „Waaas!!!"

„Ja, vor drei Jahren habe ich mal einen Schnuppertanzkurs gemacht in der Dream Dancers Tanzschule. Er war der Lehrer! Ich habe ihn nicht wiedererkannt, weil er damals ziemlich dick war. Außerdem hat er einfach auch keinen bleibenden Eindruck hinterlassen." Ich lache laut.

„Das gibt's doch nicht! So ein Zufall. Die Welt ist klein."

Ich packe meine Sachen zusammen. „Ja, stimmt. Die Welt ist echt klein. Hey, ich gehe nach Hause. Wir sehen uns morgen."

Rose nickt, schickt mir einen Luftkuss zu und vertieft sich wieder in ihren Bildschirm.

In Gedanken versunken spaziere ich zur Bushaltestelle. Rrruben. Was haben diese Südländer nur für ein Selbstvertrauen. Woher kommt das bloß? Der Blick von Rose war so lustig. Er ist derart arrogant, obwohl er bis auf diese großen, vollen Lippen nicht gut aussieht.

Wieso gibt es in unserer Firma nicht einen einzigen schönen Mann, aber dafür umso mehr schöne Frauen? Wahrscheinlich, weil 80 % der Führungskräfte Männer sind, die nur die schönsten Frauen aussuchen, um sich täglich aufzugeilen. Bei den Männern suchen sie wahrscheinlich die kleinste Konkurrenz aus, deshalb muss es ein hässlicher Idiot ohne IQ sein, damit sie selber gut dastehen. Es würde sonst auffallen, was sie für Pfeifen sind.

Was sagt das über die Führungskräfte, nein, über die Firmen, nein, über die Männer dieser Welt aus?

Ich grinse wieder und sage laut: „Sandra, achte auf dein Karma!"

2

Ich wiege mich hin und her zum sanften Klang der Musik im Hintergrund. Ich summe leise zu meinem Lieblingslied „Ne Me Quitte Pas" von Yuri Buenaventura. Das Lied hat etwas Melancholisches. Ich stehe auf einer großen Terrasse mit Sicht auf einen See. Oder ist es das Meer? Die Sterne und der Mond sind riesengroß und spiegeln sich im Wasser. Ich schließe die Augen, drehe mich langsam im Kreis und fange an, zur Musik zu tanzen. Die frische, warme Luft tut gut. Sie riecht nach Sommerblumen.

Ich spüre, wie sich von hinten sanft ein Körper an mich drückt. Eine Hand streicht mir über meinen Bauch und zieht mich an sich heran. Ich lege meinen Kopf in den Nacken und fühle warme Lippen an meinem Hals. Warm und ... feucht. Sehr feucht! Üüüüh! Ich höre ein Schnurren. Hä? Ich öffne die Augen und liege in meinem Bett. Meine Katze liegt schnurrend auf mir und drückt mir ihre Krallen voller Liebe in die Brust.

„Aaau, Mokka! Du süßer Teufel, wieso musst du immer so geifern, wenn du schnurrst!" Ich wische mir das Gesicht ab. „Guten Morgen, meine einzige und größte Liebe, hast du auch so schön geträumt wie ich?" Mokka antwortet mit einem dramatischen „Miauuu" und trabt mir hinterher ins Bad.

Was für ein Traum! Ich bin noch etwas beschwipst von diesem Gefühl und spüre ein Ziehen in meinem Bauch. Es ist tatsächlich lange her, seit ich das letzte Mal so einen Traum hatte. Was soll das! Wieso sollte ich jetzt Lust verspüren! Etwa wegen meiner Begegnung mit Ruben? Der Typ ist in seinem ganzen Wesen einfach nur abstoßend. „Was soll das, Sandra! Bist du jetzt auf einmal läufig!?" Ich grinse und schüttle meinen Kopf.

Unter der Dusche schließe ich die Augen. Ich lasse das warme Wasser über mich rieseln. Heute fühle ich mich wirklich etwas, sagen wir mal, angeregt. So weich und warm und sexy. Na gut, wieso nicht? Die Lust ist ein seltener Besucher.

Wer soll der Glückliche sein für mein Liebesspiel? Mario Lopez oder Liam Hemsworth? Nein, er muss etwas Reifes und Dreckiges haben. Vielleicht Jason Momoa. „Jaaa, genau, du bist es, Jason!" Ich streiche mir über meine Brüste und stelle mir sein Gesicht vor, kneife meine Brustwarzen. Ich halte kurz inne und kneife fester.

„Nee, das tut nichts für mich." Ich fahre mit meinen Fingern zwischen meine Schamlippen und bewege sie hin und her, dringe in mich so tief es geht mit meinem Mittelfinger ein. Ich stelle mein Bein auf den Duschrand, damit ich tiefer komme. Ich lasse meinen

Finger kreisen und mache mich auf die Suche nach einem Kribbeln.

Vor einiger Zeit hatte ich in einem Buch gelesen, dass Sex gelernt und geübt werden muss. Es ist nicht einfach gut. Wir Frauen müssen das wirklich regelmäßig üben. Wir müssen uns berühren und die guten Stellen finden, weil jede Frau anders ist, und wie es scheint, ist meine richtige Stelle speziell gut versteckt. Ich finde sie einfach nicht.

„Aaarg!" Jason ist weg. Leider nein. Heute nicht! Schade. Ich bin einfach nicht sexuell. Ich ärgere mich total. Wie sehr würde ich mir eine schnelle einfache Befriedigung wünschen. Die Männer können sich so einfach und schnell erleichtern. Ich bin neidisch. „Im nächsten Leben bin ich ein Mann." Ich stelle die Dusche aus.

Wieso sind wir Frauen so komplexe und komplizierte Wesen? Wieso kann ich nicht einfach auf meine Lust reagieren und mich kurz selbst befriedigen? Wieso brauche ich so viel mehr, bis ich in Stimmung bin? Das ärgert mich schon lange.

„Ja, ich bin neidisch! Ich will einfach geil sein und schnell kommen können, und ich will im Stehen pinkeln können!" Mokka schaut mich an und miaut, als ob sie mir zustimmen würde. „Wenn nicht einmal ich weiß, wie es geht, wie soll sich denn dann ein Mann zurechtfinden!"

Ich ziehe mich an und mache mich fertig für die Arbeit.

*

„Guten Morgen, meine Liebe." Ich schwinge mich auf meinen Bürostuhl und grinse Rose an.

„Hattest du Sex, Sandra? Du siehst heute so frisch aus." Rose lacht.

Ich werde ein bisschen verlegen. „Neiiin, aber ich hatte einen schönen Traum. Leider ohne Happy End. Mokka hat mich geweckt." Ich flüstere Rose zu: „Hattest du schon einmal einen Orgasmus in einem Traum?"

Rose überlegt. „Ja, hatte ich."
Ich schaue sie prüfend an. Sie ist immer so offen und ehrlich, das liebe ich an ihr.

„Ja, ich auch. Sehr oft sogar, aber leider hatte ich schon lange keinen Orgasmus mehr, verfluchte Katze. Ich konnte nicht einmal sein Gesicht sehen. Meistens wache ich auf, während ich komme, weil es so intensiv ist. Wenn es möglich ist, im Traum zu kommen, müsste es theoretisch auch bedeuten, dass wir nur durch unsere Gedanken einen Orgasmus haben können, oder? Rose, ich will das können! Stell dir mal vor, dass du dich selber nur durch deine Gedanken zum Orgasmus bringen könntest. Wow, das wäre suuuper, ich hätte multiple Orgasmen. Oder während Sitzungen einfach kurz einen Quickie. Das wäre so cool."

Rose schlürft ihren Tee. „Also ich kann mich nicht beschweren, mit Orgasmen hatte ich noch nie Mühe. Ich kann nach einer Minute schon kommen, wenn ich will. Zack und ich kommen oft auch gleichzeitig, weil ich es steuern kann." Sie grinst mich breit an.

Ich schüttle meinen Kopf und starte meinen Computer. „Ich hasse dich!" Ich beneide sie in diesem Moment so sehr. Bin ich mit meinen 35 Jahren wirklich nicht fähig, einfach einen Orgasmus zu haben? Für mich ist es harte Arbeit und meistens klappt es gar nicht, auch wenn ich es mir selber mache. Wenn ich mit einem Mann zusammen bin, dann habe ich nie einen Orgasmus. Es ist doch verrückt, dass ich einfach nicht kommen kann mit einem Mann. Wie unfair!

Ich schaue meine Emails durch und verdrehe die Augen. „Stell dir vor, Rrruben hat mir für heute eine Einladung geschickt. Ich habe ihm gesagt, dass ich diese Woche nicht kann. Was soll das? Nö, die Einladung nehme ich nicht an." Ich klicke auf „nein" und schreibe als Grund: „Konflikt mit einer anderen Sitzung."

Rose schnattert: „Rrrrrrrrrrrrubääään, rrrrrhhh."

*

Es ist Mittagszeit. Ich habe noch keine Verabredung und schreibe Stella: „Hi, willst du zum Lunch mit mir?" Ich starre auf den Bildschirm und hoffe, dass ich heute nicht allein essen gehen muss. Bling. Die Antwort von Stella. Sie hat bereits einen Termin. Ich frage Rose, aber sie hat auch keine Zeit. „Tut mir leid, Sandra, heute geht nicht. Vielleicht morgen?" Rose lächelt mich entschuldigend an.

„Ist okay, ja gern, lass uns morgen zusammen essen", antworte ich.

Ich packe meine Jacke und verlasse das Gebäude. Ich hole mir einen Take-Away-Salat, gehe ein Stück bis zum Waldrand, wo ich mich auf eine Bank setze und einfach ein bisschen in die Ferne schaue. Mit schöner Musik im Ohr beobachte ich die Leute, die an mir vorbeigehen. Gruppo Galé singt „Ven a Medellín".

Hach, ich liebe dieses Lied! Die Welt erscheint einfach fröhlicher, wenn man Salsa hört. Es ist die pure Lebensfreude. Ich habe immer ein Dauergrinsen auf meinem Gesicht, wenn ich Salsa höre und es zuckt mir in den Beinen. Ich bekomme total Lust zu tanzen und wippe im Takt mit.

Mir klopft jemand auf die Schulter. Ich schaue in das Gesicht von Ruben. Er lächelt mich an und fragt, ob es okay ist, wenn er sich setzt.

„Klar, die Bank ist groß genug für uns beide", sage ich knapp.

„Was hörst du für Musik?", fragt er mich.

Ist wohl fertig mit der Ruhe. Ich seufze, ziehe die Kopfhörer raus und sage: „Ich liebe die alten Salsa-Lieder. Aber ich höre querbeet alles, was gut ist. Es muss einfach mein Herz berühren."

„Gehst du noch Salsa tanzen?", fragt er.

„Ja, ab und zu. Leider tanzen meine besten Freunde nicht, aber ich kenne mittlerweile einige Leute, die tanzen. Dann bin ich nie allein zum Glück."

Er schaut in die Ferne und sagt: „Machst du noch Tanzkurse?"

Ich öffne meinen Salat und fange an zu essen. „Nein, ich mache keine Kurse mehr. Ich finde, dass ich die nicht mehr brauche. Neue Figuren kann ich auch während des Tanzens bei einer Party lernen. Im Kurs steht man sowieso meistens nur rum und bezahlt viel Geld dafür."

Ruben schaut mich mit großen Augen an. „Du tanzt schon so gut, dass du keinen Tanzkurs mehr brauchst? Das meinst du damit, oder?"

Ich überlege. „Ja, ich denke schon. Ich tanze gut genug."

Er fängt schallend an zu lachen. „Wow, dann hast du entweder riesige Fortschritte gemacht oder du bildest dir da ganz schön was ein!"

Ich verschlucke mich fast an meinem Salat. Was für ein Arsch! „Dann bist du wohl der Salsa-King, oder?" Ich verdrehe die Augen.

„Nein, nein, so war das nicht gemeint. Hey, ich muss da noch etwas ansprechen. Du hast meinen Terminvorschlag einfach abgesagt ohne einen Gegenvorschlag. Dein Kalender ist heute frei, wieso treffen wir uns nicht um 15 Uhr für unser erstes Meeting?"

Oh Mann, jetzt kommt er damit. „Ja, also, ich habe viel zu tun. Deshalb würde ich gern erst nächste Woche damit anfangen." Ich gebe zu, dass das gelogen ist, deshalb weiche ich seinem Blick aus.

Er schaut mich wieder mit diesem bohrenden Blick an und schmunzelt. „Komm schon, eine halbe Stunde wirst du wohl entbehren können für mich?"

Es ist mir sehr unangenehm, daher lächle ich und sage: „Wenn es unbedingt heute sein muss, dann erst um 18 Uhr. Früher habe ich keine Zeit."

Er nickt. „Ja, das geht auch."

Ich verabschiede mich von ihm und mach mich auf den Weg zurück ins Büro. Was für ein arroganter Scheißkerl. Ist das jetzt mein Karma? Echt? Zurück im Büro öffne ich meine Mailbox und habe bereits eine Einladung von Ruben in meiner Inbox für heute um 18 Uhr. Ich krieg die Krise.

*

Es ist 16 Uhr. Stella kommt normalerweise um diese Zeit vorbei, weil wir oft zu dritt zum Bus gehen. Aber heute muss ich wohl oder übel dableiben. Ich winke den beiden Ladys zu und könnte mir in den Arsch beißen.

Jetzt sitze ich schon seit Stunden da und habe nichts zu tun, einfach nur, weil ich diesen Ruben ärgern will. Ich spiele Solitär, als ich heute ein zweites Mal von der Seite angesprochen werde. Wer sonst? Ruben!

„Hey Sandra, ich sehe, dass du waaahnsinnig beschäftigt bist. Wollen wir unser Meeting vielleicht auf 17 Uhr vorverschieben oder sogar auf jetzt?" Er schaut mich ernst an.

Ich fühle mich ertappt und reagiere total verdattert. „Ehm, ja, wir können unser Meeting jetzt machen. Lass uns ins Sitzungszimmer gehen." Ich nehme meinen Laptop und gehe an ihm vorbei, ohne ihn eines zweiten Blickes zu würdigen.

Wir setzen uns ins nächste Sitzungszimmer. Ruben schaut mich freundlich an. Er fängt an: „Bevor wir starten, wollte ich mich noch entschuldigen. Ich habe das Gefühl, dass wir zwei falsch angefangen haben und das liegt an mir. Tut mir leid. Ich habe einen blöden Humor und merke manchmal nicht, dass andere meine Aussagen ernst nehmen und ich damit sehr verletzend sein kann." Er beobachtet meine Reaktion.

Ich starre ihm in die Augen. „Ja, stimmt, du hast wirklich eine sehr arrogante, überhebliche und gemeine Art. So machst du dir keine Freunde, das kann ich dir versprechen!"

Sein Blick hält meinem stand. „Das tut mir leid, wenn ich so rüberkomme. Falls ich etwas gesagt habe, was dich ärgert, dann tut es mir wirklich leid."
Er grinst. „Zum Beispiel das mit dem Tanzen."

Ich verziehe keine Miene. „Ich bleibe dabei. Du hast eine sehr arrogante Art und du bist beleidigend und dabei kenne ich dich nicht einmal. Das finde ich sehr unprofessionell."

„Okay, ich habe keine Chance. Zwischen uns herrscht Krieg, oder? Wir müssen nun an diesem Projekt zusammenarbeiten und es wäre schöner, wenn wir auch Spaß hätten dabei." Er zieht die Augenbrauen hoch und wartet auf eine Antwort.

„Ich kann das gut trennen, Ruben. Wenn wir uns beide professionell verhalten, dann sollte das kein Problem sein. Können wir jetzt starten?" Ich öffne meinen Laptop und starre ihn an.

„Aaah, du hast ja keine Zeit." Er grinst wieder und schüttelt den Kopf.

Er schaut mir eine Weile lang in die Augen und wartet auf eine Reaktion, dann gibt er auf, schüttelt wieder den Kopf und startet mit dem eigentlichen Thema Arbeitsprozesse.

Unsere Sitzung verläuft ganz gut und das Projekt interessiert mich sehr. Ruben hat alles daran gesetzt, dass die Stimmung aufgelockert wird. Das muss ich ihm lassen. Die Zeit vergeht schnell und um 18 Uhr machen wir Schluss.

Auf dem Heimweg merke ich, dass ich mich ein bisschen freue über dieses Projekt. Ich fühle mich beflügelt. Ich wollte schon immer die Arbeitsprozesse verbessern. Es ist eigentlich genau mein Ding. In unserem Bereich haben wir viele Leerläufe, weil die verschiedenen Teams nicht aufeinander abgestimmt sind. Ich habe es schon sehr oft angesprochen beim Line Management, aber bin immer auf taube Ohren gestoßen. Endlich wird das Thema ernst genommen. Ich spüre eine innere Aufregung, und wenn wir wirklich erreichen, dass die Zusammenarbeit der verschiedenen Teams verbessert wird, könnte das so gut werden.

3

Wochenende.

Wir drei Mädels treffen uns heute Abend bei Stella. Ich freue mich riesig auf unseren Mädelsabend. Ich ziehe meine Schlabberhose und ein lockeres T-Shirt an. Natürlich dürfen meine Kuschelsocken nicht fehlen, die ich in meine Tasche packe. Meine Haare binde ich hoch zu einem Pferdeschwanz. Los geht's.

Bei Stella angekommen machen wir es uns auf dem Sofa bequem mit Kerzen und alter Schnulzenmusik im Hintergrund.

Rose erzählt ganz begeistert von ihrer Bike-Tour, die für morgen geplant ist. Es soll ja schönes Wetter werden. Sie und ihr Freund Zack treiben viel Outdoor-Sport miteinander. Morgen wollen sie zum Parramatta-Park fahren und dann das Schiff zurück zur Stadt nehmen. „Ach, ich liiiebe meinen Zack. Er hat so einen schönen Körper und er ist so klug und toll und …", Rose schaut uns verträumt an, „wir powern uns aus auf unseren Bikes und dann am Abend kochen wir etwas zusammen und trinken einen Wein. Dann lieben wir uns bis wir erschöpft sind und dann schauen wir Dirty Dancing. Wahrscheinlich schlafen wir dann ein, vor wohliger Erschöpfung. Ich liebe solche Tage."

Ich sehe Rose verträumt an. „Ach Rose, ein bisschen neidisch bin ich schon! Ihr seid so gut miteinander. Einfach alles stimmt bei euch. Ich weiß nicht, ob ich das schon je einmal hatte. Ihr habt gemeinsame Hobbys, guten Sex und mit Zack kann man sogar tiefgründige Gespräche führen. Was will man mehr!"

Rose lächelt. „Ehrlich gesagt weiß ich im Vergleich zu vielen auch ganz genau, was ich brauche, damit ich zu meinem Orgasmus komme. Ich mag es hart und leidenschaftlich. Ich leite ihn an und positioniere mich so, wie ich es brauche, damit ich maximal stimuliert werde. Dann klappt das super, Sandra. Es braucht ein bisschen Mut aber getrau dich einfach! Die Männer finden das toll."

„Bist du nie gehemmt, wenn du das machst. Konntest du immer sagen, was du brauchst?" Ich schaue Rose bewundernd an.

„Gehemmt! Never, wieso auch? Nein, das passt nicht zu gutem Sex. Ja, ich tu es einfach. Bisher hat das noch keinen gestört. Im Gegenteil." Sie grinst frech.

„Okay, okay. Ich weiß doch auch gar nicht mehr, wie es geht. Ich könnte euch nicht einmal sagen, wie ich es gut finde. Pfff. Keine Ahnung." Ich verdrehe die Augen. „Es ist eine ferne Erinnerung."

Stella schüttelt ihren Kopf. „Ich bin auch weit weg von Sex, geschweige denn einer Beziehung. Ich bin einfach glücklich mit meiner Family. Meine Nichten und Neffen halten mich auf Trab, da habe ich sowieso keine Zeit für eine Beziehung." Sie zwinkert uns zu.

Stella berichtet von ihren Nichten und Neffen. Diese Kinder lieben ihre Tante und sind auch sehr anhänglich. Sie ist ständig am Telefon mit ihnen, weil sie irgendeinen Rat brauchen von Stella. Sie ist voll eingebunden und hat eine ganz wichtige Rolle in ihrer Familie. Aber irgendwie kommt es mir so vor, als ob sich Stella einfach gut ablenkt damit. Ich bin mir sicher, dass sie gern eine Beziehung hätte.

Ich erzähle von meiner letzten Salsa-Party. Stella und Rose verstehen nicht, dass ich so nah tanzen kann mit Männern und nichts fühle dabei. „Komm schon, ein leichtes Kribbeln spürst du doch, Sandra. Wenn ein Mann ein gutes Parfüm trägt und gut aussieht und sich auch gut zum Rhythmus bewegt, dann ist das doch sexy, oder? Bist du nie feucht nach so einer Tanznacht?" Rose grinst mich an.

„Ja, es ist wirklich schön, einen anderen Körper zu spüren. Doch, es ist anregend. Aber ich glaube, dass man dieses Gefühl im Stillen genießt und nur leicht zulässt aus Respekt zu der anderen Person, aber ich war noch nie geil auf einen Mann beim Tanzen. Es ist ja auch anstrengend und man muss sich konzentrieren und sehr aufmerksam sein, damit man erahnen kann, was die nächste Figur ist. Außerdem suche ich weder Sex noch eine Beziehung. Ich bin ganz glücklich mit meinen Freunden, meiner Katze und meinen Hobbys. Mir fehlt nichts. Es gibt auch gar nicht so viele gutaussehende Männer, die Salsa tanzen. Das ist ein Gerücht." Ich schüttle wild meinen Kopf.

„Bist du sicher, dass dir nichts fehlt? Als du mir erzählt hast, wie lange dein letzter Sex her ist, war ich schon sehr überrascht. Du bist so eine offene und attraktive Frau und du hast einen starken Sexappeal und dann verhältst du dich schon fast frigide." Stella schaut mich fragend an.

„Nein, ich glaube nicht, dass mir etwas fehlt. Oder ich unterdrücke es vielleicht und lüge mich selber an. Ich weiß es nicht, aber es scheint gut zu funktionieren. Vielleicht lenke ich mich auch einfach ab durch meine Hobbys. Ach, ich habe mich auch schon gefragt, ob ich frigide oder asexuell bin. Ich glaube nicht. Aber wenn ich mein Sexleben betrachte, dann vielleicht schon. Wenn ich für mich allein bin und mich sicher fühle oder wenn ich schlafe, dann überkommt mich manchmal eine Lust. Nur nicht, wenn ich mit einem Mann zusammen bin. Ich finde es schon aufregend und spannend und ich mache alles mit, was Spaß macht, aber ich werde nicht feucht und es fühlt sich nicht so waaahnsinnig toll an. Ich spüre meinen Körper nicht. Es ist mehr so ein Fun-Event für mich."

Rose schüttelt ihren Kopf. „Das widerspricht sich alles sehr, Sandra. Vielleicht hast du irgendeine Angst und spielst es runter. Das passiert alles in deinem Kopf. Jeder Mensch ist sexuell, davon bin ich überzeugt. Aber du unterdrückst das, weil du vielleicht diese Angst hast. Wir sind auch nur Tiere, die den Auftrag haben, sich zu vermehren, und wenn ich in den fruchtbaren Tagen bin, dann spüre ich ganz klar, dass mein Körper sich besser anfühlt, ich fühle mich sexy und ich will Sex. Die Männer reagieren auch viel mehr auf mich und machen Komplimente. Wenn ich meine Mens habe, dann bekomme ich ganz klar nicht dieselbe Aufmerksamkeit. Das ist ein natürlicher Trieb. Wir arroganten Menschen denken immer, dass wir über diesem Trieb stehen. Aber das glaube ich nicht."

Ich schaue Rose nachdenklich an. Sie ist so schlau mit ihren 25 Jahren. Ich wende mich Stella zu: „Du bist doch auch eine glückliche Single-Frau. Fehlt dir etwas?"

Stella sieht uns verschmitzt an. „Okay, jetzt, wo du uns so intime Sachen erzählst, Sandra, will ich euch auch etwas erzählen. Ich habe einen Mann kennengelernt! Er ist nicht ganz mein Typ, aber irgendwie ist er es eben doch. Ich kann es nicht sagen.

Wenn er in der Nähe ist und mit mir spricht, dann fange ich an zu schwitzen."

Wir lachen. Die Vorstellung von Stella, die schwitzt vor Nervosität, ist lustig.

„Schwitzen! Das ist ein klares Zeichen, Stella. Wirklich, ein deutlicheres Zeichen könnte dir dein Körper nicht geben. Der Typ scheint dich positiv nervös zu machen. Sonst würdest du doch nicht schwitzen. Wie heißt er denn und wo hast du ihn kennengelernt?" Wir schauen beide Stella ganz gebannt an.

„Er heißt Tom. Ich weiß es wirklich nicht. Ich finde ihn ganz nett, aber ich brauche noch Zeit. Wir haben uns im Coaching-Kurs kennengelernt. Ach, ich weiß es wirklich nicht. Wer will noch einen Hugo?" Stella winkt ab und macht sich auf den Weg in die Küche.

Rose und ich grinsen uns vielsagend an. So haben wir Stella noch nie gesehen. Seit ich Stella kenne, hatte sie nie einen Freund oder einen Lover.

„Sandra, wie war dein Meeting mit Rrrrubäään?" Rose nippt an ihrem Hugo und schaut mich interessiert an.

Stella hingegen schaut mich fragend an. „Ah, das Meeting mit dem Neuen. Habe ich etwas verpasst?"

„Oh ja, das hast du. Dieser Typ ist echt zu viel. Er sieht nicht gut aus, er ist unfreundlich und dazu sogar noch arrogant und einfach doof." Ich verziehe mein Gesicht. „Das Allerschlimmste ist, dass ich ihn kenne von der Zeit, als ich noch Tanzkurse gemacht habe. Ich fand ihn damals schon echt unsympathisch. Aber ich muss zugeben, dass unsere Sitzung dann noch gut war und ich freue mich echt auf das Projekt."

„Immerhin." Stella lächelt mich an. „Du hattest Lust auf ein neues Projekt. Dann langweilst du dich nicht mehr so. Das freut mich für dich. Du darfst jetzt ganz viel Zeit mit Rrrrubäään verbringen!"

Wir prusten alle drei los.

4

Das Weekend ist vorbei und heute habe ich wirklich keine Lust zu arbeiten. Am liebsten würde ich mich einkuscheln in meine Bettdecke auf dem Sofa und mit Mokka Serien schauen. Aber das wird schon. Ich hole mir einen Coffee to go und spaziere zur Bushaltestelle. Ich brauche ein bisschen Aufmunterung.

Mein Tag fängt mit Ruben an. Ich hoffe, dass er freundlicher ist. Obwohl, so unfreundlich ist er ja gar nicht, wenn ich ehrlich bin. Ich bin zickig. Er reizt mich einfach ständig mit seinen Blicken und mit seinen Aussagen.

„Guten Morgen", begrüßt er mich mit einem Lächeln. „Wie war dein Wochenende?"
Ich sage nur knapp: „Danke, gut."
Ruben zieht eine Augenbraue hoch und hält sich mit einem Kommentar zurück. Er hat wohl gemerkt, dass es heute gefährlich wäre, einen Spruch zu machen.

„Du siehst heute wirklich hübsch aus. Hast du eine neue Haarfarbe?" Er sieht mich freundlich an.

Ich werde rot. „Was! Nein, ich habe fettige Haare, dann sind sie immer etwas dunkler, deshalb der Pferdeschwanz." Ich sehe ihn erwartungsvoll an, bereit für einen dummen Spruch.

„Sieht trotzdem gut aus. Du siehst heute sehr schön aus." Er öffnet seinen Laptop und konzentriert sich auf seinen Bildschirm.

Ich starre ihn an. Was soll denn das! Wie soll ich das Kompliment verstehen? Ist das eine Anmache? Ich weiß es nicht. Ich bin irritiert und schüttle meinen Kopf. „Danke, aber Ruben, bitte lass das. Das ist mir unangenehm", sage ich kühl und sehe in meinen Laptop.

Er schaut auf und entschuldigt sich. „Tut mir leid, ich vergesse immer, dass nicht jede Kultur gleich gut mit Komplimenten umgehen kann."

Ich verdrehe die Augen. „Genau, wir verklemmten Australier mögen keine Komplimente."

Er lächelt. „Das ist schade. Komplimente tun gut, wenn man sie annehmen kann. Außerdem sind Komplimente nicht immer gleich mit einer Erwartung gekoppelt. Es sind kleine Geschenke, die man gern gibt, weil sie vielleicht ein Lächeln auf die Lippen des Gegenübers zaubern."

Ich verdrehe wieder die Augen. „Was kann ich tun, damit das aufhört?"

Er meint: „Sag einfach danke und nimm das Kompliment an."

„Danke. Können wir jetzt anfangen?" Ich verziehe keine Miene und schaue wieder in meinen Laptop.

*

Die Woche vergeht wie im Flug. Es ist schon Freitag und ich könnte locker so weitermachen ohne Wochenende. Ruben und ich sind im Flow. Ich muss zugeben, dass wir super weiterkommen mit dem Projekt und ich freue mich jeden Tag auf unser Meeting. Wir haben sogar Spaß und machen Witze. Er scheint ganz okay zu sein, wenn man ihn besser kennenlernt. Das Eis ist auf jeden Fall gebrochen.

„Hey Sandra, wollen wir heute ein Feierabend-Bier trinken gehen? Ich finde, dass wir uns das verdient haben. Es gibt da ein tolles Lokal in der Nähe, wo ab und zu auch mal eine Salsa gespielt wird. Hast du Lust?" Er schaut mich gespannt an.

„Mh, ich weiß nicht. Vielleicht ein anderes Mal." Ich packe meine Sachen zusammen und will das Sitzungszimmer verlassen. Es ist mir unangenehm, dass er mit mir etwas trinken gehen will.

Er versperrt mir den Weg und ich laufe voll in ihn rein. Mein Gesicht knallt gegen seine Brust. Sein Parfüm riecht frisch, leicht süßlich, herb und zitronig. Es riecht wirklich gut. Ich schiebe ihn eine Armlänge weg von mir.

„Komm schon, also wirklich, Sandra. Ich habe mir so viel Mühe gegeben und ich finde, wir hatten eine gute Woche. Das sollten wir feiern. Oder hast du was Besseres vor, warten vielleicht dein Mann und deine Kinder auf dich?"

„Nein, ich habe keine Kinder." Ich schaue ihn genervt an.

„Einen Mann?" Er hebt eine Augenbraue.
„Das geht dich gar nichts an. Na gut. Einen Drink zur Feier des Tages." Ich lächle ihn an und nicke.

*

Wir fahren mit seinem Auto zum Lokal. Es ist sehr unauffällig in einem Stadtteil, wo ich mich nie aufhalte.

„Ich kenne das Lokal nicht", sage ich verwundert. „Ich kenne eigentlich alle Salsa-Lokale."

Wir gehen in einen wunderschönen grünen Hinterhof. Es läuft Salsa-Musik. Ein paar Latinos sitzen an einem Tisch und spielen total verbissen Domino. Sie diskutieren laut miteinander und lachen. Es herrscht eine angenehme Atmosphäre.

„Wie schön es hier ist." Ich staune und drehe mich im Kreis. Es gibt sogar eine kleine Tanzfläche.

Ruben schaut mich an. „Was trinkst du? Ich gebe einen aus."

„Ein Wasser bitte." Ich trinke generell nie Alkohol, wenn ich mit Arbeitskollegen unterwegs bin.

„Ein Wasser! Bestimmt nicht! Was trinkst du?" Er ist total empört.

„Ein Wasser, wirklich. Ich trinke nicht", sage ich genervt.

Er macht sich auf den Weg zur Bar und kommt zurück mit zwei Gin Tonics.

„Ruben, wirklich, ich trinke keinen Alkohol." Ich schaue ihn böse an.

„Komm schon, Guapa, sei nicht immer so streng. Entspann dich mal ein bisschen. Ein Wunder, dass du Salsa tanzt. Du bist ja echt eine angespannte Person. Eine Massage würde dir auch mal gut tun." Er schaut mich provozierend an.

„Tsss, also gut, ein Gin Tonic, dann geh ich nach Hause." Wir stoßen an und nehmen ein paar Schlucke. Mir fährt der Alkohol sofort in den Kopf.

„Komm", er streckt mir die Hand hin, „lass uns tanzen. Das ist ein schönes Lied."

Es läuft „Todo una Vida" von Leoni Torres. Ich liebe das Lied.

„Das ist so ein langsames Lied, ein bisschen anstrengend finde ich, zu langsam zum Tanzen. Aber okay ... Let's go." Ich stehe auf und nehme seine Hand.
Er legt seinen rechten Arm um meinen Rücken und zieht mich an sich heran. Wieder rieche ich sein Parfüm. Seine Umarmung fühlt sich sehr sanft an und seine Wärme macht mich ein bisschen duselig. Ich fühle mich geborgen. Meine Brust berührt seine und meine Nase ist ganz nah an seinem Hals. Das ist normales Salsa-Tanzen. Dabei ist nichts. Ich tanze regelmäßig so. Man kommt sich sehr nah beim Tanzen. Nichts Außergewöhnliches. Obwohl, er ist mein Arbeitskollege. Das ist nicht eine ganz normale Situation. Ich führe gerade einen inneren Dialog. Ich bin aus dem Takt. Mist! Ach, wie peinlich. Ruben grinst mich an und legt seine Hand in meinen Nacken. Er flüstert: „Mach einfach weiter." Seine Worte lösen ein Kribbeln in meinem Bauch aus.

Dieses Gefühl ist mir zu viel, nicht bei diesem Kerl, das geht mir zu weit. „Phuuuuu, es ist heiß hier. Können wir ein bisschen auf Distanz tanzen, bitte." Ich drücke mich weg von ihm.

Ruben schaut mir in die Augen. Sein intensiver Blick ruht auf mir. Er singt mit: „… Hoy, aquí vengo decirte que ando loco por ti …" Er hat eine schöne, tiefe und warme Stimme. Meine Beine fühlen sich wie Pudding an und mein Gesicht glüht. Ich schaue weg über seine Schulter und halte mich auf Abstand. Wir tanzen nicht mehr so nah, aber mir wird immer heißer.

„Was ist! Wieso schaust du mich so an?" Ich reagiere ein bisschen zu schroff.

„Lass uns diesen Tanz genießen. Sei doch endlich mal ruhig, Sandra. Genieß es." Er zieht mich wieder sanft an sich ran und streicht mir über meinen Nacken.

„Ich will nicht mehr tanzen. Ich will austrinken und gehen." Ich drücke mich erneut weg von ihm und gehe zurück zum Tisch und trinke meinen Gin Tonic in einem Zug aus.

Ruben starrt mich schockiert und belustigt zugleich an. „Ich trinke bestimmt nicht auf ex." Er setzt sich hin und fordert mich auf, auch Platz zu nehmen. Ich setze mich genervt hin und warte, aber er macht keine Anstalten seinen Gin Tonic auszutrinken. Ruben lehnt sich gemütlich zurück in seinem Stuhl und summt zur Musik. Das gibt's doch nicht. Ich will nachhause! Ich nehme sein Glas und trinke es aus. „So, fertig. Wollen wir?"

Ruben zieht eine Augenbraue hoch. „Du hast es wohl eilig?"

„Mir ist heiß, ich habe Durst und ich will gehen. Du wolltest mir kein Wasser besorgen, dann muss ich meinen Durst mit dem Gin Tonic stillen." Ich halte meine Arme theatralisch in die Luft. Der Alkohol tut seine Wirkung. Ich will aufstehen aber alles fängt an, sich zu drehen.

*

„Du bist so schön." Ruben schaut mir in die Augen, küsst mich mit seinen weichen Lippen sanft auf meine Augen, meine Wangen, meinen Mund und meinen Hals. Er hebt mich hoch und trägt mich zum Bett. Ich bin splitternackt. Ruben schaut mich an und sagt: „Lass mich deinen Körper sehen."

Ich falle zurück und öffne meine Beine und beobachte ihn, wie sein Blick über meinen Körper wandert. Er stoppt zwischen meinen Beinen... Ich öffne die Augen. Kopfschmerzen! Es hämmert! Oh Gott, es pocht! Autsch.

Oh, ich liege nicht in meinem Bett! Ich setze mich schockiert auf und sehe mich um. Okay, okay. Ganz ruhig. Was ist passiert? Ich war mit Ruben in diesem Lokal, dann habe ich diese Gin Tonics getrunken und dann hat sich alles nur noch gedreht. Oh weh, das war ein großer Fehler. Ich liege im Bett von Ruben. Mist! Wieso muss ich auch immer gleich so übertrieben reagieren? Ich muss hier raus. Wie peinlich! Gott sei Dank, ich habe noch all meine Sachen an. Langsam stehe ich auf und versuche, keinen Lärm zu machen. Ich schleiche mich zur Tür, öffne sie und gehe auf Zehenspitzen raus.

„Ruben! Hi! Ich, ich … Was mache ich hier!" Ich schließe die Augen und lehne mich gegen die Wand, weil ich dieses Pochen im Kopf nicht aushalte.

Ruben lächelt mich mitfühlend an. „Guten Morgen, Sonnenschein. Wolltest du dich raus schleichen? Tja, ich wollte dich gestern nach Hause bringen, aber du wolltest mir nicht sagen, wo du wohnst. Du meintest, dass ich sonst über dich herfallen und zu deinem Stalker werden würde. Ich musste dich mit zu mir nach Hause nehmen. Was hätte ich denn sonst tun sollen? Keine Sorge, ich habe auf dem Sofa geschlafen und du in meinem Bett. Ich hoffe, dass das okay ist für dich." Sein süffisantes Grinsen entgeht mir nicht.

„Eh, ja, danke dir. Es tut mir leid, das ist ganz schön peinlich. Ich sollte gehen."

„Ach was, komm, Sandra. Ich gebe dir ein Aspirin. Willst du einen Kaffee?" Er packt mich an meinen Schultern und schiebt mich vor sich hin zur Küche.

„Du hast die beiden Gin Tonics geext und dann ging das ganz schnell. Wieso hast du das getan? Zu viel Nähe für dich? Ich wusste nicht, dass du so verklemmt bist. Immerhin tanzt du ja fantastisch Salsa, oder?" Oder hat es dich ein kleines bisschen angemacht?"

Ich schaue ihn böse an. „Sag mal, hast du einen Clown verschluckt. Hör doch auf. Mir war heiß und ich wollte einfach nicht mit meinem Arbeitskollegen so nah tanzen. Das ist ein No-Go finde ich. That's it."

„Beruhige dich, ich ziehe dich doch nur auf. Das ist doch alles nicht so schlimm. Wir hatten gestern einen schönen Abend. Ich fand ihn auf jeden Fall toll, auch wenn ich eine Besoffene in mein Apartment schleppen und auf meinem Sofa schlafen musste." Er lacht wieder und schiebt mir einen Kaffee hin. „Aber ich war brav, immerhin hast du deine Kleider noch an und ich habe dafür gesorgt, dass du deine Zähne putzt und dich abschminkst. Ich habe dir die Schuhe ausgezogen und dich ins Bett gebracht. Dann habe ich dir einen langen Gute-Nacht-Kuss gegeben und bin ins Wohnzimmer." Er kann ein Lachen nicht unterdrücken. „Du wirst nie wissen, was wirklich passiert ist." Ruben zwinkert mir zu.

Ernsthaft? Ich trinke meinen Kaffee mit wenigen Schlucken aus. „Ich muss nach Hause und diesen Rausch ausschlafen." Ich schaue ihn flehend an. „Ich wäre super dankbar, wenn du mich heimbringen könntest. Wäre das okay für dich?"

Ruben nickt. „Aber klar doch. In diesem Zustand würdest du deine Wohnung doch gar nicht finden." Ruben lacht wieder, weil ich sehr genervt die Augen verdrehe und gleich wieder meine Augen schließe, weil es in meinem Kopf pocht.

*

Ich bleibe das ganze Wochenende zu Hause. Mokka und ich vor dem TV. Meine Gedanken drehen sich um diesen Abend mit Ruben. Was habe ich mir nur gedacht? Wie soll ich Ruben noch in die Augen schauen? Es hat gekribbelt. Wie kann das sein. Ich finde Ruben doch gar nicht attraktiv. Aber etwas scheint mich anzuziehen. Das geht gar nicht. Ich schäme mich dafür.

5

Wieder Montag.

„Stella, ich melde mich heute krank. Kannst du das bitte an den Chef weitergeben?"

Stella fragt nach: „Oh nein, das tut mir leid. Du warst am Freitag so schnell weg. Warst du noch unterwegs?"

„Ja, ich war mit Ruben noch was trinken. Stella, ich bin nicht krank. Ich war mit Ruben zur Feier des Tages etwas trinken und da habe ich auf leeren Magen zwei Gin Tonics geext. Der war so stark, dass es mich umgehauen hat. Ruben musste mich mit nach Hause nehmen, weil ich ihm nicht sagen wollte, wo ich wohne, und dann habe ich in seinem Bett übernachtet." Ich mache eine Pause. „Stella, bist du noch dran?"

„Ja, ich bin noch dran. Hattet ihr Sex?", fragt sie.

„Was! Nein, auf keinen Fall! Er hat auf dem Sofa geschlafen und er hat mich am nächsten Morgen gleich heimgefahren."

„Was für eine Geschichte, Sandra. Wie spannend! Stehst du auf ihn?" Sie klingt, als ob sie ein Grinsen im Gesicht hat.

„Nein, auf keinen Fall, oh Gott, nein. Er gefällt mir überhaupt nicht und ich mag ihn auch nicht. Er ist… okay. Ich gebe zu, ich mag ihn. Aber da ist nichts zwischen uns. Nein, nein, nein." Ich weiß auch nicht, wieso ich das so runterspiele. Ich bin sonst immer super ehrlich mit Stella.

„Hey, noch ein Nein und dann wird deine Aussage unglaubwürdig. Das ist doch ok und auch schön. Bleib einen Tag zu Hause und dann kommst du morgen wieder. Ich informiere den Chef und auch Ruben." Stella verabschiedet sich und legt auf.

6

Am nächsten Tag muss ich wieder zur Arbeit.

Heute fühle ich mich unsicher und nicht sexy. Ich würde mich am liebsten wieder unter die Decke kuscheln und den ganzen Tag schlafen. Aber ich habe für solche Tage ein Motto: Je unsichererer und hässlicher ich mich fühle, desto hübscher ziehe ich mich an. Also durchsuche ich meinen Schrank und ziehe ein kurzes Etuikleid mit einer weißen Bluse an, dazu meine Lederstiefel. Einen roten Lippenstift. Yeah. Ich sehe heiß aus. Fast ein bisschen wie eine Domina. Kopf hoch, Brust raus. Ich bin sexy.

Ich hole mir einen Coffee to go und nehme den Bus ins Geschäft.

Rose kommt mir entgegen, als ich das Büro betrete, sie zieht mich gleich hinter sich her ins Bad. Auf dem Weg zum Bad ruft sie Stella, die sich hüpfend zu uns gesellt.

„Sandra, erzähl!" Rose und Stella schauen mich neugierig an. „Ruben! Offenbar ist er gar nicht so übel?"

„Nein, er ist ganz nett. Mehr ist da nicht. Es war ein lustiger Abend und ich Depp habe unsere beiden Gin

Tonics geext. Ich war so besoffen, dass er mich mit zu sich genommen hat. Oh Gott, er musste mich tragen, weil ich nicht mehr gehen konnte! Meine Güte, er war echt nett." Ich sehe in ihre lächelnden, neugierigen Gesichter.

„Wieso hast du die zwei Gin Tonics geext? Ist was passiert? Hast du eine Wette verloren?" Rose schaut mich fragend an.

„Wir haben getanzt und es hat mich angemacht." Ich verdecke meine Augen mit meinen Händen und wage nicht, die zwei anzusehen.

„Oh wow, Sandra, das ist ja ein Ding! Das ist doch toll! Siehst, wir haben mit unserem Gespräch die schlafenden Hunde geweckt." Rose strahlt über beide Ohren.

„Das wird spannend heute! Wann geht die Sitzung los?" Stella schaut auf die Uhr.

„Oh ja, jetzt gleich. Ich muss los. Das wird so peiiinlich." Ich eile aus dem Bad und rufe ihnen noch zu: „Bis später!" Ich hole meinen Laptop und mach mich auf den Weg zum Sitzungszimmer.

*

Ruben ist schon da. „Hey meine Schöne! Wie geht es dir? Hast du dich gut erholt?" Er schaut mich interessiert an.

Ich werde rot, weil er mich so aufmerksam anschaut.

„Hi Ruben. Du, bevor wir starten. Bitte nenn mich nicht so", sage ich schnippisch, mache eine theatralische Pause und sage: „Hey, ich wollte mich noch einmal bedanken bei dir und auch entschuldigen. Ich habe mich unmöglich verhalten und das Ganze war echt peinlich und unprofessionell." Ich schaue auf seine Hände, um seinem starrenden Blick auszuweichen.

„Können wir, was da passiert ist, einfach vergessen?" Ich schaue ihm noch einmal kurz in die Augen und dann wieder weg.

Ruben sieht mich ernst an und sagt: „Sandra, also erstens, du siehst heute wirklich sehr schön aus. Es ist nur ein Kompliment. Sonst nichts. Nimm das Kompliment einfach an, es ist ehrlich und nett gemeint ohne Hintergedanken." Er hat wieder diesen Stechblick.

„Okay, tut mir leid. Ja, stimmt. Ich mag Komplimente eigentlich schon und es ist eine

Angewohnheit von uns Frauen, vor allem in unserer Kultur, solche Komplimente als klares Zeichen wahrzunehmen. Aber du bist Spanier und ihr macht diese Komplimente wahrscheinlich immer. Ich sollte besser damit umgehen können. Du siehst heute auch sehr gut aus, Ruben." Das war gut. Ich entspanne mich ein wenig.

„Stimmt, wir machen Komplimente, wenn es etwas Gutes zu sagen gibt, sonst nicht. Wir Spanier müssen uns immer zurückhalten, weil es hier nicht Usus ist. Aber es sind nur ehrlich gemeinte Komplimente. Sonst nichts. Und zweitens sollten wir mal richtig zusammen tanzen gehen, findest du nicht?" Er schaut in seinen Laptop.

Damit habe ich nicht gerechnet. Ich schaue ihn überrascht an. „Ja, können wir machen. Ich freue mich immer, wenn ein Mann mit mir tanzen gehen will, weil es nicht viele gibt, die tanzen können und bei dir weiß ich, dass du gut tanzen kannst, dann sage ich bestimmt nicht nein. Außerdem sind die Fronten jetzt geklärt, dann fühle ich mich auch wohler."

„Mhm, ok. Ich weiss nicht genau, was du mit den geklärten Fronten meinst, aber wenn du dich jetzt wohler fühlst, umso besser. Wollen wir am Donnerstag gehen? Es ist Cuban Night im Broadway Hotel." Er tippt etwas in seinen Laptop.

Ich nicke und ignoriere seinen Kommentar wegen den Fronten. „Ja, toll, gute Idee." Ruben geht gar nicht auf meine Entschuldigung ein. Er scheint nicht viel in die ganze Sache hineininterpretiert zu haben.

7

Donnerstagabend.

Ich tanze durch die Wohnung zu lauter Salsa-Musik und suche mir ein schönes Outfit raus. Dezentes Make-up, Lippenstift und, ganz wichtig, viel Parfüm. Damit ich beim Tanzen nicht mein Parfüm komplett weg schwitze, sprühe ich es in die Haare und auf die Kleider.

Es läutet an der Tür.

„Ich komme gleich runter. Gib mir fünf Minuten." Ich laufe zurück ins Schlafzimmer, Mokka rennt mir übermütig hinterher.

„Rote oder schwarze Schuhe, Mokka? Was sagst du?" Ich schaue meine Katze ernst an. Mokka gibt ein „Miau" zurück. „Okay, dann die schwarzen Schuhe. Dankeee!" Ich fahre mit dem Lift nach unten und verlasse das Gebäude.

„Hi." Ich strahle Ruben an. Er öffnet mir die Beifahrertür ganz gentlemanlike.

„Danke." Ich setze mich in sein Auto und wir fahren los.

Ruben schaut mich kurz von der Seite an. „Wow, Sandra, du siehst bezaubernd aus."

Ich lächle ihn an. „Danke. Du siehst auch sehr gut aus, Ruben." Wir lachen beide.

„Siehst du, es ist gar nicht so schwer", sagt er schmunzelnd.

Die Fahrt dauert nicht lange. Wir spazieren vom Parkplatz zum Broadway Hotel und hören die Musik schon von Weitem. Diese Stimmung ist so schön.

Wir betreten den Saal und Ruben nimmt meine Hand. „Tanzen wir!" Wir gehen auf die Tanzfläche. Ruben strahlt mich an und wirbelt mich im Kreis um sich herum. Wir gewöhnen uns nach zwei bis drei Liedern aneinander. Mit der Zeit kenne ich seine Figuren und so kommen wir in einen Flow. Wir tanzen und tanzen und der Schweiß läuft mir den Rücken runter.

Ruben hat nur Augen für mich. Beim Tanzen finde ich es schön, wenn man sich gegenseitig anschaut. Es hilft bei den Figuren und es verschafft ein gutes Gefühl. Es gibt Männer, die schauen immer andere Frauen an und man hat keine Connection, aber Ruben ist da ganz anders. Er fixiert mich mit seinem Blick und es fühlt sich an, als ob wir allein in diesem Saal wären. Es ist irgendwie sexy.

Die Lieder werden langsamer, es läuft „Mi Media Mitad" von Rey Ruiz. Ruben zieht mich nah an sich heran, wir tanzen Wange an Wange. Der Schweiß läuft und es ist mir egal. Ich schließe meine Augen und genieße es einfach. Er legt seine Hand in meinen Nacken und streichelt ihn ganz sanft. Er dreht sein Gesicht in meine Richtung und ich spüre seine Lippen an meiner Wange.

Ich öffne die Augen und drücke mich ein bisschen weg von ihm. „Lass uns etwas trinken gehen. Ich habe Durst." Ich ziehe ihn an der Hand von der Tanzfläche zur Bar. Tun wir mal so, als ob wir einfach schön getanzt hätten und dass alles dazugehört.

Wir reden über die anderen Tänzer, diskutieren über Figuren und lachen viel. Es ist ein schöner Abend.

Ruben zieht mich in den Kizomba-Saal und wir tanzen ein bisschen Kizomba. Das Lied „De Alma na Paixão" von Yuri da Cunha läuft. Ein altes Lied, aber immer wieder schön. Ruben und ich sind sehr kompatibel beim Tanzen.

Ich summe mit zum Lied und Ruben streicht mir über meine Haare. So zärtlich, denke ich. Er kann das gern beim Tanzen machen, solange er nicht zu weit geht. Es ist einfach eine liebe Geste. Er dreht sein Gesicht wieder in meine Richtung. Seine Nasenspitze berührt meine Wange und jetzt spüre ich seine Lippen. Sein Atem streicht über meine Wange und ich bekomme Gänsehaut. Es kribbelt in meinem ganzen Körper. Ich spüre, wie er mir einen sanften Kuss gibt und seinen Kopf wieder hoch nimmt. Er lächelt mich an, schaut mir direkt in die Augen. Sein Blick ist sehr intensiv. Ich bekomme weiche Knie und falle aus dem Takt. Oh Mann. Er lächelt und tanzt einfach weiter. Hält mich fest in seinen Armen.

*

Nach einer wunderschönen Tanznacht fahren wir nach Hause. Es ist 2 Uhr morgens und ich bin überhaupt nicht müde, nur beschwipst vor Glück.

„Ich könnte tanzen, tanzen, tanzen. Es ist einfach so schön! Danke für diesen schönen Abend, Ruben, wirklich!" Ich lächle ihn selig an.

„Ich bedanke mich, es war wirklich ein magischer Abend. Nur schade, müssen wir morgen arbeiten." Er starrt auf die Straße. „Sag mal, ist dein Chef auch so easy eingestellt wegen Homeoffice?"

„Ja, schon. Normalerweise mache ich zwei Tage Homeoffice in der Woche, aber aktuell geht das nicht wegen unserem Projekt", sage ich.

„Hast du deinen Laptop im Geschäft?", fragt er.

„Nein, ich habe ihn mit nach Hause genommen. Wieso?" Ich schaue ihn fragend an.

Ruben räuspert sich. „Na ja, wir könnten uns doch morgen bei mir treffen und Homeoffice machen."

Ich schaue ihn an. „Hm, das habe ich auch schon mal gemacht bei einem anderen Projekt. Wir waren vier Leute und haben uns einmal die Woche in meiner Wohnung getroffen. Mittags haben wir immer zusammen gekocht. Das war schön. Ja, wir können uns bei dir treffen. Freitags ist sowieso nie jemand im Büro."

Ich überlege. „Wir können uns mittags Pizza bestellen."

„Ja, gute Idee." Er lächelt. „Das machen wir so."

Zu Hause angekommen steigt Ruben aus und rennt ums Auto, öffnet mir die Tür und hilft mir heraus. Ich finde es ungewohnt, aber sexy, wenn ein Mann das macht.

Er begleitet mich zum Eingang. Wir lächeln uns an und stehen kurz einfach still da. Er beugt sich runter zu mir und ich weiche aus und drücke ihn weg von mir. „Was tust du?"

Er lacht. „Sandra, ich gebe dir einen Kuss auf die Wange und verabschiede mich."

Ich verdrehe die Augen und grinse. „Ach so, ja. Danke für den schönen Abend, Ruben. Das können wir sehr gern wieder einmal machen." Ich umarme ihn kurz, drehe mich um und gehe ohne mich nochmal umzudrehen ins Haus.

Was für eine Nacht. Das ist also Ruben. Nett, lustig und er kann tanzen. Ich hatte sogar Schmetterlinge im Bauch. Aber das hat nichts zu bedeuten, oder doch?

8

Am nächsten Morgen fahre mit dem Bus zu Ruben. Punkt 7.30 Uhr läute ich bei Ruben Martinez. Die Tür springt auf und ich fahre in den 7. Stock.

Ruben empfängt mich an der Tür. Wir sind beide leger gekleidet. Jeans, T-Shirt.

„Welcome back. Dieses Mal muss ich dich immerhin nicht in meine Wohnung tragen", sagt er lachend.

„Ha, ha, du bist ja so witzig. Das muss ich mir wohl noch länger anhören." Ich schüttle meinen Kopf und folge ihm ins Wohnzimmer. Ruben hat schon alles vorbereitet. Zwei Tassen Kaffee und ein paar Tim Tams stehen auf dem Salontisch. Ich nehme meinen Laptop aus meiner Tasche und setze mich im Schneidersitz auf den Einzelsessel. Wir vertiefen uns sofort in die Arbeit und merken nicht, wie die Zeit vergeht.

Um 13 Uhr bekommen wir unsere bestellte Pizza. Wir essen sie in der Küche. Ich stehe da angelehnt an die Kochinsel und lache Ruben aus wegen einem lustigen Foto von seiner Teenager-Zeit, das im Gang hängt. „Mit Stehkragen, das waren noch Zeiten, als wir das schön fanden."

„Du bist so schön, wenn du entspannt bist und dich wohl fühlst, Sandra. Ich liebe dein Lachen." Er beobachtet mich, wie ich reagiere.

Ich grinse ihn an und sage brav: „Danke." Mir steigt aber trotzdem die Röte in mein Gesicht, was ich äußerst mühsam finde. Wieso kann ich nicht einfach mal cool sein? Diese Röte verrät alles.

Er schaut mir immer noch in die Augen und stellt sich vor mich hin. Jetzt werde ich richtig rot. Ich schiebe ihn weg von mir. „Hör auf, Ruben. Hast du was zu trinken für mich?"

Er legt seine Hände auf meine Taille und ich zucke zusammen. Dann schiebt er mich auf die Seite und öffnet den Schrank hinter mir. „Das wollte ich gerade anbieten. Die Gläser sind im Schrank hinter dir. Hör womit auf?" Er schaut mich fragend an.

„Nichts. Habe ich dir je das Gefühl gegeben, dass ich etwas will von dir?" Ich bin zwar immer noch rot, aber schaue ihn direkt an.

Er zuckt kurz mit seinen Lippen, kräuselt die Stirn. „Wirklich, Sandra? Ok, ganz ehrlich, gestern hatte ich das Gefühl, dass wir ein paar Momente hatten. Ich spüre so etwas und ich sehe es dir an. Du hast kein Pokerface. Ich wollte nicht auf diese Momente eingehen, nicht jetzt, aber, wenn du das schon so ansprichst, dann... Doch, ich hatte schon das Gefühl, dass da was ist zwischen uns. Aber das können wir ein anderes Mal besprechen, jetzt will ich eigentlich nur wissen, was du trinkst? Womit soll ich nun aufhören?"

Ich mache große Augen. „Oh… ja, klar..." Mein Gesicht brennt. „Tut mir leid. Nichts, nichts …"

Er lacht. „Meine Güte, Sandra, entspanne dich. Ja, Sandra, ich merke, dass da etwas ist zwischen uns. Das ärgert dich, oder?"

„Ruben, im Ernst, ich kommentiere das nicht. Hör auf!" Ich drehe mich um und gehe ins Wohnzimmer.

Wir machen uns noch für drei Stunden an die Arbeit. Dieses Thema wird nicht mehr angesprochen. Ruben bietet mir an, mich nach Hause zu fahren, aber nach dieser Sache will ich das nicht mehr, deshalb nehme ich den Bus. Er hat natürlich recht. Wir hatten ein paar Momente. Ich habe es gespürt. Da ist mehr. Ich merke, wie angespannt ich bin in seiner Gegenwart.

9

Am Montagmorgen treffe ich Stella und Rose an der Bushaltestelle. Stella erzählt uns von Tom: „Er hat mich gefragt, ob ich mit ihm ins Kino will. Ich will der Sache eine Chance geben. Passiert ist noch nichts. Ich will ihn zuerst ein bisschen besser kennenlernen. Wir treffen uns am Donnerstag." Sie strahlt uns an.

„Wow, Stella, es ist so schön, dass du dieser Sache eine Chance gibst", sage ich.

Rose nickt und zeigt beide Daumen nach oben.

Rose schaut mich an. „Wie läuft die Sache mit Ruben?"

Ich erzähle ihnen vom Tanzen, von den Gefühlen, die ich hatte, von seinem Kuss auf die Wange. Ich erzähle auch von Freitag und seinen Kommentaren, die er gemacht hat.

„Er war sehr direkt und ehrlich und er hat den Nagel auf den Kopf getroffen. Ich kann mir vorstellen, dass du damit überfordert warst, aber normalerweise bist du nicht so schüchtern und kompliziert. Er hat mehr als recht. Du stehst auf ihn. Ich kenne dich, Sandra." Sie nimmt einen Schluck von ihrem Kaffee und schaut mich prüfend an.

Ich gebe mich geschlagen. „Ja, ich stehe ein bisschen auf ihn. Aber ich will nicht auf ihn stehen. Ich will das nicht."

Stella und Rose sehen sich an und fangen an zu lachen.

„Sandra, du musst doch nicht gleich an Beziehung denken. Vielleicht kannst du mit ihm einfach Sex haben. Eine schöne Projekt-Tanz-Sex-Affäre!" Rose grinst mich an.

„Ich und Sex…. ich weiss nicht, ob dieses Projekt für mich in Frage kommt. Inzwischen bin ich da unten doch schon zusammengewachsen… ausser Betrieb."

„Vielleicht ist es mit ihm anders. Er turnt dich doch an, dann könnte das klappen!" Stella streicht über meinen Arm. „Folge deinem Gefühl. Du kannst nichts falsch machen."

„Oh Gott. Lassen wir das Thema, das macht mich ganz nervös. Rose, erzähl uns von deinem Weekend."

*

Im Geschäft angekommen bin ich erschöpft von den vielen kreisenden Gedanken. Ich mache mich auf den Weg zum Sitzungszimmer. Ruben sitzt schon da und arbeitet vertieft. Ich schließe die Tür hinter mir und starre ihn an. Soll ich jetzt einfach auf ihn zugehen und ihn küssen. Ich sollte es tun. Nein, das geht nicht. Oder doch! Mach es, Sandra.

Er blickt auf. „Hi, Sandra, ist was? Hast du einen Geist gesehen? Geht es dir nicht gut?" Ruben steht auf und geht auf mich zu. Er legt seine Hände auf meine Schultern. „Was ist?"

Ich atme tief ein. „Nichts, nichts. Alles gut. Alles gut. Alles gut." Ich wische seine Hände von meinen Schultern und werde wieder rot. Er bleibt vor mir stehen und ich fühle mich zwischen Tür und Ruben gefangen. Ruben kommt näher, so nah, dass ich seine Wärme spüre und sein Parfüm rieche. Ich atme laut ein. Er schaut mich an und nimmt mich in seine Arme. Er hält mich eine Weile so, bis ich mich entspanne, dann lässt er mich los und geht zurück zu seinem Stuhl.

„Ich hoffe wirklich, dass alles okay ist?" Er blickt mich an. „Sandra, ich will dich zum Dinner einladen bei mir. Ich koche für dich. Wieso ich das will? Ich glaube, dass da etwas zwischen uns ist und ich will herausfinden, was das ist."

Ich starre ihn an. Mir wird noch heißer. Ich setze mich langsam auf meinen Stuhl. Er redet wie ein Arzt mit seiner Patientin. Ganz sanft und vorsichtig, aber sehr direkt und bestimmt.

„Du spürst es doch auch, Sandra. Da ist was." Er schaut mich jetzt mit einem zärtlichen Blick an.

Ich bekomme fast keine Luft, aber versuche, cool zu antworten: „Du meinst rein sexuell, oder? So eine sexuelle Anziehung?"

Ruben zögert. „Wie gesagt, ich weiß es nicht. Aber ich will es herausfinden. Komm zu mir. Du kennst meine Wohnung und wir können einfach etwas trinken und ich koche etwas Schönes."

Ich schüttle den Kopf. „Lass uns das kurzfristig entscheiden, bitte. Ich will mich jetzt auf das Projekt konzentrieren." Ich bin total verschwitzt und nervös und kann mich in Wirklichkeit kaum konzentrieren.

„Okay, machen wir weiter mit dem Projekt." Er nickt und steigt ins Thema ein, steht auf und schreibt die Flipchart voll. Tippt etwas in seinen Laptop. Schaut mich immer wieder lächelnd an und bleibt fokussiert.

Ich bin total benebelt. „Hey, ich geh kurz aufs Klo. Lass uns eine Pause machen." Ich springe auf, gehe ins Bad und setze mich aufs Klo, mach die Augen zu und atme. „Meine Güte, Sandra, was ist denn mit dir los? Beruhige dich." Ich brenne am ganzen Körper. Ich glühe. Ich atme eine ganze Weile ruhig ein und aus.

Langsam werden meine Gedanken wieder klar. „Reiß dich zusammen und bleib professionell."

Ich gehe zurück ins Sitzungszimmer und lächle Ruben an. „Ich finde, dass wir mit dem Anpassen der Rollen wirklich einiges verändern können. So müssen die Teamleiter aktiv daran interessiert sein, die Zusammenarbeit zu fördern."

Wir arbeiten weiter, als ob dieses Gespräch zuvor nie stattgefunden hätte.

10

Die Woche vergeht wie im Flug. Die Situation hat sich wieder entspannt. Als ich am Freitagmorgen ins Sitzungszimmer komme, arbeitet Ruben schon.

„Guten Morgen, Sandra. Hattest du gestern noch einen schönen Abend?"

„Ja, ich habe Game of Thrones geschaut." Ich lächle ihn an. „Schaust du das auch?"

Er dreht sich zu mir um. „Ja, klar, wie weit bist du?"

„Ich bin bald fertig, nur noch zwei Episoden." Ich stelle meine Tasche auf den Stuhl und zieh meine Jacke aus.

Ruben beobachtet mich. Sein Blick wandert von meinen Brüsten abwärts. Oh Gott, was soll das?

„Ruben! Sieh mich nicht so an, als ob ich mich gerade nackig machen würde vor dir. Ich ziehe nur die Jacke aus, sonst nichts!" Ich lache laut, fast ein bisschen übertrieben laut.

„Sandra, wie sieht es aus? Kommst du heute zu mir? Ich habe Lachs eingekauft und einen schönen Wein. Ich koche für dich und wir können ein bisschen quatschen. Komm zu mir." Er kommt auf mich zu und bleibt knapp vor mir stehen.

„Okay, ich komme zu dir. Aber ich muss dich warnen. Ich denke nicht, dass wir Sex haben werden, okay? Ich bin nicht so auf Sex aus."

„Was meinst du damit, dass du nicht so auf Sex aus bist? Meinst du das generell oder nur mit mir?" Er zieht den Stuhl zurück und wir setzen uns.

„Ach, ich bin nicht so sexuell. Es ist schon schön, aber ich finde Sex nicht so wichtig. Außerdem spielen wir Frauen immer so eine Rolle, damit der Mann glücklich ist. Wir haben ja nichts davon." Ich verdrehe die Augen.

Ruben schaut mich neugierig an. „Also ich finde Sex toll! Am Schönsten ist Sex aber erst, wenn ich die Frau verwöhnen kann. Ich genieße es, sie zu entdecken, ihr Vertrauen zu gewinnen und sie so zu verwöhnen, dass sie etwas davon hat. Für mich ist das überhaupt das Schönste an Sex." Er schaut mich mit einem ganz neutralen Blick an, als ob wir über das Zusammenbauen von einem Ikea-Schrank sprechen würden.

„Wirklich, Ruben? Du willst nicht einfach fünf Minuten rammeln und dann einschlafen?" Ich grinse ihn an.

„Waaas? Nein. Ganz ehrlich nicht. Ich komme auch nicht immer. Ich bin da vielleicht etwas anders. Für mich ist jede Frau wie ein Rätsel. Ich will es lösen und schauen, was dann passiert. Erst dann macht mir Sex wirklich Spaß." Er scheint das wirklich ernst zu meinen.

Ich merke, wie mich das Gespräch anmacht. Hoffentlich sieht er mir das nicht an.

„Also dann sind wir uns einig. Keinen Sex heute. Nur gut essen und quatschen?" Ich halte ihm die Hand hin.

Ruben nimmt meine Hand in seine beiden Hände. Ich will sie wegziehen, aber er hält sie fest und er lächelt mich an. Seine Hände sind ganz warm. „Sandra, lass uns einfach einen schönen Abend haben. Wir tun nichts, was du nicht willst, okay?"

Ich ziehe meine Hand zurück. „Ruben! Ich meine es ernst."

Er lacht und nickt. „Alles klar."

*

Es ist Abend und ich bin auf dem Weg zu Ruben. Meine Knie schlottern. Ich hatte in den letzten Jahren weder One-Night-Stands noch habe ich mich selbstbefriedigt mit einem Dildo. Ich grinse vor mich hin und schüttle meinen Kopf. Wie erbärmlich.

Ich hatte früher etliche One-Night-Stands und auch viele Liebeleien. Ich bin kein Kind von Traurigkeit. Ich habe so viel ausprobiert, aber nie wirklich auf mich geachtet. Es war immer nur der Fun-Aspekt im Vordergrund. Gespürt habe ich aber nie viel. Ich habe immer das Gefühl, dass ich nichts spüren kann, dass ich einfach unempfindlich bin. Wenigstens hat es immer Spaß gemacht.

In den letzten Jahren habe ich mir ein Leben eingerichtet, in dem Sex gar kein Thema mehr ist. Und dann kommt Ruben, der so viel Lust in mir auslöst. Es ist unglaublich. Das Lustgefühl hatte ich so bisher noch nicht erlebt. Wenn ich mit ihm rede, merke ich, wie ich feucht werde. Das hatte ich wirklich noch nie so. Er hat etwas, das mich total anmacht.

Da bin ich. Ich stehe vor seinem Haus und starre auf seinen Namen. Ich habe patschnasse Hände. Heute gibt es keinen Sex! Dafür bin ich viel zu angespannt. Ich könnte es gar nicht genießen.

Ich läute.

„Hey!" Ruben empfängt mich an seiner Tür. Er hat eine lockere Jogginghose an und ein weißes T-Shirt. Seine Haare sind noch nass und er riecht frisch geduscht. „Komm rein, meine Schöne." Er nimmt mir meine Jacke ab, packt mich an der Hand und zieht mich in seine Küche. „Ich bin noch nicht ganz fertig, der Lachs muss noch in den Ofen, wir können mit einem Apéro starten auf dem Sofa. Okay?" Er schaut mich strahlend an.

Ich bekomme keinen Ton raus und zittere. Ich kann nicht sprechen. Wie peinlich.

„Sandra, entspann dich." Er umarmt mich und küsst mich auf die Stirn. Eine ganze Weile bleiben wir so stehen und wippen von einem Fuß auf den anderen. Langsam beruhige ich mich. Er duftet wirklich gut. Es ist nicht sein Parfüm. Sein ganz eigener Körpergeruch ist wie ein Parfüm für mich. Ich sauge den Duft ein und beruhige mich immer mehr.

„Danke, tut mir leid. Ich bin so nervös. Es ist wohl schon länger her, seit ich mich mit einem Mann getroffen habe. Aber jetzt fühle ich mich besser." Ich löse mich aus seiner Umarmung und drehe mich weg von ihm.

„Das ist gut. Was trinkst du? Gin Tonic?" Er zuckt mit seinen Augenbrauen und wir lachen beide los.

„Nein, danke, außer du stehst auf Nekrophilie. Was hast du denn anzubieten?" Ich schaue ihn neugierig an.

Ruben lacht laut auf. „Ich dachte, dass wir heute keinen Sex haben werden. Aber dich scheint dieses Thema nicht loszulassen. Ich fühle mich fast ein bisschen bedrängt von dir." Er grinst und zwinkert mir zu. „Wollen wir einen Moscato trinken?" Er hält mir eine Flasche entgegen.

Ich verdrehe die Augen. „Ja, super, ich liebe Moscato!" Ich drehe mich um und gehe direkt ins Wohnzimmer. Ruben folgt mir mit den Gläsern und der Flasche.

Er hat wirklich eine sehr schöne Wohnung. Sein Wohnzimmer ist riesengroß mit einem super kuscheligen Riesensofa. Auf diesem Sofa haben bestimmt acht Leute Platz und er hatte bestimmt schon mit vielen Frauen Sex darauf. Ich entscheide mich wieder für den Einzelsessel.

Ruben grinst mich an. „Komm schon. Auch in diesem Sessel bist du nicht sicher vor mir. Das weißt du, oder?"

Ich grinse zurück. „Aber ich gebe dir damit ein klares Zeichen, keinen Sex!"

Ruben ignoriert diese Aussage charmant. „Schön, dass du da bist, Sandra, ich habe mich wirklich gefreut, als du ja gesagt hast. Prost!" Wir stoßen an und genießen den Moscato mit getrockneten Aprikosen. So lecker. Ich entspanne mich. Jetzt geht es mir wieder gut.

Wir sprechen über Gott und die Welt. Ruben ist aus Madrid und hat drei Brüder. Er liebt und vermisst seine Familie, aber er fühlt sich in Australien einfach mehr zu Hause. Trotzdem plant er, irgendwann einmal zurück nach Madrid zu ziehen. Er hat Wirtschaft und Psychologie studiert. Ein cleveres Kerlchen.

„Wieso bist du jetzt im Prozess-Management?", frage ich ihn.

„Es gefällt mir einfach. Die meisten mögen keine Prozesse, aber realisieren nicht, dass alles aus Prozessen besteht. Egal wie man es anschaut oder nennt, am Ende des Tages ist es ein Prozess. In einem Prozess darf man die Menschen nicht vergessen. Wenn man versteht, wieso die Leute abweisend oder wütend reagieren bei einer Prozess-Veränderung, kann man besser auf die Betroffenen eingehen. Deshalb habe ich Psychologie studiert. Es hilft einfach, das komplexe menschliche Wesen ein bisschen besser zu verstehen."

Ich sehe ihm an, dass er das wirklich gern macht. „Ja, stimmt, ich weiß, was du meinst." Ich bin fasziniert. Er ist nicht einfach ein Anzug ohne Inhalt.

„Wie geht es dir jetzt. Besser?"

„Ja, mir geht es gerade sehr gut. Ich fühle mich wirklich wohl!" Ich sehe in seine grünen Augen und merke, wie mir wieder die Hitze ins Gesicht steigt. Ein starkes Ziehen macht sich in meinem Bauch bemerkbar. Sein Blick ist so intensiv.

„Komm!" Er steht auf, nimmt meine Hand und zieht mich hoch. Er umarmt mich und küsst mich wieder auf die Stirn. Er zieht mich hinter sich her ins Schlafzimmer. „Magst du Kerzen?" Er schaut mich fragend an.

Mir wird so heiß, dass ich nur nicken kann. Er macht die Kerzen an und sein Schlafzimmer wird von schummrigem Kerzenlicht beleuchtet. Er stellt sich vor mich hin, schaut mir in die Augen und sagt: „Sandra, zieh dich aus."

Ich schließe die Augen. Jetzt könnte ich noch einen Rückzieher machen. Dann wäre das einfach eine peinliche Situation, über die wir lachen können. Ich mache die Augen wieder auf und schaue ihn an. Er nickt und lächelt mich an. Er wartet einfach und ist still, sieht mich an, wie ich meine innere Diskussion führe. Ich stehe da vor ihm und weiß nicht, ob ich das tun soll.

Ich fange an. Pulli, Socken, Jeans, dann stehe ich da in meiner Unterwäsche.

„Du bist so schön, Sandra." Er bewegt sich nicht vom Fleck, schaut mir in die Augen und nickt wieder. „Ziehst du alles aus?"

Es ist schon so lange her, seit ich mich einem Mann nackt gezeigt habe. Gefalle ich ihm? Was, wenn nicht! Ich spüre diese Unsicherheit und Angst, dass er mich nicht schön finden könnte. Aber ich mache weiter, wie oft bin ich schon über meinen Schatten gesprungen? Ich ziehe meinen BH aus und lasse ihn fallen, dann ziehe ich mein Höschen aus. Ich stehe splitterfasernackt vor Ruben. Sein Blick streicht über meinen ganzen Körper. Ich schließe die Augen, weil ich seinen Blick nicht sehen will. Wenn ich nur eine Reaktion sehen würde, die darauf hinweist, dass ich ihm nicht gefalle, dann tut das weh. Ich fahre immer gut mit geschlossenen Augen.

„Du bist so schön, Sandra!", flüstert er wieder. „Mach deine Augen auf!"

Ich schaue ihn an und er fängt an, sich langsam auszuziehen. Er trägt keine Unterwäsche. Er streift einfach sein T-Shirt und seine Hose ab. Ich schaue ihm zuerst nur in die Augen. Dann lasse ich den Blick zu seiner Mitte wandern. Sein Penis ist groß und hart.

Ruben geht auf mich zu und bleibt ganz nah vor mir stehen. Ich fühle seine Körperwärme. Sein steifer Penis berührt meinen Bauch, warm und pulsierend. Wir stehen eine Weile so da und atmen einander ein.

„Ruben, es ist schon sehr lange her, seit ich etwas hatte mit einem Mann." Ich schaue ihn unsicher an und er küsst mich sanft und lange auf meinen Mund. Seine Lippen sind weich und warm. Ich öffne meinen Mund ein bisschen und Ruben streicht mir mit seiner Zunge über meine Lippen. Er umarmt mich und fährt mit seinen Händen über meinen Rücken. Ruben löst sich von mir und ich setze mich auf sein Bett. Er kniet vor mir und gibt mir sanfte Küsse auf mein Gesicht, Hals und dann die Brüste. Seine Lippen sind warm und weich und jede Stelle, die er küsst, brennt ein bisschen nach, wenn er sie verlässt.

Er drückt mich zurück, dass ich mich hinlegen muss. Er öffnet meine Beine und schaut mich lange an, streichelt meinen Körper mit seinem Blick und bleibt zwischen meinen Beinen hängen.

Dann senkt er seinen Kopf und berührt mit seiner Nase meine Knospe. Mir entfährt ein lautes Stöhnen. Er atmet tief ein. „Du riechst so gut, Sandra, so gut." Ich halte ganz still und er auch. Er riecht mich für eine Weile. Mein Becken macht sich auf einmal selbstständig und fängt an, sich zu bewegen. Ich drücke mich ihm ein bisschen entgegen und fühle, wie seine Zungenspitze mich auf einmal sanft berührt. Er leckt ganz langsam über meine Schamlippen hoch zu meiner Knospe, dann drückt er mit seiner Zunge gegen die Schamlippen, die sich sofort öffnen, und seine Zunge taucht sanft in mich hinein. Er stöhnt leicht und atmet mich wieder ein. Ich öffne meine Augen und schaue ihn an. Er scheint es wirklich zu genießen. Ich finde es sexy, aber gleichzeitig auch befremdlich, dass er mich so riecht.

Er leckt über meine Schamlippen mit seiner warmen Zunge, drückt gegen meine Knospe und das macht er immer wieder in einem langsamen Rhythmus. Ich fange an, schneller zu atmen, und ich fühle mich total benommen. Meine Oberschenkel fangen an zu zittern und ich habe das Gefühl, dass ich sie nicht mehr selber halten kann.

Ruben stützt nun meine Beine und dringt mit seiner Zunge tief in mich ein. Ich stöhne laut.

Er zieht sich zurück und streichelt mit seinen Händen meinen Bauch hoch zu meinen Brüsten. Er lächelt mich an und sagt: „Mi Vida, du riechst und schmeckst so gut."

Ich sehe ihn benommen an und kann mich nur langsam beruhigen. „Bitte mach weiter!"

Er schüttelt den Kopf. „Wir müssen aufhören. Der Lachs ist im Ofen." Ich stöhne gequält und drehe mich auf die Seite. „Ach, das wäre sowieso nichts geworden."

Ruben setzt sich aufs Bett und zieht mich hoch. „Was meinst du damit?" Ich bedecke mit meinen Händen die Brüste und suche mein T-Shirt. „Hey, lass das." Er nimmt meine Hände von meinen Brüsten. „Wieso bedeckst du deine Brüste? Sie sind schön." Er steht auf und reicht mir mein T-Shirt und zieht es mir über.

Ich stehe auf und lehne mich gegen ihn. Ich gebe ihm einen Kuss auf seine haarige Brust. Ruben fährt mit seiner Hand zwischen meine Beine und streicht über meine Pussy. Ich bin noch so feucht. Seine Hand verweilt dort. Er drückt einen Finger leicht zwischen die Schamlippen. Ich stöhne wieder auf. „Das halte ich nicht aus!"

Ruben grinst und gibt mir einen langen Kuss auf den Mund und leckt dann seine Finger ab. „Dein Geruch, mi Amor, ist außergewöhnlich." Er gibt mir einen Kuss und leckt über meine Lippen. Ich schmecke mich und es erregt mich noch mehr. Ruben nimmt meine Hand und legt sie auf seinen Penis. „So gern rieche und schmecke ich dich, spürst du das?"

Mein Atem wird wieder schneller und ich schwanke ein bisschen. Ruben hält mich fest und lächelt mich an. „Unser Essen ist fertig." Er reicht mir mein Höschen und meine Jeans. Ich ziehe sie schnell über.

Rüben küsst mich noch einmal sanft auf den Mund, zieht seine Jogginghose an und zieht mich hinter sich her in die Küche.

Das Essen ist super. Ruben ist ein Wahnsinnskoch. „Wow, Ruben, ich bin beeindruckt. Du kannst wirklich super gut kochen. Lecker! Mmh."

Ruben schaut mich stolz an. „Ja, ich habe drei kleine Brüder und meine Mama musste immer arbeiten. Das heißt, ich war der Koch zu Hause. So habe ich es gelernt. Youtube oder Pinterest sind außerdem super für Rezepte, falls du mal was suchst. Hey, darf ich dich was fragen?"

„Ja, klar, was denn?" Ich schaue ihn an und nehme einen Schluck vom Wein.

„Wieso hast du gesagt, dass das nichts geworden wäre?" Er sieht mich interessiert an. „Du warst so feucht und hast dich total gehen lassen."

„Mmh, ich hatte viel Sex früher und auch sehr gern, aber ich spüre nicht so viel. Ich komme nie mit einem

Mann. Meistens bekomme ich mit der Zeit ein schlechtes Gewissen, weil sich der arme Kerl abrackert mit meiner … Hm, wie soll ich es nennen? Das ist auch so eine Sache. Es gibt keinen schönen Ausdruck für unser Geschlechtsteil! Mumu ist sehr kindlich, Scheide erinnert mich an meinen Frauenarzt, bei Schnecke denke ich immer an Schleim, Ritze finde ich auch komisch, Muschi ist irgendwie auch doof und Pussy ist so pornografisch, aber gefällt mir am besten. Also, wo war ich? Ah ja, er rackert sich ab mit meiner Pussy und will unbedingt, dass ich komme. Für die Männer ist das eine Bestätigung, dass sie ihre Arbeit gut gemacht haben. Aber mich stresst dieser Druck total, und dann wird es zum Teufelskreis. Das macht keinen Spaß." Ich verdrehe die Augen. „Finde dich einfach am besten damit ab, dass ich mit dir keinen Orgasmus haben werde, dann sind wir beide weniger gestresst. Aber Spaß macht es mir trotzdem."

„Also werden wir miteinander schlafen. Das freut mich." Ruben grinst mich frech an. „Übrigen bin ich nicht deiner Meinung, ich denke, dass das eine reine Kopfsache ist, und bei dir merkt man, dass du oft im Kopf bist. Eben hatte ich aber das Gefühl, dass du dich kurz vergessen hast."

„Ich glaube nicht, Ruben. Ich mache mir da keine Hoffnung. Pflanze es nicht in meinen Kopf, sonst sind wir nur beide enttäuscht." Ich schaue ihn traurig an.

Ruben schüttelt den Kopf. „Sandra, du redest dir das ein. Hör auf damit. Was tust du dir da an? Ich merke, dass du unsicher bist. Du hattest Angst, dich vor mir auszuziehen. Du findest es komisch, dass ich dich riechen will und es sogar gern rieche! Sandra, du weißt gar nicht, wie schön du bist. Hat dir das nie jemand gesagt? Und dein Geruch und dein Geschmack, oh mi Vida, wie lecker. Doch es ist gut, dass ich es in deinen Kopf pflanze, dann kann es wachsen. Es wird sich jetzt wie ein Virus in dir verbreiten und dich nicht mehr loslassen, weil du es willst." Er sieht mich ernst an.

„Hör jetzt auf. Danke, aber bitte lassen wir das. Eigentlich hatten wir noch gar keinen Sex." Ich grinse.

„Stimmt, wenn wir nach Bill Clinton gehen, war das kein Sex." Er grinst zurück. „Sandra, wie wäre es, wenn wir heute wirklich keinen Sex haben?"

Ich schaue ihn schockiert an. „Habe ich etwas Falsches gesagt?"

„Nein. Ich überlege nur gerade, wie ich dir helfen kann. Ich meditiere oft und habe schon einige Blockaden in mir gelöst. Vielleicht hilft es dir, wenn wir es langsam angehen. Lass es wirken und wachsen und vielleicht schlafen wir wirklich einmal miteinander, aber wir machen das nur, wenn alles passt. Ich meine damit, dass wir so weit gehen, bis du merkst, dass du wieder im Kopf bist. Und für diesen Moment lassen wir uns etwas einfallen, damit du wieder loslassen kannst. Vielleicht hilft es dir auch, wenn du dir in diesem Moment sagst: Ich bin entspannt und ich genieße es. Das könnte dir helfen. Wenn du dann aufhören willst, weil du dich so unter Druck setzt, könntest du dir sagen: Ich tue alles, was ich kann, und tue es gut. Damit nimmst du dir den Druck. Ich helfe dir dabei." Er schaut mich ernst an.

„Jetzt behandelst du mich wie eine Patientin. Wieso tust du das? Ich finde es gar nicht schlimm, wenn ich nicht komme. Du bist nicht mein Therapeut, sondern mein Lover. Ich weiß, dass ich schüchtern und unsicher war am Anfang, aber jetzt bin ich hier und ich will Sex. Wir essen und dann machen wir es!" Ich schaue ihn wütend an.

Ruben schüttelt nachdenklich seinen Kopf. „Wann hattest du denn das letzte Mal Sex?"

Ich denke nach. „Oh, das ist zu lange her, einige Jahre, wenn ich ehrlich bin."

Ruben schaut mich verblüfft an. „Wow, wie viele Jahre!?"

Ich verdrehe die Augen. „Ja, so fünf bis sieben Jahre ist es her. Ich brauche es nicht wirklich. Mir hat auch nichts gefehlt in dieser Zeit."

„Dir hat nichts gefehlt! Wieso willst du dann jetzt alles so überstürzen?"

Stimmt. Er hat recht. Ich antworte: „Ich spüre Lust. Das hatte ich schon lange nicht mehr. Oder eigentlich noch nie... so stark."

Ruben lächelt. „Das ist schön. Danke, dass ich derjenige bin, der das in dir auslöst. Ich fühle mich geehrt."

Nachdem wir alles in die Küche geräumt haben, sitzen wir noch ein bisschen im Wohnzimmer. Ruben zeigt mir Fotos von seiner Familie. Ich schaue ihn an und wünsche mir, dass er mich wieder so ansieht, küsst und ins Schlafzimmer zieht. Aber Ruben bleibt auf Distanz. Ich bin trotz unseres Gesprächs zuvor verunsichert und enttäuscht.

„Ruben, ich mach mich auf den Weg nach Hause." Ich stehe auf und gehe zur Haustür.

Ruben folgt mir und schaut mich prüfend an. „Sandra, ist alles okay?"

„Ja, ich bin nur müde und will heim. Machs gut." Ich umarme ihn kurz, küsse ihn auf die Wange, drehe mich um und verlasse die Wohnung. Ich bin verwirrt und so eine Idiotin. Wieso habe ich mich auf die ganze Sache eingelassen!

11

Montagmorgen.

Oh nein. Ich will nicht aufstehen. Ich will nicht in die Sitzung mit Ruben. Was soll ich tun? Ich schleppe mich unter die Dusche und stehe 15 Minuten unter dem heißen Wasser. Ich muss mit meinem Chef reden. Ich brauche eine Pause von diesem Projekt. Die Situation macht mich fertig!

Im Büro angekommen gehe ich direkt zu meinem Chef. „Nick, kann ich kurz mit dir sprechen?" Ich sehe ihn ernst an.

Nick ist immer so hektisch drauf und rennt von Sitzung zu Sitzung. „Klar, was ist? In einer Minute habe ich eine Sitzung." Er reibt sich über die Augen und legt den Kopf in seinen Nacken während er mir ungeduldig zuhört.

„Nick, ich brauche eine Pause von diesem Projekt. Ich muss ein paar Dinge erledigen…"

Er schaut über meine Schulter und sagt: „Ruben! Hey, komm rein. Sandra, das geht leider nicht. Das Projekt hat jetzt mehr Priorität als je zuvor. Wir stehen vor einer Reorganisation und sind schon spät dran mit der ganzen Sache. Ruben kann dir das besser erklären als ich. Er hat die Details."

Ich stehe stocksteif da und wage es nicht, mich umzudrehen. Ruben steht hinter mir und hört zu. „Alles klar, Nick. Dann werde ich das mit Ruben besprechen." Ich drehe mich auf dem Absatz um und stürme aus dem Büro ohne Ruben anzusehen. Ich gehe zu meinem Schreibtisch, setze mich und schlage meine Stirn auf den Tisch. Immer und immer wieder.

„Sandra!" Rose legt mir die Hand auf die Schulter.
Ich sehe hoch zu ihr. „Jaaa."

„Was ist denn mit dir los?" Rose sieht mich belustigt an.

Ich packe sie am Arm und sage: „Nicht hier. Gehen wir ins Bad?"

Wir rufen Stella und gehen ins Bad. Die beiden schauen mich neugierig an. „Was ist passiert?"

„Ihr müsst das für euch behalten." Ich meine das todernst.

Sie antworten im Chor: „Jaaa!", und verdrehen beide die Augen.

„Ich war am Freitag bei Ruben. Er hat mich zum Dinner eingeladen." Ich verziehe mein Gesicht.

Stella hält ihre Hand vor den Mund und schaut mich gespannt an. Aus Rose schießen die Fragen: „Hattet ihr Sex? War es gut? Bist du verliebt? Wie geht es dir? Erzähl!!!"

Ich hole tief Luft: „Er hat für mich gekocht, er kann echt gut kochen. Wir hatten zwar keinen Sex, aber einen Anfang von Sex. Wir waren nackt und er hat mich geleckt." Ich werde rot.

Stella fragt: „War es gut?"

„Ja, es war wirklich gut. Ruben ist eine sehr feinfühlige Person, er hat sich viel Zeit gelassen. Es war wirklich sehr schön. Das habe ich noch nie erlebt. Wirklich. Ich glaube noch nie. Wir mussten aufhören, weil das Essen im Ofen war." Ich seufze.

Rose sagt ungeduldig: „Sandra, sag schon, was ist dann passiert?"

„Wir hatten ein schönes Dinner und dann haben wir über meine Unfähigkeit zu kommen gesprochen. Er wollte dann auf einmal keinen Sex mehr. Er hat vorgeschlagen, das Ganze langsam anzugehen, dass ich mir Zeit lassen kann." Ich verdrehe meine Augen. „Das hat mich echt verunsichert. Ich habe mich zurückgewiesen gefühlt. Wir haben nach dem Dinner ein bisschen Musik gehört, Fotos von seiner Family angeschaut und dann bin ich nach Hause. Er hat mich kein einziges Mal mehr berührt." Ich beobachte die Reaktionen meiner Freundinnen. Beide sehen nachdenklich aus.

„Sandra, ganz ehrlich. Ich finde das echt schön von ihm. Wer hätte gedacht, dass er so ein einfühlsamer Gentleman ist." Stella meint, was sie sagt.

Rose nickt. „Finde ich auch. Er scheint echt ein netter Typ zu sein. Wow! Ich bin sehr beeindruckt!"

„Super, ich wollte ihn dafür hassen. Und ihr findet sein Verhalten gut." Ich sehe sie fragend an.

„Ja, Sandra, es klingt nicht nach Ablehnung. Er will, dass es gut wird für beide, was immer passiert." Stella umarmt mich. „Hey, genieße es. Wer weiß, was noch aus der Sache wird. Und sei etwas geduldiger mit ihm und auch mit dir!"

Ich seufze erneut. „Aber ich muss Initiative ergreifen. Das ist nicht so mein Ding. Danke, meine Lieben! Ihr habt mir sehr geholfen. Ich fühle mich viel besser."

„Na dann kann es ja jetzt losgehen mit der Entdeckungsreise." Rose strahlt mich an. „Freu dich drauf, das wird sicher spannend!"

„Ich muss in die Sitzung und bin schon viel zu spät dran", sage ich und werde super nervös. Wir verlassen das Bad und ich mache mich auf den Weg in den Sitzungsraum mit patschnassen Händen. Ruben wartet schon auf mich.

„Hi", sage ich knapp. Ich schaffe es nicht, ihn anzusehen. „Hattest du noch ein schönes Wochenende?"

„Hi, Sandra, ja, ich hatte ein schönes Wochenende." Er sieht mich an und schweigt. Sein Blick ruht auf mir.
„Ruben, bitte schaue mich nicht so an!" Ich starre in meinen Laptop.

Er schweigt, bis ich ihn ansehe. Dann sagt er: „Hi", und lächelt mich an. „Sandra, ich fand unseren Abend wirklich schön. Ich hoffe, dass wir das bald wiederholen können. Ich will dich sobald wie möglich wieder treffen. Wenn du willst heute oder morgen? Sag mir, wann du Zeit und Lust hast. Ich werde es mir einrichten, weil ich mich jetzt schon drauf freue. Ich will dich spüren, ich will dich riechen, ich will dich schmecken und ich will mit dir schlafen."

Ich kann ein Lächeln nicht unterdrücken. „Oookay, okay, okay. Hör auf. Ja, das will ich auch."

Er lächelt zurück. „Dann ist alles gut? Du willst nicht aus dem Projekt aussteigen oder eine Pause mache?" Ruben zieht eine Augenbraue hoch und grinst.

„Alles okay, tut mir leid, ich habe überreagiert." Ich mache meinen Laptop auf und wir starten mit der Arbeit.

Wir konzentrieren uns die ganze Woche voll auf das Projekt. Es fällt kein Wort mehr bezüglich eines neuen Treffens. Ich will zuerst wieder einen klaren Kopf bekommen. Es funktioniert und ich bin wieder entspannt in Rubens Gegenwart. Es ist schön, wenn man sich langsam immer besser kennenlernt.

12

„Hast Du Pläne fürs Wochenende", fragt Ruben mich am Freitagmorgen so ganz nebenbei.

Ich sage: „Ja, heute gehe ich tanzen mit ein paar Freunden. Aber sonst habe ich keine großen Pläne. Vielleicht gehe ich am Samstag zu einem Salsa-Workshop. Ich weiß es nicht. Es kommt drauf an, wie lange ich heute unterwegs bin."

Ruben schaut mich einen Moment lang an und sagt dann: „Okay, klingt doch gut."

Ich erwidere seinen Blick. „Hey, ich weiß wirklich nicht, wie ich das machen soll. Ich mach das nie! Hilf mir bitte."

„Womit soll ich dir helfen?" Er wirkt überrascht.

„Ich frage nie einen Typen, ob er mich treffen will. Ich mag es lieber, wenn ich gefragt werde. Es ist mir peinlich." Ich schaue ihn verzweifelt an. „Aber ich würde dich gern wieder treffen, ohne jetzt schon einen nächsten Schritt zu planen. Einfach mal treffen und der Rest ergibt sich oder auch nicht. Es muss ja kein geplantes Sex-Date sein."

„Endlich sagst du etwas. Das hat jetzt echt gedauert. Sandra, ja, ich würde mich freuen. Danke, dass du fragst, war doch gar nicht so schlimm, oder!?" Er strahlt mich an. „Ich freue mich. Wann treffen wir uns?"

„Doch, ich habe Blut geschwitzt! Es war schlimm! Aber egal, Samstag?" Ich warte auf eine Antwort.

„Kommst du schon morgens zu mir?" Er lächelt verschmitzt. „Du kannst zu mir ins Bett schlüpfen und dann wachen wir zusammen auf. Ich kaufe ein paar Sachen ein, dann können wir zusammen brunchen auf meiner Terrasse?"

„Ja, das klingt schön. Dann komme ich so um 7 Uhr zu dir?" Ich kann gar nicht aufhören zu grinsen.

13

Ganz früh am nächsten Tag, genauer gesagt um 1.30 Uhr, betrete ich meine Wohnung und falle direkt ins Bett. Ich bin ausgepowert vom Tanzen und schlafe direkt ein. Wenige Stunden später springe ich aus dem Bett und unter die Dusche. Ich ziehe mich bequem an. Immerhin gehe ich ja gleich wieder ins Bett. Ich sause durch meine Wohnung trillere vor mich hin, füttere meine Katze und renne förmlich zum Bus.

Ich läute bei Ruben, fahre mit dem Lift hoch und klopfe. Er öffnet mir mit nassen Haaren und nur mit Boxershorts bekleidet die Tür. Er umarmt mich ganz fest, küsst mich, schnuppert an meinem Hals und zieht mich dann in sein Schlafzimmer. Er zieht seine Boxershorts aus und schlüpft nackt unter die Decke. „Zieh dich aus und komm zu mir, mi Amor. Ich will deinen Körper spüren."

Ich zieh meine Kleider aus und schlüpfe mit ihm unter die Decke. Ruben hält mich ganz fest, drückt seinen nackten Körper an mich, schließt die Augen, küsst meinen Hals und schläft nach ein paar Atemzügen ein. Es fühlt sich so schön an.

*

Die Sonne scheint mir ins Gesicht. Ich öffne die Augen. Mein Kopf liegt auf Rubens Brust. Seine Brusthaare kitzeln meine Nase. Ich blicke über seine Brust runter zu seinem Penis. Wie schön er ist. Groß und dick und ein bisschen schief. Er ist halb hart, so einladend. Ich streiche Ruben über seinen Bauch. Er seufzt und atmet tief. Ich sitze auf und schiebe mich ein bisschen weiter runter, dann befeuchte ich meine Lippen und tippe mit der Zunge leicht auf seine Spitze. Ruben zuckt und hält die Luft an. Er ist wach. Ich verteile meine Spucke auf seiner Spitze und lecke sanft über die Vorhaut. Dann schiebe ich sie mit der Zunge ein bisschen zurück und bedecke seine Spitze mit meinem Mund. Ganz zart. Ruben entfährt ein langes Stöhnen. Er atmet tief ein und streckt sich mir entgegen.

Ich ziehe mich zurück, schaue ihn an und lächle. Ruben schaut mich flehend an. Ich mache weiter und lege meine Lippen sanft über seine ganze Eichel. Ich schiebe meine Zunge unter seine Vorhaut und ziehe sie langsam und sanft ganz nach hinten. Ruben stöhnt und sein Penis wird steinhart und noch größer. Ich schmecke ihn jetzt mit meinem ganzen Mund, sauge leicht und merke, wie erregt er ist. Das macht mich an. Ich setze mich auf sein Bein und reibe mich an seinem Oberschenkel. Ich schiebe immer wieder meine Lippen über seinen Penis und sauge leicht in einem langsamen Rhythmus. Sein Bein wird warm und nass, weil ich so erregt bin. Sein Penis zuckt in meinem Mund. Er riecht so gut.

Ich will ihn in mir spüren, ich hebe mein linkes Bein über ihn und will mich auf ihn setzen. Meine Pussy berührt seine Spitze und meine Schamlippen sind so feucht, dass sie sich sofort öffnen. Ruben packt mich an meiner Hüfte und stoppt mich. Er schüttelt den Kopf.

„Mi Amor, warte." Er schaut mich konzentriert an. Er ist in Ekstase und will es auch.

Ich stöhne und lasse mein Gewicht auf seine Hände fallen. „Bitte. Ich will es, jetzt! Bitte lass mich los!" Meine Schamlippen berühren immer noch seinen Penis und ich lege meinen Kopf in den Nacken und stöhne: „Bitte."

Rubens Arme zittern vor Anstrengung, er schwingt mich zur Seite und legt mich auf den Rücken. Er drückt mir die Knie ganz weit hoch, sodass ich ganz geöffnet bin. Er schaut mich an und leckt langsam mit viel Spucke über meine Pussy. Ich schließe die Augen und stöhne lüstern.

Er lässt mein rechtes Bein los, spreizt meine Schamlippen mit seinen Fingern, leckt mir wieder sanft über meine Pussy und sagt: „Sandra, sieh mich an. Ich will dir in die Augen schauen."

Ich stöhne und sage: „Nein, lieber nicht." Ich hebe mein Becken lüstern hoch. „Bitte! Ich will dich spüren."

Er schaut mich an und wartet.

Ich flüstere noch einmal: „Bitte!", und schaue Ruben nun in die Augen. Dann spreizt er meine Schamlippen und stößt langsam in einem Zug hinein bis zum Anschlag. Mir entfährt ein lautes, langes Stöhnen. Die Dehnung tut etwas weh und ich zische durch die Zähne und drücke den Kopf in den Nacken. Ruben hebt meine Knie zu meiner Brust und drückt sich tiefer in mich rein. Es dehnt und zieht in meiner Pussy, zu lange ist es her.

Er hält inne und schaut mich an. Dann drückt er weiter rein. Sobald ich mich entspanne, presst Ruben noch mehr in mich hinein. Wir bleiben eine Weile so verharrt. Ich nehme ihn voll auf und meine Pussy entspannt sich langsam. Der leichte Schmerz weicht einem Zucken. Ruben hebt mich hoch, sodass ich auf seinem Penis sitze. Wieder zieht es ein bisschen. Er drückt mich runter und dringt so noch tiefer in mich ein. Ruben schaut mir in die Augen und macht sanfte, kreisende Bewegungen mit seinem Becken. Ich stöhne. Die konstanten Kreisbewegungen entspannen mich.

Er legt mich wieder auf den Rücken, bleibt tief in mir mit der ganzen Länge, bewegt sich nun leicht zurück und drückt sich dann wieder mit einem Ruck in mich hinein. Das macht er eine ganze Weile. Er drückt mit seiner Hand meinen Bauch nach unten. Wenn ich ihn anheben will, schüttelt er den Kopf. „Bleib so, mi Vida." Seine Stimme macht mich an. Ich merke, wie sich langsam ein wohliges Gefühl aufbaut in meinem Bauch. Ich spüre, wie ich richtig nass werde.

Ruben bewegt sich immer weiter zurück und vor und stößt tief und hart ich mich hinein. Er erhöht das Tempo. Er beobachtet mich, wie ich reagiere. Das macht mich an. Es kribbelt in meinen Füßen und Händen. Meine Beine zittern und ich fange an, ganz schnell zu atmen.

Ruben legt sich mit seinem ganzen Gewicht auf mich und flüstert in mein Ohr: „Entspann dich, atme tief und langsam. Genieße das Gefühl." Seine Stimme macht mich so an und meine ganze Bauchregion fängt an zu kitzeln und zu zucken. Er hebt meinen Kopf hoch gegen seine Brust und sagt: „Drück mich aus dir raus." Ich gebe Druck und er stößt gleichzeitig wieder und wieder in mich hinein. Es erhöht das Gefühl in meiner Pussy. Ich stöhne: „Es ist so schön … mehr … bitte!" Ich schaue ihm in die Augen. „Ich halte es nicht mehr aus!" Meine Stimme klingt wie ein Wimmern. Ruben küsst mich, saugt an meiner Zunge und stößt konstant in mich hinein. Ich zucke mit den Beinen und stöhne: „Ich, ich komme!" Ich sehe ihn an, drücke meinen Bauch gegen ihn. Ich spüre, wie sich der Orgasmus in mir aufbaut. Ich hyperventiliere und atme stockend und dann... das Gefühl flaut langsam ab, es verschwindet und ich erwache wie aus einem Traum.

Ruben schaut mich an und verlangsamt das Tempo. Er bewegt sich in mir und hält mich für eine Weile fest in seinen Armen. Dann zieht er sich aus mir raus. Er schließt mich in seine Umarmung und sagt: „Mi Vida, es ist alles gut. Es wäre ja unglaublich, wenn es gleich klappen würde. Aber jetzt weiß ich, dass es klappen wird. Ich muss dich zuerst noch ein bisschen besser kennenlernen, damit ich verstehe, wie ich dich unterstützen kann und wie du funktionierst. Du bist nicht im Gefühl geblieben. Wenn du kommst, dann kommst du einfach. In diesem Moment musst du es mir nicht sagen. Ich merke es, dein Körper zeigt es mir, du brauchst es mir nicht sagen. Ich werde weitermachen, bis du kommst. Ich bin mehr als sicher, dass du kommen wirst. Das verspreche ich dir."

Ich schaue ihn an. „Hey, wieso hast du nicht einfach weitergemacht? Das hätte mich nicht gestört. Dann sind wenigstens 50 % befriedigt."

„Nein, das ist nicht wichtig für mich. Ich will in erster Linie, dass es schön ist für dich. Ich kann immer kommen, aber das allerschönste Geschenk ist, wenn es dir gefällt. Das macht Sex für mich aus."

Ich drücke ihn auf den Rücken. „Okay, jetzt will ich, dass du kommst. Lass mich dich verwöhnen, Ruben!" Sein Penis reagiert sofort und wird hart. Ich senke meinen Kopf und nehme seinen Penis in meinen Mund. Blasen kann ich gut, weil ich da die volle Kontrolle habe. Ruben stöhnt und hält meinen Kopf, während ich rhythmisch über seinen Penis fahre mit meinen angefeuchteten Lippen. Ich setze mich auf seinen Oberschenkel und reibe mich wieder an ihm. Es ist verrückt, aber das macht mich so an, sein Geruch und sein Geschmack vermischt mit meinem. Ich beuge mich runter, lecke seinen Oberschenkel ab, dann lege ich mich auf ihn und gebe ihm einen Zungenkuss. Unsere vermischten Flüssigkeiten in einem schönen Zungenkuss.

Ich stöhne erregt: „Du machst mich wahnsinnig."

Ruben schiebt mich runter und ich blase weiter, bis er sich in meinem Mund ergießt. Es schmeckt fast neutral, lecker. Wie kann es sein, dass ich das so gut finde? Ich sauge leicht und bin vorsichtig, ganz zart, bis das Zucken in seinem Körper nachlässt. Dann lege ich mich neben ihn, ziehe die Decke über uns und wir schlafen beide wieder ein.

*

Ich öffne meine Augen und schaue direkt in Rubens Gesicht. Er lächelt mich an und sagt: „Unser Brunch ist ready. Du hast lange geschlafen." Er ist frisch geduscht, seine Haare sind nass und er sieht so gut aus.

„Darf ich auch kurz duschen?", frage ich und stehe auf. „Ich rieche nach Sex und du riechst so frisch." Er umarmt und küsst mich zärtlich. „Ich liebe unseren Sexgeruch." Er schnuppert an mir. Ich lache und mache mich auf den Weg unter die Dusche.

Das Wasser rieselt über meinen Kopf. Ich fühle mich gut und total relaxed. Plötzlich wird der Duschvorhang zurückgeschoben und Ruben steht nackt vor mir. „Ich will mit dir duschen." Er nimmt sein Shampoo, gießt es in seine Hand und fängt an, mir das Shampoo in die Haare zu massieren. Er dreht mich um, sodass ich mich an ihn lehnen kann. Ich lege den Kopf in den Nacken. Ruben summt ein Lied und massiert weiter. Es fühlt sich so gut an. Dann wäscht er mir das Shampoo aus den Haaren und nimmt sein Duschgel. Er seift mich ein. Zuerst meinen Hals, dann die Schultern, die er auch ein bisschen massiert, dann die Brüste. Er umarmt mich und fährt mit den Händen über den Rücken, dann über meinen Bauch, runter zu meiner Pussy. Sanft fährt er mit zwei Fingern zwischen die Schamlippen und klemmt die inneren Schamlippen zusammen. Ich zucke. Dann streichelt er meinen Po. Er fährt mit seiner Hand zwischen meine Pobacken und massiert meine Rosette leicht mit wenig Druck. Ich fühle schon wieder die Lust in mir aufsteigen und atme tief ein.

Was macht dieser Mann mit mir?

Ruben nimmt den Duschkopf und braust mich ab, dann steigt er aus der Dusche und hält mir ein großes Tuch entgegen. „Komm, ich trockne dich ab." Ich steige aus der Dusche und falle in seine Umarmung, eingehüllt in ein kuscheliges Badetuch. Wow, ich bin so entspannt und glücklich. Es ist einfach ein schöner Moment.

Ich ziehe meine Sachen an und gehe auf die Terrasse. Ruben hat den Tisch gedeckt mit Brot, Käse, Chorizzo, selber gemachter Tortilla, aufgeschnittenen Avocados, Tomaten und Muffins. Was will man mehr! Ich bin beeindruckt. Wir setzen uns und fallen hungrig über das Essen her.

„Sandra, du hast gesagt, dass du schon seit Jahren keinen Sex mehr hattest. Was ist passiert, wie kommt das?" Er schaut mich interessiert an.

Ich zucke mit den Schultern. „Ich habe das Interesse an Sex verloren."

Er schüttelt den Kopf. „Das kann nicht sein. So wie dein Körper heute reagiert hat. Du warst am Anfang sehr eng, aber das ist normal, wenn du so lange keinen Sex mehr hattest. Mit der Zeit hast du dich entspannt und dann hat mir dein Körper klar gezeigt, dass er will."

„Ja, stimmt. Es hat weh getan. Ich bin mir vorgekommen wie eine Jungfrau." Ich klimpere unschuldig mit den Augen. „Doch, es ist so. Nur noch selten überkommt mich die Lust, aber in letzter Zeit spüre ich sie wieder. Sex stresst mich immer ein bisschen. Es ist nie so wie ich es brauche oder wie es in den ganzen Liebesromanen beschrieben wird. Für mich ist es normalerweise Stress pur, wenn es zur Sache geht. Ich finde den Anfang immer schön, den ganzen Aufbau, den ersten Kuss, die erste Berührung, aber dann verändert es sich meistens schnell zu einem Rammeln. Der Mann will kommen und ich stelle meinen Körper zur Verfügung für sein Grande Finale. Dann spüre ich nichts mehr und mir vergeht die Lust." Ich nehme einen Schluck von meinem Kaffee.

„Rammeln, findest du, dass wir gerammelt haben?" Er starrt mich entsetzt an.

„Neiiin, wir haben nicht gerammelt. Also ich gebe zu, dass es sich mit dir nicht wie Rammeln angefühlt hat. Es war ganz anders und es hat mich sehr angemacht, wie du auch gemerkt hast." Ich lächle verlegen.

„Frauen brauchen oft mehr Zeit. Ich hatte auch schon Frauen, die sehr schnell und mehrmals kommen in kurzer Zeit. Aber das habe ich eher selten erlebt. Normalerweise dauert es eine Weile, bis die Frau sich öffnet und gehen lässt. Vielleicht braucht sie Vertrauen, dass alles, was passiert, okay ist. Dann kann sie sich gehen lassen. Man merkt den Unterschied wie Tag und Nacht. Ich kann gar nicht verstehen, dass viele Männer nicht auf diese Dinge achten. Mir ist klar, dass eine Frau nicht immer gleich feucht ist, dann braucht es einfach mehr Einfühlungsvermögen und Zeit oder Spucke." Wir grölen beide. „Die Frauen müssen sich begehrt fühlen. Dann klappt es. Es dauert einfach seine Zeit. Das müssen wir Männer respektieren. Der Sex ist garantiert immer schön, wenn die Frau bereit ist. Wie gesagt, ich kenne dich nicht gut, aber auch bei dir merke ich, wie du vom Kopf ins Gefühl gehst und dann wieder in den Kopf. Das wird mit der Zeit bestimmt besser, vertrau mir. Ich glaube, der Trick ist, dass du, sobald du mit den Gedanken abschweifst, wieder fokussierst auf das Gefühl." Er beißt in seinen Muffin.

Ich bin fasziniert. Noch nie habe ich einen Mann kennengelernt, der das so beobachtet und das Thema auch interessant findet.

„Es scheint fast, als ob es deine Leidenschaft wäre, Frauen zu knacken? Es scheint dich wirklich zu interessieren, aber auch Spaß zu machen."

„Ja, stimmt, so ist es. Ich mache es wirklich gern. Die Frauen sind so komplex, und wie cool ist es, wenn man bei einer Frau herausfindet, was sie braucht, um ekstatischen Sex zu haben! Bei gewissen dauert es sehr lange, bei anderen nicht. Es ist ganz unterschiedlich." Er lächelt. „Wie lange dauert es wohl bei dir? Ich schätze, dass es schnell geht."

Ich verziehe das Gesicht. „Träum weiter. Daran sind bis jetzt alle gescheitert, bis auf einen. Ich weiß nicht, was er anders gemacht hat, aber es hat einfach immer geklappt. Verrückt! Bei ihm bin ich immer gekommen. Bilde dir nicht ein, dass du das hinkriegst. Das ist mehr als zehn Jahre her. Für mich ist es kein Ziel mehr, ich habe es lange schon akzeptiert. Mein Orgasmus gehört mir. Ich darf ihn nur allein erleben und manchmal nicht einmal dann schaffe ich es."

„Wie machst du es dir? Gibt es da etwas Spezielles, was ich wissen muss?"

„Nein, nicht, dass ich wüsste. Ich komme klitoral, den anderen Orgasmus kenne ich gar nicht. Ich benutze den Womanizer."

Er nickt. „Den Womanizer kenne ich. Ich bin kein Fan, weil die Vibration so stark ist, dass der Mann wirklich keine Chance hat, gegen den Womanizer anzukommen. Er ist außer Konkurrenz. Bringst du ihn mal mit? Ich will dir zuschauen, wie du es dir selber machst."

Ich überlege. „Das braucht Mut. Vielleicht bringe ich ihn mal mit, aber ich weiß nicht, ob ich das machen will vor dir. Ich schäme mich und kann mich schlecht entspannen, wenn jemand zusieht."

„Klar, du kannst bestimmen, ob und wie. Kein Druck." Er lächelt mich wieder an.

„Wie genau hat der andere Typ das gemacht? War es eine spezielle Stellung?", hakt er nach.

„Nein, ganz langweilig die Missionarsstellung und eine konstante Bewegung. Total langweilig eigentlich.

Aber sehr erfolgreich." Ich zwinkere ihm zu.

„Mhm." Er schaut mich forschend an.

„Ich versuche schon so lange herauszufinden, was ich brauche, damit ich einfach kommen kann, während ich mit einem Mann schlafe. Ich war einmal bei einem Sextherapeuten, der mir Tipps gegeben hat, wie ich meinen Körper kennenlernen kann. Er meinte, dass ich meinen Körper erforschen soll. Jede Stelle soll innen wie auch außen abgetastet, gestreichelt, gerubbelt oder gedrückt werden. Ich habe es gemacht und war mit der Zeit frustriert, weil ich nichts gespürt habe. Es hat mir nichts gebracht. Vielleicht hatte ich zu wenig Geduld, kann auch sein. Oder ich habe es zu wenig lange gemacht, weil ich immer dachte, dass mein Körper ein schlüsselfertiges Haus ist, bei dem der richtige Schlüssel fehlt.

Erst vor Kurzem, als ich einmal ein Weekend unterwegs war, hatte ich total Lust auf Sex, aber ich hatte meinen Womanizer nicht dabei. Ich dachte mir, okay, dann kann ich mich nicht selbst befriedigen, das geht nicht ohne Hilfe von Vibration. Das ärgert mich sehr. Ich bin nun 35 Jahre alt und kann mich nicht selbst befriedigen ohne den Womanizer. Wahnsinn, oder!"

Ruben nickt. „Ja, das ist wirklich verrückt. Aber du hattest doch einige Beziehungen und mehrere Männer. Ich verstehe es nicht! War da kein Mann dabei, der es als Herausforderung gesehen und sich mit dir zusammen auf die Suche gemacht hat? Ich verstehe die Männerwelt nicht. Es ist so schön, wenn die Frau gleich viel Vergnügen hat beim Sex wie der Mann. Das steigert die Lust bei der Frau, wenn sie weiß, dass sie jederzeit kommen kann. Viele Frauen wollen gefunden, erforscht und geknackt werden. Die Männer wollen das oft nicht, sie wollen einfach nur Sex ohne Aufwand. Das kann man ihnen auch nicht vorwerfen. Aber sie wissen nicht, wie wichtig ihre Rolle ist. Die Frauen halten sich zurück, wollen gefallen und erobert werden. Wenn der Mann dieses Spiel nicht mitspielt, dann ist Sex eine einseitige Sache."

„Ja, schade. Viele Männer sind nicht so leidenschaftliche Sucher wie du. Natürlich erwarte ich nicht, dass der Mann mir sagt, was ich brauche. Und ich gebe zu, ich kann sehr bockig und bestimmend sein. Das mache ich doch nur, weil ich unsicher bin, und wenn es mir unangenehm wird, dann blocke ich ab. Da muss ein Mann schon hartnäckig sein, damit ich meine Fenster und Türen nicht schließe." Ich zucke mit meinen Schultern.

„Ja, das wäre zu viel verlangt. Stimmt, du bist bockig, aber es ist so offensichtlich, dass du es willst und einfach Angst hast, dass du es nicht schaffst. Man darf sich als Mann nicht einschüchtern lassen von dir. Aber es ist auch viel verlangt. Doch ich habe dich durchschaut und mir liegt das." Ruben grinst. „Ich kriege dich, Sandra, du hast keine Chance." Ruben schaut mich an und lächelt provozierend.

Mich macht es an, dass Ruben sich nicht einschüchtern lässt. „Danke, Ruben. Ich bin so froh, dass ich dich getroffen habe. Ich kann mit dir einfach ich sein. Viele Männer zeigen mir, dass sie mich schön finden und trotzdem bin ich mir meiner optischen Fehler in Anführungszeichen immer und jederzeit sehr bewusst und reagiere sehr sensibel auf dieses Thema. Ich fühle mich einfach sehr oft falsch, nicht gut genug." Mir wird gerade bewusst, was ich hier erzähle. Wie soll der arme Mann noch auf mich stehen, wenn ich so etwas erzähle?

Ruben hört aufmerksam zu und sein Blick ist sehr weich und interessiert. „Sandra, du bist für mich wunderschön. Alles an dir ist wunderschön. Du machst mich an schon nur, wenn ich dich ansehe. Dein Körper, eine Stimme, dein Blick und deine Pussy, du bist so so schön. Du bist perfekt für mich."

Ich schaue Ruben an und glaube wirklich, dass er es ernst meint.

„Sandra, deine Imperfektion ist perfekt für mich. Ich kann es nicht anders sagen." Er schaut mich ernst an.

Ich bin so überrascht von seinen Worten. Mir hat ein Mann noch nie das Gefühl gegeben, dass alles, einfach alles an mir gut ist. „Ruben, danke, ich bin gerade überfordert. Ich bin es nicht gewohnt, dass mich jemand so gut und schön findet und mir so viele Komplimente macht. Danke!"

Ich würde am liebsten bei Ruben bleiben. Es ist so schön, mit ihm zu reden und zu philosophieren. Aber es ist schon spät und ich muss nach Hause zu Mokka.

Nach dem Brunch verabschieden wir uns und ich mache mich auf den Weg. Noch den ganzen Abend denke ich über dieses Gespräch nach. Was für ein wundervoller Mensch mit so viel Tiefe und Feingefühl.

14

Ein neuer Montag.

Heute fühle ich mich super entspannt und freue mich auf Ruben. Stella begegnet mir schon im Gang und schaut mich fragend an.

„Wie war dein Weekend?"
Ich grinse und flöte: „Es war überraschend guuut."
Stella bleibt stehen und flüstert: „Du hattest Sex."
Ich nicke und lache laut auf. „Jaaa, es ist passiert."
„Ich will alles wissen, leider ist Rose heute nicht da, aber erzähl mir trotzdem einfach alles." Stella zieht mich in ein Sitzungszimmer. „Schieß los!" Ich erzähle über den Sex, unsere Gespräche und über meine Gefühle.

„Sandra, es klingt so, als ob du ein bisschen verknallt bist." Sie schaut mich prüfend an.

Ich überlege. „Kann schon sein. Ich bin begeistert von ihm als Person. Ich finde, dass wir viel gemeinsam haben, ähnlich denken und gute Gespräche führen können. Der Sex ist einfach wundervoll. Im Moment will ich es einfach genießen und nicht über die Zukunft nachdenken." Ich zucke mit den Schultern.

Stella nickt. „Ja, klar. Das finde ich gut. Solange du nicht in etwas hinein gerätst, wo du verletzt wirst."

„Im Moment besteht keine Verletzungsgefahr. Aber wenn du das Gefühl hast, dass es so weit ist, sagst du mir bitte diesen Satz noch einmal?" Ich sehe meiner Freundin unverhohlen in die Augen.

„Ja, das mache ich, versprochen. Ob du dann auf mich hörst, ist die andere Frage." Sie grinst und umarmt mich. „Ich freue mich, dass du endlich wieder Sex hast. Wurde Zeit!"

Wir lachen beide.

*

Wenig später mache ich mich wieder auf den Weg ins Sitzungszimmer. Ruben lächelt mich an und sagt: „Hola, mi Vida."

Ich schaue ihn mit großen Augen an. „Das kannst du hier nicht sagen, Ruben."

Er lächelt. „Stimmt, hallo Sandra. Wie geht es dir? Hattest du noch einen schönen Sonntag? Ich wünschte, dass du bei mir geblieben wärst. Es war sehr schön am Samstag und ich würde das sehr gern wiederholen."

Ich strahle ihn an. „Klar. Ich fand es auch schön. Das können wir jederzeit wieder machen."

„Wollen wir ein ganzes Wochenende zusammen verbringen? Ich könnte zu dir kommen, damit deine Katze nicht allein ist. Aber du kannst auch zu mir kommen." Er schaut mich fragend an.

„Ja, das können wir mal machen."

*

Die Woche vergeht wieder wie im Flug. Ruben und ich kommen gut voran. Wir werden in zwei bis drei Wochen die Ergebnisse präsentieren können. Wir sind inzwischen ein eingeschworenes Team. Ich würde ihn nicht mehr missen wollen. Es ist einfach schön. Meine Gefühle für ihn kann ich noch nicht definieren, aber ich spüre, dass da etwas ist. Soll ich mich jetzt damit auseinandersetzen oder lasse ich es einfach laufen und lebe im Moment? Ich entscheide mich für den Moment.

Ruben macht mir immer wieder Komplimente und schaut mich begeistert und interessiert an. Es tut gut, so viel Aufmerksamkeit zu bekommen von einem Mann. Das ist definitiv nicht Standard. Ich spüre, wie ich natürlich sein kann vor ihm. Ich muss ihn nicht beeindrucken. Mein ganzes Ich, wie ich bin, ist genug. Das steigert mein Selbstbewusstsein sehr.

Wie verrückt, dass wir Frauen uns immer verstellen, um den Männern zu gefallen. Woher kommt das? Ich zumindest hatte noch nie das Gefühl, dass ich so, wie ich bin, genüge. Es waren immer von Anfang an Erwartungen da, die über längere Zeit nicht erfüllt werden konnten.

Optische Perfektion, Bauch einziehen, perfekt geschminkt, immer schöne Nägel haben, die Augenbrauen perfekt gezupft, Ganzkörperenthaarung und abgestimmte Outfits.

Wir überlassen nichts dem Zufall. Auch wenn es manchmal danach aussieht, ist es nicht so. Wir sind ständig unter Druck. Und trotzdem werden wir verglichen und für eine Andere verlassen. Wir selber vergleichen uns auch ständig mit anderen, mit jüngeren, schöneren, vollbusigeren oder mit schlankeren Frauen. Egal was man ist, es ist nie das Richtige. Es ist ein endloses Rennen, das man nicht gewinnen kann. Das Schlimmste ist, dass wir durch dieses Verhalten frustriert, angespannt und unglücklich sind, was wir dann auch ausstrahlen.

Ich will schon lange nicht mehr so sein. Deshalb bin ich Single und werde nie wieder eine Beziehung eingehen, in der ich mich selber so fertig mache oder machen lasse. Ich will geliebt werden für alles, was ich bin!

15

Am Freitag stellt Ruben die ersehnte Frage: „Wollen wir uns dieses Wochenende treffen? Ich habe nichts vor."

„Ja, das wäre schön." Ich lächle ihn an.

„Komm doch wieder zu mir. Ich muss noch so viel Wäsche machen. Stört dich das?"

„Nein, natürlich nicht. Dann komme ich zu dir", antworte ich.

„Wunderbar. Bringst du deinen Womanizer mit?" Ruben zwinkert mir zu.

„Mal sehen. Lass dich überraschen."

Er schaut mir in die Augen und sagt: „Ich will dich riechen, ich will dich schmecken, Cielo. Oh Gott, wie ich mich darauf freue."

Augenblicklich werde ich feucht. Es ist verrückt. Mein Körper reagiert auf alles, was Ruben sagt oder tut.

Nach der Arbeit fahre ich nach Hause, packe ein paar Sachen und den Womanizer ein, kümmere mich um Mokka und nehme dann den Bus zu Ruben. Ich werde das erste Mal bei ihm übernachten, es fühlt sich alles schon so vertraut an.

Ruben öffnet die Tür und hebt mich hoch. Er küsst mich innig. Er brennt vor Lust. Das macht mich total an. Ich schlinge meine Beine um ihn und er trägt mich samt Schuhen, Jacke und Tasche ins Schlafzimmer. Wir kichern beide. Ruben zieht meine Hose aus, schmeißt mich aufs Bett, schiebt mein Höschen auf die Seite und versinkt mit seinem Kopf in meinem Schoss. „Oh, mi Amor, du bist feucht", haucht er voller Freude.

Er schiebt seine warme weiche Zunge zwischen meine Schamlippen. Ich keuche überrascht und drücke seinen Kopf noch tiefer runter. Ruben zieht mir hektisch mein Höschen aus. Dann zieht er seine Boxershorts aus und stößt in mich hinein. Ich spüre ein Zucken in meiner Pussy vor Lust und klammere mich fest an ihn.

Ruben bewegt sich nicht und flüstert in mein Ohr: „Was willst du? Sag mir, was du willst."

Ich schüttle irritiert meinen Kopf und bewege mein Becken als Zeichen, dass er weitermachen soll. Ruben wiederholt seine Frage: „Was willst du?"

Ich bin überfordert und ich mag diese Frage nicht. Ich weiß wirklich nicht, was ich will. Mir vergeht die Lust.

Ich drücke Ruben weg von mir. „Lass uns etwas trinken." Ich schaue ihn traurig an.

Ruben schüttelt den Kopf. „Was ist passiert?"

„Ich kann das nicht. Ich weiß nicht, was ich brauche, und deshalb weiß ich auch nicht, was ich will. Es geht einfach nicht." Ich setze mich auf und will aufstehen.

Ruben packt mich am Arm und sagt: „Jetzt läufst du bestimmt nicht von mir weg. Das kommt nicht infrage. Bitte bleib hier."

Ich lege mich wieder hin und verdecke mein Gesicht mit meinen Händen.

„Was geht jetzt in dir vor? Was fühlst du?" Ruben schaut mich an. „Komm, wir probieren es, lass dich darauf ein. Erforschen wir mal deine Gefühlswelt in diesem Moment."

Ich lache verlegen und komme mir wie ein Kind vor. „Scheiße, du bist nicht mein Therapeut Ruben."

„Scheiß drauf, nein, bin ich nicht, aber ich habe solche Gespräche schon oft geführt, lass dich drauf ein. Es kann helfen! Würde ich es nicht mit dir führen wollen, hätte ich dich gehen lassen."

„Okay, okay. Also … Ich fühle Wut und ich bin genervt, verzweifelt und enttäuscht… Eine Ohnmacht." Tränen sammeln sich in meinen Augen. Ruben umarmt mich und küsst mein Gesicht.

„Hey, wo fühlst du diese Wut und Verzweiflung? Zeig es mir!" Er schaut mich offen an.

Ich überlege und fahre mit meiner Hand auf meine Brust. „Hier, ich spüre es hier." Ruben nickt. „Wie fühlt es sich an?"

„Es ist blockiert und fühlt sich schwer an." Ich fange an zu weinen und denke: Okay, das war's wohl. Wie unsexy und mühsam für Ruben. Ich entschuldige mich bei ihm und wische mir die Tränen vom Gesicht.

Ruben schaut mich einfach an. „Das ist doch kein Problem. Ich kann gut damit umgehen. Lass die Tränen fließen, das tut gut." Er umarmt mich und wir liegen still da. Ich weine eine Weile, bis ich mich dann beruhige.

„Überlege mal ohne Druck. Wenn du dir was wünschen könntest, was würden wir jetzt tun?" Er sieht mich aufmunternd an.

„Ich kann das nicht, Ruben. Ich bin cool, aber ich kann so schlecht über so etwas reden. Wirklich."

„Versuch doch einfach mal, deine Augen zu schließen und es mir zu erzählen. Deine Worte sind ja nicht Gesetz oder falsch oder lustig. Es wäre einfach ein Anfang einer Reise."

Ich schließe meine Augen, atme tief ein und aus und sage: „Wenn ich total frei wäre, dann will ich einfach geleckt werden und dabei merken, wie ich feucht werde. Ich wünschte mir, dass die sanfte Berührung von deiner Zunge mich langsam zum Orgasmus bringt. Dann würden wir miteinander schlafen und ich würde immer wieder kommen in allen möglichen Stellungen." Ich lache ihn an und schüttle meinen Kopf. „Sehr unrealistisch, ich weiß."

Ruben schaut mich an, streicht mir die Haare aus meinem Gesicht und küsst mich sanft.

„Hast du Lust auf TV? Wir könnten ein bisschen kuscheln, Popcorn essen und Netflix schauen."

Ich sehe ihn unsicher an und nicke. Hat er die Lust verloren? Wahrscheinlich ist er jetzt einfach nett zu mir. Gut gemacht, Sandra. Ich verdrehe die Augen und seufze. „Na dann, ab ins Wohnzimmer!"

„Sandra, glaub nicht, dass wir fertig sind. Ich will mich entspannen mit dir, das ist alles." Er lächelt mich an und zieht mich in die Küche. Wir machen Popcorn und Aperol Spritz und gehen ins Wohnzimmer. Wir ziehen uns nackt aus und kuscheln uns in eine Decke ein. Langsam entspanne ich mich wieder. Wir sehen uns Hangover an und lachen Tränen. Das tut gut.

Ruben streichelt mich die ganze Zeit überall. Ich öffne die Beine und er streichelt sanft über meine Schamlippen. Er befeuchtet seine Finger und streicht über meine Knospe. Es fühlt sich schön an.

„Schaue weiter, ich will dich nur ein bisschen schmecken." Ruben taucht unter die Decke und legt seinen Kopf zwischen meine Beine. Er fängt an, mich zu lecken über die Schamlippen mit der flachen Zunge. Dann drückt er seine Zunge auf meine Knospe und fährt hin und her. Das bringt mich zum Zucken. Ruben schiebt nun einen Finger in mich hinein und tastet. Ab und zu zucke ich und stöhne und ich kann mich nicht mehr auf den Film konzentrieren. Ruben macht einfach weiter und ich versuche, mich auf seine Bewegungen zu konzentrieren. Er hört nicht auf.

Nach einiger Zeit bekomme ich ein schlechtes Gewissen und sage: „Hey, ich glaube nicht, dass ich komme. Es ist nicht schlimm, wenn du aufhörst. Wirklich." Ruben nickt und sagt: „Okay, danke. Ich höre auf, wenn ich keine Lust mehr habe. Ich verspreche es dir. Du brauchst dir keine Gedanken zu machen. Ich liebe es. Entspann dich und vertrau mir."

Ich grinse und schließe die Augen. „Ich genieße es, aber mach dir bitte keine Hoffnungen." Ruben streichelt meine Brüste. „Geht in Ordnung, du brauchst nicht zu kommen. Genieße es einfach."

Ich folge mit meinen Gedanken den Bewegungen von seiner Zunge und seinem Finger in mir. Ruben bleibt mit seinem Finger da, wo ich am meisten zucke.

Es dauert eine ganze Weile und dann auf einmal steigert sich mein Gefühl. Es kommt unerwartet. Ich halte meinen Atem an und ich fokussiere mich voll auf mein Gefühl.

Ruben sieht mich an und macht konstant weiter, sanft, aber mit einer gleichmäßigen Bewegung. Ich zucke und meine Beine zittern.

Ruben stöhnt: „Sandra, du schmeckst so gut" Seine Bewegungen bleiben konstant und werden stärker.

„Geht es dir noch gut oder hast du schon einen Krampf in der Zunge?" Ich sehe ihn besorgt an. Ruben schaut mich böse an.

Ich kichere kurz und schließe wieder die Augen. Ich versuche mich mit meinen ganzen Gedanken dem Gefühl zu widmen. Es fühlt sich schön an. Seine Zunge ist so warm und weich. Ich spüre ein leichtes Kitzeln, wenn er über meine Knospe fährt. Sein Finger in mir hat eine Stelle gefunden, die sich gut anfühlt. Er gibt Druck auf diese Stelle und bewegt sich leicht rein und raus. Wenn er mit dem Finger reinfährt, dann drückt er diese Stelle, die immer sensibler wird. Ich werde klitschnass. Ruben stöhnt. Das Gefühl in mir baut sich auf, wird wellenartig stärker.

Ruben schaut hoch und sagt: „Atme tief in deinen Bauch rein, mi Amor. Es ist so schön, dich zu lecken und zu spüren, wie dein Körper reagiert." Ruben taucht wieder ab und leckt mich intensiver.

Ich versuche ruhig und tief zu atmen. Das Gefühl wird stärker. Ich fokussiere meine Gedanken wieder komplett auf das Gefühl. Ein starkes Zucken überrascht mich und ich fasse Rubens Kopf, drücke sein Gesicht auf meine Pussy. Ich beuge mich hoch und komme in einer Heftigkeit, wie ich es noch nie erlebt habe. Ich stöhne und keuche und Ruben stöhnt und leckt weiter über meine Knospe und reibt diese Stelle in mir, bis ich nicht mehr zucke.

Für kurze Zeit ist es ruhig und wir bleiben so liegen, dann hebt er seinen Kopf und grinst mich an.
Ich verdecke mein Gesicht mit meinen Händen und atme stockend.

Ruben legt sich neben mich und streichelt mich zärtlich. „Es hat geklappt. Danke, danke, danke. Ich freue mich so sehr, dass du dich darauf eingelassen hast. Es bedeutet mir sehr viel, dass du gekommen bist. Ich wusste, dass es klappt, wenn du dich gehen lässt, wenn du nur den Gedanken loslassen kannst, dass du nicht kommen kannst oder musst."

„Danke. Das war schön. So schön! Ich kann es noch gar nicht glauben. Ruben, das hat ewig gedauert! Wie verrückt! Dein Kiefer tut sicher weh!" Ich lache und küsse ihn. „Oh, Ruben, das tut mir so leid!"

„Das hat sich gelohnt. Ich wusste, dass es klappt und es wird wieder klappen. Das weiß ich!" Er schaut mich siegessicher an.

„Bau jetzt bloß keinen Druck auf." Ich mache große Augen. „Ruben, es ist schon 2 Uhr morgens. Wollen wir ins Bett? Ich bin müde."

„Ja, komm." Wir spazieren nackt ins Bad, putzen uns die Zähne und schauen uns im Spiegel an. Ich mit meinen roten Wangen und glasigen Augen und Ruben mit einer geschwollenen Brust.

Wir gehen ins Bett, kuscheln uns nackt aneinander und schlafen ein.

16

Am nächsten Morgen öffne ich die Augen erst, als es schon hell ist draußen. Ruben ist bereits wach und ganz vertieft mit seinem Telefon beschäftigt.

„Guten Morgen", sage ich, rutsche rüber zu ihm und lege meinen Kopf auf seine Brust. Ruben legt das Telefon weg und umarmt mich.

„Guten Morgen, mi Amor. Hast du gut geschlafen?", haucht er mir ins Ohr.

„Ich habe heute Nacht einen Pups von dir gehört." Er grinst mich an, sieht in mein entsetztes Gesicht und fängt laut an zu lachen.

„Ruben! Nein!" Ich bin total verlegen. „Hör auf!"
„Es hat nicht so doll gestunken." Er lacht weiter.

Ich schüttle den Kopf. „Oh mein Gott, jetzt sind wir schon so weit, dass wir einander anpupsen."

Ich will aufstehen, aber Ruben hält mich am Arm fest. „Hey, ich würde gern sehen, wie du dich selbst befriedigst mit dem Womanizer. Hast du ihn dabei?" Er schaut mich erwartungsvoll an.

„Jaaa, ich habe ihn dabei. Aber..." Ich schüttle meinen Kopf energisch und will erneut aufstehen.

Ruben umklammert meinen Körper mit seinem, er schlingt seine Beine um mich, während ich mich versuche zu befreien. Er hält mich im Schwitzkasten und sagt ganz ruhig: „Da musst du jetzt durch. Ich will es sehen! Nach all dem, was ich für dich getan habe. Mein Kiefer tut weh und ich werde bestimmt noch Tage leiden."

Ich versuche mich zu befreien, aber ich bin chancenlos.

„Echt, du willst mir jetzt ein schlechtes Gewissen machen! Nö, nö, nicht mit mir. Ich muss zuerst aufs Klo, dann vielleicht. Lässt du mich los?" Ich kichere und kämpfe gegen seine Umarmung. Er hält mich immer noch unnachgiebig fest und flüstert: „Na gut, flieg, mein Vögelchen, aber ich fange dich wieder ein, denke nicht, dass das vorbei ist." Ich löse mich aus seiner Umarmung und flüchte ins Bad.

Zurück aus dem Bad erwartet mich Ruben schon im Bett. „Komm her, meine Süße, zeig mir, wie du dich verwöhnst mit dem Womanizer." Ruben grinst mich freudig an und klopft mit der Hand auf das Bett.

Ich verdrehe die Augen. „Mir ist das peinlich, Ruben. Wie stellst du dir das vor? Soll ich mich jetzt einfach vor dir selbst befriedigen?"

Ruben nickt. „Ja, genau so. Du machst es dir selber und ich schaue dir zu. Ich will alles sehen."

Ich hole den Womanizer aus meiner Tasche, lege mich neben Ruben und platziere das Toy auf meiner Klitoris. Ich fühle mich peinlich berührt und werde rot, deshalb schließe ich meine Augen. Ruben streicht mir über meine Brüste, und immer, wenn ich ihn durch meine Wimpern ansehe, sehe ich, wie er mich beobachtet. Er betrachtet fasziniert meinen ganzen Körper. Es dauert eine Weile, bis ich mich entspannen kann und dann geht es ganz schnell und ich komme leise. Ich lege den Womanizer auf die Seite und drehe mich zu Ruben.

Er lächelt mich an. „Danke! Das war schön."

Ich lächle ein bisschen verlegen zurück. „Das war's schon. Es geht schnell und es klappt ganz sicher."

Ruben nickt. „Damit kann ein Mann nicht konkurrieren, aber ehrlich gesagt glaube ich, dass die Befriedigung größer ist, wenn du mit mir schläfst."

Wir prusten beide los.

„Das haben wir ja bisher noch nicht erlebt", stichel ich provozierend. „No pressure."

Ruben kneift die Augen zusammen. „Oh, meine Liebe, bald wird es so weit sein. Ich werde dich zum Wimmern bringen."

Ich lache und stehe auf. „Träum weiter Ruben. Heute mache ich das Frühstück. Bleib im Bett. Ich rufe dich, wenn ich fertig bin."

Ich husche in die Küche, summe vor mich hin und beginne zu werkeln. Es gibt Rührei mit Toastbrot und Tomaten. Dann bereite ich den Tisch vor und rufe Ruben ins Wohnzimmer.

Wir frühstücken gemütlich, als Ruben mich nachdenklich ansieht. „Sandra, ich habe dir gesagt, dass ich ein aktives Sexleben habe. Du hast mich nie danach gefragt. Aber ich finde, dass wir darüber reden sollten."

Ich nicke. „Okay. Klar, wir können darüber reden."
„Ich habe eine Affäre mit einer verheirateten Frau. Das läuft schon seit drei Jahren. Und ich finde, dass du das wissen solltest. Ich finde auch, dass ich ihr von dir erzählen sollte. Das ist nur fair, weil wir uns oft sehen."

Er wartet meine Reaktion ab.

„Okay." Ich versuche, in mich hinein zu spüren und merke, dass es mich ein bisschen stört, aber ich bin nicht schockiert oder verletzt. „Verhütet ihr?"

„Ja, wir verhüten, denn sie schläft auch noch mit ihrem Mann..." Er wirkt unsicher. „Wie geht es dir? Alles okay?"

„Ja, es geht mir gut, denke ich. Ich finde das, was wir haben, schön und ich will es einfach genießen. Ich habe keine Erwartungen an dich, Ruben."

„Ich glaube, dass du Gefühle hast für mich, Sandra. Das spüre ich." Er blickt mir in die Augen.

„Ja, ich habe Gefühle für dich, stimmt. Ich würde es als verknallt bezeichnen, mehr nicht ... Noch nicht." Ich hoffe, dass er mir das glaubt. „Ist das ein Problem für dich?"

„Nein, das ist es nicht. Ich will nur nicht, dass ich dich verletze." Seine Worte klingen aufrichtig.

„Bist du in die andere Frau verliebt?" Ich trinke einen Schluck Kaffee.

„Nein, sie ist optisch gar nicht mein Typ, aber sie ist eine sehr gute Freundin, es fühlt sich schon fast wie Familie an. Wir verbringen viel Zeit miteinander, weil ihr Mann oft auf Reisen ist. Auf eine Weise liebe ich sie, sogar sehr, aber wir werden nie ein Paar, das weiß ich ganz sicher." Er schüttelt seinen Kopf. „Ich erzähle es dir, weil ich Olga schon seit zwei Monaten nicht mehr gesehen haben. Wir hatten eine Auseinandersetzung, aber jetzt wollen wir uns wieder treffen und dann werden wir Sex haben. Das ist sicher." Sein Blick ist prüfend.

„Okay ... Ich denke, dass ich kein Problem damit habe." Ich lächle ihn an. „Wirklich! Du hast mir von Anfang an gesagt, dass du ein aktives Sexleben hast, dann muss ich davon ausgehen, dass du andere Frauen hast."

„Ich bin froh, dass es okay ist für dich. Ich mag dich sehr, Sandra, und ich will dich öfter sehen. Ich fühle mich wohl mit dir. Ich fühle mich so ruhig mit dir, es tut einfach gut, wenn wir zusammen sind. Ich bin nicht in dich verliebt, aber da ist etwas..." Er lächelt mich an.

„Alles klar, danke, dass du so ehrlich bist." Ich lächle auch.

Meine Gedanken fangen an zu kreisen. Mit diesem Gespräch sind die Grenzen klar gesetzt. Ruben und ich werden nie ein Paar. Er liebt diese Olga ja nicht und mich mag er einfach. Er hat keine Gefühle für mich. Finde ich das schlimm? Ich versuche zu spüren, ob mich das vielleicht verletzt. Aber es scheint okay zu sein. Ich genieße meine Gefühle, die ich für ihn verspüre im Moment, so sehr, dass ich sie nicht zurückhalten will. Es ist einfach perfekt. Ich bin verknallt in Ruben. Ich mag meine Gefühle. Ich freue mich auf alles, was noch kommt. Hoffentlich bleiben die Gefühle so wie jetzt, sonst wird es kompliziert, es würde weh tun, und zwar nur mir, und dazu kommt noch, dass wir die Sache deshalb beenden müssten, denn einseitige Liebe ist nicht das, was ich suche. Wieso muss es immer so kompliziert werden? Ich will den Moment genießen und nicht an die Zukunft denken.

„Ruben, wenn unsere Sache nicht mehr gut ist oder einer von uns nicht mehr will, dann will ich dich als Freund in meinem Leben behalten. Ich verbringe gern Zeit mit dir. Ich habe dich gern. Ich vertraue dir und ich kann so offen mit dir reden wie mit keinem. Wir haben immer Gesprächsstoff, und auch wenn wir mal nicht reden, ist die Pause nicht unangenehm. Versprichst du mir, dass wir Freunde bleiben, wenn es vorbei ist?"

Er nickt. „Ja, das will ich auch. Aber ich hoffe, dass es noch eine Weile dauert, bis wir genug haben voneinander!"

Wir räumen die Sachen in die Küche und machen das Geschirr.

„Sandra, ich werde nächstes Wochenende Olga treffen, dann können wir uns nicht sehen." Ruben beschäftigt sich mit dem Geschirr.

„Okay, dann sehen wir uns nächstes Wochenende nicht. Sag mal, wie wäre es für dich, wenn ich mit einem anderen schlafen würde?"

Er hält kurz inne. „Das wäre schlimm für mich. Ich habe zwar kein Recht dazu, aber es würde mich stören. Verbieten darf ich dir aber nichts, denn wir sind einander nicht versprochen."

Ich hebe überrascht die Augenbrauen.

„Ich würde es nicht akzeptieren können. Was verrückt ist, weil ich mit vielen Frauen schlafe."

„Ja, das ist wirklich verrückt. Wieso würdest du es nicht akzeptieren können? Verletzt es zu sehr dein Ego, wenn da eine weitere Person im Spiel ist? Besitzergreifend? Oder magst du mich doch ein bisschen mehr als du denkst?"

„Nein, nein, ich mag dich sehr, aber ich liebe dich nicht. Ich denke, dass ich besitzergreifend bin. Mein

Stolz wäre verletzt. Sag es mir bitte einfach, falls es einen anderen gibt. Ich würde es wissen wollen." Sein Blick ist drängend.

„Natürlich. Es ist ganz wichtig, dass wir ehrlich sind miteinander. Ich will auch wissen, wenn es andere gibt, auch wenn es nur One-Night-Stands sind."

*

Gegen Mittag verabschiede ich mich von Ruben und fahre zurück in meine Wohnung. Ich möchte meine Katze nicht noch länger allein lassen, und da ist noch etwas Anderes. Ich bin traurig gestimmt. Wieso kann eine schöne Geschichte nicht einfach schön bleiben? Wieso muss es immer kompliziert werden? Natürlich ist es schön mit ihm. Doch dieses Gespräch war der Anfang vom Ende.

Ich habe das Gefühl, dass Ruben nicht ganz ehrlich ist. Wenn er Olga seit Jahren trifft, dann kann das doch nicht einfach nur eine harmlose Affäre sein. Außerdem nehme ich ihm nicht ab, dass er keine Gefühle hat für mich. Ich spüre es doch auch.

17

Am Montagmorgen treffe ich Ruben im Sitzungszimmer. „Guten Morgen, Sandra, wie geht es dir?"

„Gut, ich bin gestern früh ins Bett. Hast du noch etwas gemacht?" Ich klappe meinen Laptop auf.

„Ja, gestern war Olga noch bei mir." Ruben sieht mir forschend ins Gesicht.

„Wirklich!" Ich versuche den Stich, den diese Neuigkeit mir versetzt, zu verbergen. „Hattet ihr Sex?"

„Ja, mi Vida, wir hatten Sex. Sie ist von gestern auf heute bei mir geblieben." Er senkt seinen Blick und ich starre ihn an, weil ich gar nicht weiß, wie ich reagieren soll. Ich versuche, mein Pokerface zu wahren.

Ruben spricht weiter: „Mi Vida, es tut mir leid. Ich will ehrlich sein mit dir. Wir haben uns gestern kurzfristig entschieden, dass wir uns treffen. Wir haben lange geredet und dann hatten wir Sex. Olga ist bei mir geblieben, weil ihr Mann unterwegs ist und es spät geworden ist."

Ich schüttle den Kopf, als ob ich es von mir abschütteln wollte. „Ruben, ich habe dir gestern schon gesagt, dass ich das okay finde. Für mich ist es kein Problem. Ändert das etwas für uns? Hast du Olga von uns erzählt?"

Er nickt. „Ja, ich habe von dir erzählt. Ich habe ihr erzählt, dass ich dich regelmäßig treffen will, und dass wir mehr als ein One-Night-Stand sind. Olga hat es schlecht aufgenommen. Sie versteht es nicht."

Ich bin verwirrt. „Das hingegen verstehe ich nicht. Bin ich die Erste, die du neben ihr triffst?"

„Nein, das nicht. Aber ich hatte noch nie eine Frau neben Olga, die ich regelmäßig treffen wollte und für die ich... Gefühle hatte. Es waren zuvor nur One-Night-Stands. Olga musste nie teilen oder höchstens zwei- bis dreimal, danach war es immer vorbei. Das verändert auch ihre Welt. Sie muss das verdauen. Ich will sie nicht verletzen. Ich will ihr zeigen, dass sich für uns nichts verändert."

Wortlos schauen wir uns an.

Ich weiß nicht, was ich sagen soll. Diese Aussage ist so verrückt. Es wirft ein ganz anderes Licht auf Ruben. Bevor das Schweigen dann doch unangenehm wird, erkläre ich: „Klar, ich will ihr ja nichts wegnehmen. Diese Gefühle, die du für mich hast, sind ja nur sexueller Natur. Zwischen dir und Olga scheint aber doch mehr zu sein, als du dir eingestehst."

„Lassen wir das, okay? Was führt auf keinen grünen Zweig. Wollen wir mit der Arbeit beginnen?" Er schaut in seinen Laptop und zählt mir auf, was wir heute zu tun haben.

*

Am Abend spaziere ich nach Hause. Ich brauche frische Luft und muss meine Gedanken sortieren. Die ganze Sache verunsichert mich. Ich habe einen Lover und er hat eine Affäre mit einer anderen Frau. Das ist nicht kompliziert.

Ruben will keine Beziehung mit mir oder mit Olga, was bedeutet, dass wir keine Konkurrentinnen sind. Wir teilen uns einfach einen Mann. Dann redet er trotzdem von Gefühlen, die er aber nicht richtig definieren will.

Ich glaube, dass er sie liebt, aber nicht zu ihr steht. Ich glaube auch, dass er sich in mich verknallt hat, aber das auf keinen Fall zugeben will. Würde er sich eine Sekunde mit der Realität auseinandersetzen, müsste er zugeben, dass er sich in eine scheiß Situation gebracht hat und wir alle sehr verletzt werden durch seine Unehrlichkeit. „Oh mon dieu, wie kann es sein, dass gerade ich in so eine merkwürdige Situation geraten bin?"

Früher hätte ich nie im Leben so etwas mitgemacht. Ich hatte eine sehr konservative Einstellung zu Beziehungen. Man trifft sich und lernt sich kennen, geht ein paar Mal aus miteinander, dann verliebt man sich, hat Sex und dann kommt die Beziehung. Man verspricht sich Treue. Das war meine Reihenfolge.

Meine Beziehungen habe ich immer beendet, weil all meine Freunde fremdgegangen sind. Meine romantische Vorstellung von einer monogamen Beziehung hat sich bei mir nie bewahrheitet. Und jetzt habe ich eine Sexbeziehung mit Ruben, was für mich völlig unvorstellbar war, bis ich ihn getroffen habe.

Ich fühle mich komisch. Wenn ich bedenke, dass ich mich gestern Mittag von Ruben verabschiedet habe und kurze Zeit später war Olga bei ihm und sie hatten Sex. Für mich entwertet es, was wir hatten. Es war so einmalig, gefühlvoll, ehrlich und intim. Das muss man doch nachwirken lassen.

Aber darf ich damit ein Problem haben? Eigentlich nicht, denn wir sind kein Paar. Wenn ich das mit Ruben will, dann muss ich locker bleiben. Ich will damit umgehen können. Die Frage ist nur, ob ich das kann.

18

Am nächsten Morgen treffen wir uns wie immer im Sitzungszimmer.

„Hola, mi Amor, wie geht's?" Ruben strahlt mich an. „Ich vermisse dich. Wann sehen wir uns wieder? Kommst du heute zu mir? Bitte, ich muss dich schmecken."

Mir wird heiß und ich werde rot. „Ja, ich will dich auch sehen." Ich ärgere mich, dass ich so schnell auf dieses Gesäusel anspringe, aber es macht mich an.

„Komm zu mir und bleib über Nacht." Er schaut mich flehend an. „Ich will mit dir einschlafen."

„Okay, ich muss aber zuerst meine Sachen holen und Mokka füttern." Ich nicke Ruben zu.
„Wir fahren zusammen mit meinem Auto zu dir, dann dauert es nicht so lange. Lass uns früher Feierabend machen."

*

Wir verlassen das Büro um 15 Uhr. Natürlich achten wir darauf, dass wir nicht zusammen gesehen werden, deshalb holt mich Ruben in einer Nebenstraße ab. Wir fahren zu mir, füttern Mokka und dann fahren wir in den nächsten Woolworth, um ein paar Dinge fürs Dinner zu besorgen. Sobald wir in seine Tiefgarage einbiegen, öffne ich Rubens Hose und greife seinen Penis. Ruben bremst und keucht. „Warte! Wir sind bald da." Wir gehen in den Lift und Ruben öffnet meine Jeans, drückt mich gegen die Wand und schiebt seine Hand in die Hose. Er steckt einen Finger in mich hinein. Ich beiße ihm in die Lippe und merke, dass auch Ruben etwas gröber drauf ist.

Endlich oben angekommen stürmen wir in seine Wohnung. Wir lassen alles fallen, ziehen uns aus und küssen uns wild.

„Lass uns kurz unter die Dusche gehen und den Tag abwaschen."

„Nein, ich will dich riechen, so wie du jetzt bist. Ich liebe deinen Geruch." Ruben riecht an seinen Fingern und leckt sie ab. „Du riechst so gut. Ist das okay für dich?"

Mich macht das total an. „Ja, ich will dich jetzt. Bitte!" Ich lege mich auf sein Bett und öffne meine Beine. Ich beuge mich zu ihm hoch und Ruben drückt sein Gesicht auf meine Pussy. Er stöhnt laut auf und fängt an, mich zu lecken. „Du bist so feucht. Dein Duft macht mich so an." Ruben drückt seine Zunge in mich hinein, dann leckt er über die ganze Pussy und fährt runter zu meinem Po mit der Zunge. Ich kneife meine Pobacken zusammen und stöhne: „Nein!"

Ruben haucht: „Entspann dich. Ich tu nichts, was ich nicht tun will. Ich will dich riechen, ich will dich schmecken und das überall. Ich liebe es, entspann dich. Bitte." Ruben drückt mir die Beine hoch zu meiner Brust und presst sein Gesicht wieder auf meine Pussy. Ich kann meine Pobacken nicht mehr kontrollieren in dieser Stellung. Ich starre Ruben an. Es ist ein heißer Kampf und macht mich so an, aber gleichzeitig ist es mir peinlich, dass er meinen Po lecken will. Ich überlege kurz, ob ich heute auf dem Klo war. Nein. Ok, ich bin sauber.

„Komm, entspanne dich. Bitte, es macht mich an." Er zwinkert mir zu.

Ich entspanne mich. Ruben hält meine Beine hoch und leckt wieder über meine Pussy. Er fährt langsam runter zu meinem Po. Ich verdecke mit meinen Händen mein Gesicht, während Ruben mit der Zunge zu meinem Poloch fährt. Er befeuchtet es und leckt zart drüber. Dann drückt er mit der Zunge dagegen. Ich stöhne vor Lust auf, aber will es gleichzeitig beenden. Ich bin hin und her gerissen von peinlich berührt und Geilheit.

Ruben sagt mit seiner tiefen Stimme: „Ich liebe es, du riechst gut und es macht mich an." Ruben drückt seine Zunge stärker gegen mein Poloch. „Entspann dich. Ich will in dich rein." Ich entspanne meinen Po und Ruben drückt seine Zunge leicht in mich hinein. Ich stöhne und zucke. Ruben massiert meine Knospe und streicht über meine Pussy. Er befeuchtet seine Finger mit meinem Schleim, den er über mein Poloch streicht. Nun spüre ich seinen Finger, der meinen Po massiert. Ruben drückt seinen Finger langsam in mich hinein. Er spuckt auf meinen Po und massiert sich tiefer in mich hinein.

„Ich will dich in deinen Arsch vögeln. Hattest du schon mal Analsex?" Er hebt den Blick. Seine Augen sind glasig. „Ich muss in deinen Arsch rein. Ich halte es nicht mehr aus."

Ich bin heiser vor Geilheit. „Ja, aber es ist lange her. Es hat mir nicht gefallen, weil es weh getan hat."

Ruben nickt, massiert immer noch mein Poloch und fährt mit seinem Finger in mich hinein. „Wir machen es ganz langsam. Es tut nur am Anfang ein bisschen weh, das verspreche ich dir."

Ruben drückt einen zweiten Finger in mich hinein und spuckt noch mal auf meinen Po. Ich entspanne mich während Ruben mich mit seinen Fingern sanft ausdehnt.

Er steht auf und gibt mir ein Kissen. „Dreh dich um und leg das Kissen unter deinen Bauch."

Ich drehe mich um und lege das Kissen unter meinen Bauch wie angewiesen, dann spüre ich Ruben, wie er wieder meinen Po massiert. Er setzt seine Eichel auf mein Poloch und gibt leichten Druck.

Geduldig wartet er, bis ich mich entspanne, dann drückt er sich mit einem Ruck ein bisschen in mich hinein und bewegt sich nicht mehr. Ich zische durch meine Zähne und atme tief, weil es weh tut.

„Es braucht nicht mehr viel, entspanne dich. Atme."

Ruben atmet mit mir und streicht mir über meinen Rücken, dann umarmt er mich und kneift mir ganz fest in die Brustwarzen, während er sich noch ein bisschen mehr in mich hineindrückt. Der Schmerz in meinen Brustwarzen lenkt mich ab vom Schmerz in meinem Po. Es fühlt sich an, als ob er über eine Schwelle gleitet und ich ihn in mich hineinsauge. Ich stöhne laut, weil es mich ausdehnt. Er stöhnt und kneift wieder meine Brustwarzen.

Ich atme tief. Sobald Ruben merkt, dass ich mich entspanne, bewegt er sich langsam wieder aus mir raus. Er gibt mir einen Klaps auf den Po und steht auf, geht ins Bad und kommt zurück mit einem Öl. „Ich öle dich ein, damit es besser gleitet." Ich spüre das Öl auf meinem Po und Ruben, wie er die Eichel wieder ansetzt. Sobald sich mein Schließmuskel entspannt, gleitet er wieder in mich hinein. Ich zucke kurz und stöhne vor Schmerz und Lust.

Ruben bewegt sich langsam hinein und wieder hinaus. Er macht alles ganz langsam, immer wieder, bis ich mich voll entspanne.

Mit der Zeit tut es wirklich nicht mehr weh und es fühlt sich sogar gut an. Ich stöhne und drücke mich nun gegen ihn, dass er tiefer ich mich hineinstoßen kann. Ruben merkt, dass ich es schön finde, und das scheint ihn noch mehr anzumachen.

Er keucht: „Ich will in dir kommen, mi Amor."

Diese Aussage macht mich noch mehr an. Mein Schleim tropft auf das Bett, weil ich vor Geilheit so feucht werde. Ruben massiert meine nasse Pussy und drückt seinen Penis rhythmisch in mich hinein. Mein Po zuckt und ich habe das Gefühl, dass sich ein Orgasmus aufbaut. Ich kann nicht aufhören. Nicht jetzt.

„Ruben, bitte mach weiter. Ich liebe es. Bitte hör nicht auf."

Ruben stöhnt und ich höre die Anstrengung in seiner Stimme. Ich drücke mich gegen ihn. Ruben stöhnt laut auf und ergießt sich in mir. Sein ganzer Körper zuckt. Ruben umklammert mich und hält mich für einen kurzen Moment so.

Er nimmt mit einer Hand die Decke und drückt sie gegen meine Pussy, dann zieht er sich aus mir raus. Ruben steht auf und sagt: „Beweg dich nicht, ich hole ein Tuch." Er kommt zurück und hält das Tuch auf meinen Po. Dann gibt er mir einen Klaps und sagt. „Ich bin gleich wieder bei dir, ich muss mich nur kurz duschen."

Noch total benommen und berauscht gehe ich kurz darauf auch ins Bad und steige zu Ruben unter die Dusche. Er wäscht zuerst sich ganz gründlich, dann seift er mich ein. Als er zwischen meine Schamlippen fährt, sagt er: „Du bist so feucht. Wie geht es deinem Po? Alles gut?"

„Ruben, ich will dich, ich will dich jetzt." Ich spüre seinen harten Penis an meinem Bauch und kann keinen klaren Gedanken fassen. Ich nehme ihn und zieh ihn zu mir, dann stelle ich ein Bein auf den Badewannenrand und führe ihn in mich. Ich packe seine Pobacken und presse mich an ihn. Ich stöhne wieder laut auf. Wir kichern beide und stützen uns so gut es geht in der rutschigen Dusche ab. „Komm, wir gehen zurück ins Bett." Ruben zieht mich aus der Badewanne. Wir trocknen uns ab und gehen zurück ins Bett.

Ruben legt sich sofort auf mich, stößt sich in mich hinein und fragt grinsend: „Was willst du?"

Ich verdrehe die Augen. „Bleib so, beweg dich genauso und das für eine Stunde."

Wir lachen und Ruben umarmt mich ganz fest.

„Komm schon. Gib dir eine Chance. Spüre in dich hinein. Sag es mir, wenn es sich richtig anfühlt. Gib mir ein Zeichen, wenn ich auf dem richtigen Weg bin."

Ruben haucht mir ins Ohr: „Sandra, du bist so schön und du fühlst dich so gut an. Ich liebe deine Pussy, sie ist perfekt für mich. Spürst du mich, wie hart ich schon wieder bin. Du machst mich verrückt."

Ich flüstere: „Ja, ich bin so feucht und es fühlt sich so gut an. Ich liebe es!"

Ruben hält den Rhythmus und macht konstant weiter. Er stößt an die eine Stelle, die so guttut. Ich versuche sie intensiver zu spüren, beuge mich ihm entgegen und ziehe ihn näher in mich hinein.

„Soll ich so weitermachen?" Er haucht die Worte und steckt seine Zunge in mein Ohr. Ich stöhne und spanne meinen Bauch an, dann hebe ich meinen Kopf hoch und drücke in mein Becken hinein. Ich fühle mich gut und wohlig. Ich bin feucht und konzentriere mich auf das leicht versteckte Gefühl tief in meiner Pussy.

„Spürst du das, Sandra? Deine Pussy ist bereit. Dein Körper will es. Lass dich gehen, vergiss alles um dich herum, entspanne dich."

Ich spüre, wie mich seine Worte anmachen und ablenken von meinen Gedanken. Ich stöhne überrascht auf, weil meine Pussy anfängt zu zucken. Ruben bewegt sich genau so weiter und bleibt in diesem Rhythmus. Er flüstert mir wieder ins Ohr: „Du fühlst dich so gut an. Ich liebe es. Ich bin so geil auf dich. Oh, mi Amor, du machst mich so an."

Ich merke, wie sich ein Orgasmus aufbaut. Ich bewege mich nicht mehr, sondern konzentriere mich auf das Gefühl. Ich atme schneller und dann komme ich explosionsartig. Ich schreie und stöhne und presse mich gegen Ruben, der weiter in mich hineinstößt. Der Orgasmus dauert lange und mein ganzer Körper zuckt eine Weile. Langsam entspanne ich mich. Ruben hält mich fest und flüstert mir weiter ins Ohr, wie sehr er diesen Moment liebt.

Wir liegen eine Weile so da, ohne uns zu bewegen. „Du bist gekommen. Wir haben es geschafft." Er lächelt und streicht mir die Haare aus meinem verschwitzten Gesicht. Ich nicke. Mein Blick ist glasig.

„Ich hoffe, dass es keine Ausnahme ist."

Er schüttelt den Kopf. „Nein, das weiß ich ganz sicher. Ich weiß jetzt, was du brauchst."

In der Löffelstellung schlafen wir ein.

19

Ruben und ich machen einen kurzen Stopp bei mir und fahren dann gemeinsam ins Geschäft. Meine arme Katze. Ich entschuldige mich bei Mokka und verspreche, dass ich heute nach der Arbeit viel Zeit für sie haben werde. Ich steige ein paar Straßen früher aus und gehe dann hinein. Ich werde Ruben erst wieder treffen, nachdem er die Resultate unseres Projekts dem Management präsentiert hat nächste Woche. Das heißt, dass ich seit Langem wieder einmal an meinem Schreibtisch arbeite.

Sobald ich den Raum betrete, kommt Rose im Stechschritt auf mich zu, Stella ist auch schon auf dem Weg.

„Sandra, ich bin sicher, dass es einiges zu erzählen gibt. Wir gehen jetzt über die Straße einen Kaffee holen." Rose packt mich am Arm und zieht mich zurück zum Ausgang.

Ich folge ihr lachend.

Wir spazieren aus dem Gebäude und Stella fragt: „Sandra, was läuft mit dir und Ruben? Erzähl uns alle dreckigen Details!"

Wir kichern und schlendern zum Laden über die Straße.

Ich berichte und gebe zu, dass ich leicht ins Schwärmen gerate. Sie hören mir gespannt zu.

„Bist du sicher, dass du nicht verliebt bist in Ruben?" Stella schaut mich prüfend an.

„Hm, ich glaube nicht. Noch nicht. Ich denke, dass ich seeehr verknallt bin, ja, sehr. Aber wenn es so weitergeht und wenn wir uns wirklich besser kennenlernen, dann besteht die Gefahr. Jedes Mal, wenn ich ihn sehe, springt mein Herz fast aus meiner Brust. Er ist einfach super. Ja, ich könnte mich verlieben."

Rose schüttelt den Kopf. „Ich glaube auch nicht, dass diese Olga nicht in Ruben verliebt ist. Wenn das schon seit Jahren so läuft, dann liebt sie ihn bestimmt sehr. Ihre Reaktion auf dich zeigt das ja auch. Die arme Frau. Wahrscheinlich leidet sie. Vielleicht erzählt Ruben dir auch nicht die ganze Wahrheit und verharmlost die Situation."

Ich denke darüber nach. „Ja, das glaube ich auch. Sie liebt ihn und hofft, dass da irgendwann mal mehr draus wird. Sie kann eigentlich keine Ansprüche an Ruben stellen. Immerhin ist sie verheiratet und schläft noch mit ihrem Mann. Aber sie hatte jetzt für ein paar Jahre zwei Männer, die beide für sie da waren, also 200 %. Das ist Luxus." Ich lache. „Diese Frau will ich mal kennenlernen."

Stella verneint. „Mach das nicht. Du wirst sie mögen und dann hast du jedes Mal ein schlechtes Gewissen, wenn du bei ihm bist. Was ist, wenn sie hässlich ist, dann willst du auf einmal in seiner Wohnung nichts mehr anfassen."

„Igitt, hör auf", sage ich und rümpfe meine Nase.

„Ich weiß nicht, was ich tun soll. Mir gefällt es so, wie es ist. Ich liebe meine Gefühle, die ich habe, ich liebe den Sex mit ihm. Wir passen körperlich perfekt zusammen. Ich liebe seinen Geruch und seinen Geschmack und bitte glaubt mir, das habe ich noch nie erlebt, dass ich alles an einem Mann gern rieche und schmecke! Sogar seine Pupse stinken nicht für mich. Soll ich das jetzt alles aufgeben, weil ich mich verlieben könnte oder weil eine andere Frau auch mit ihm schläft?" Ich sehe meine Freundinnen fragend an.

Rose lacht. „Ich finde, dass du so weitermachen solltest. Welche Frau kann schon sagen, dass sie die Pupse ihres Lovers mag! Sandra, du weißt, dass du ziemlich sicher leiden wirst, wenn diese Sache zu Ende geht. Du weißt, dass die Geschichte Probleme mit sich bringt und du merkst jetzt schon, dass er nicht ehrlich ist. Aber du liebst, was du jetzt hast. Das scheint für dich im Moment das Wichtigste zu sein. So wie jetzt habe ich dich noch nie gesehen. Du strahlst und du bist so ausgeglichen. Dann ist es das Richtige. Außerdem sind wir für dich da, egal was ist."

„Ja, ich finde es toll, was im Moment passiert mit mir. Ich hatte noch nie in meinem Leben so guten Sex. Ich lerne mit 35 endlich meinen Körper kennen und das verdanke ich vor allem ihm. Es ist einfach toll. Ich hätte nie gedacht, dass ich das noch erleben darf. Ich öffne mit der ganzen Geschichte auch meinen Horizont. Es ist auf keinen Fall eine Standardsituation."

Stella nickt. „Ja, Sandra, wir sind immer da für dich. Ich finde auch, dass du weitermachen solltest. Du kannst es immer beenden, wenn es nicht mehr gut ist."

„Danke, meine allerliebsten Freundinnen! Ich liebe euch so sehr!" Ich umarme beide und wir machen uns auf den Weg zurück ins Büro.

*

Ruben und ich haben keine Sitzungen mehr geplant für unser Projekt und am Wochenende treffen wir uns nicht. Ich muss unbedingt versuchen, eine Ablenkung zu finden und ein paar Pläne machen. Er ist ständig in meinem Kopf. Ich sehe oft auf mein Telefon und hoffe, dass ich ihm über den Weg laufe. Scheiße. Bin ich doch verliebt in ihn?

Ich recherchiere im Internet was nach Events und werde fündig. Es gibt ein Salsa-Festival in Melbourne dieses Wochenende. Das wäre doch die perfekte Ablenkung.

Kurzentschlossen buche ich online meinen Festival-Full-Pass, dann buche ich mein Hotelzimmer und den Flug. Perfekt. So werde ich keine Sekunde an Ruben denken.

Meine Nachbarin kümmert sich um Mokka. Perfekt. Ich bin bereit für ein spannendes Wochenende!

20

Heute Nachmittag fliege ich nach Melbourne. Meine Tasche habe ich bereits mit ins Geschäft geschleppt. Später nehme ich ein Taxi zum Flughafen.

Um 10 Uhr taucht auf einmal Ruben bei mir am Schreibtisch auf und fragt mich, ob ich kurz Zeit habe. Ich folge ihm in ein Sitzungszimmer.

„Ich habe dich vermisst und wollte dich einfach kurz sehen."

Ich schaue ihn überrascht an. „Ach wirklich? Ich habe dich auch vermisst, Ruben. Und ich habe mich gewundert, dass du mir nicht antwortest."
Am Mittwochabend hatte ich ihm eine Nachricht geschickt und bis jetzt keine Antwort erhalten.

„Stimmt, tut mir leid."

Ich zucke mit den Schultern und schaue ihn fragend an. Was will er von mir?

„Heute kommt Olga zu mir und sie bleibt das ganze Wochenende." Seine Stimme hört sich rau an.

„Das weiß ich bereits. Du hast mir gesagt, dass sie das ganze Wochenende bei dir ist."

„Ja. Sandra, ich würde dich so gern sehen und wollte fragen, ob du am Sonntagnachmittag zu mir kommst."

„Bestimmt nicht", entgegne ich fast schon ein bisschen schroff. „Erstens bin ich in Melbourne übers Wochenende und lande erst am Sonntag um 16 Uhr in Sydney und zweitens will ich mich bestimmt nicht am selben Tag mit dir treffen. Das ekelt mich irgendwie. Sorry, das klingt falsch, aber ich hoffe, dass du weißt, was ich meine."

„Ekel ist ein bisschen übertrieben, oder?" Er klingt eingeschnappt. Wie ein kleiner Junge.

Ich bin genervt. „Nein, Ekel. Immerhin schläft die Gute noch mit ihrem Mann, dann mit dir und dann schläfst du mit mir. Ich will das nicht am selben Tag. Tut mir leid. Aber nein."

„Okay, dann nicht."

„Wir können uns nächste Woche treffen", schlage ich versöhnlich vor.

„Was machst du in Melbourne?" Er starrt mich an, ohne auf meinen Vorschlag einzugehen.

„Ich besuche ein Salsa-Festival." Ich bemerke seinen entsetzten Blick und muss lachen.

„Gehst du allein? Du wirst dort bestimmt mit anderen Männern Sex haben. Das bietet sich an."

„Ja, allein. Ich weiß nicht, was da laufen wird, und ehrlich gesagt ist es nicht mein Ziel, dort mit jemandem Sex zu haben. Ich gehe dahin zum Tanzen und sonst nichts." Sein Blick lässt meine Knie weich werden.

„Ich weiß, dass ich kein Recht habe, aber ich habe wirklich Angst. Wenn du jemanden kennenlernst und Sex haben willst, dann ist das natürlich in Ordnung."

„Danke, dass du mir grünes Licht gibst", sage ich schnippisch. „Ach Ruben, ich will nur tanzen und suche kein Sexabenteuer. Ich bin im Moment komplett befriedigt! Wir sehen uns nächste Woche. Okay?"

„Okay, bitte melde dich, wenn etwas ist." Er klingt ernst.

„Alles klar, das mache ich. Dann sehen wir uns nächste Woche." Wir umarmen uns kurz, verlassen das Sitzungszimmer und trennen uns.

Was für ein merkwürdiges Gespräch. Was soll ich denn darüber denken? Hat er Gefühle für mich? Oder ist er einfach besitzergreifend? Es fühlt sich auf jeden Fall gut an.

*

Auf dem Weg zum Flughafen lasse ich mir die Geschichte mit Ruben wieder durch den Kopf gehen. Es ist verrückt. Ruben ist ein so feinfühliger Mensch. Er zeigt Liebe, Verletzlichkeit, Eifersucht und Verlustangst. Man fühlt sich mit ihm wie in einer echten, traumhaft schönen Beziehung, wie es sie nur in Märchen gibt. Er bewundert mich und meinen Körper. Wenn ich nackt vor ihm stehe, habe ich das Gefühl, dass ich das schönste Geschöpf der Welt außer Konkurrenz bin. Er begehrt alles an mir, das spüre ich, und er sagt es mir auch immer wieder.

Hätte er mir nichts von Olga erzählt, würde ich mich wie die Einzige in seinem Leben fühlen. Aber wenn er von Olga erzählt, distanziert er sich auch gefühlsmäßig von mir. Es scheint, als ob er dann seine Gefühle aufteilen müsste. Er scheint damit schlecht umgehen zu können.

Stopp. Ich werde mir jetzt nicht den Kopf zerbrechen darüber. Das ist sein Problem.

Am Flughafen angekommen renne ich zum Gate, weil ich spät dran bin, und steige ins Flugzeug. Der Flug ist kurzweilig. In Melbourne fahre ich zu meinem Hotel und checke ein. Das Hotel ist in Fußnähe zur Location. Trotz Müdigkeit raffe ich mich auf und mache mich zurecht für das Festival. Es ist schon 23 Uhr, als ich mich auf den Weg mache.

Mein Herz rast, als ich in die Halle spaziere. Ich bin überwältigt von der Größe der Location und der vielen tanzenden Paare. Es spielt eine Live-Band, die Leute tanzen Salsa und singen mit.

Jung und Alt sind vertreten und mischen sich im Tanz. Die Stimmung ist atemberaubend, alle Leute haben ein Lächeln im Gesicht.

Ich fühle mich wie im Paradies.

Schnell ziehe ich meine Tanzschuhe an und schaue mich im Saal um. Ein gutaussehender Typ nimmt mit mir Blickkontakt auf und streckt mir die Hand entgegen. Ich freue mich und nicke. Wir machen uns auf den Weg zur Tanzfläche.

„Hi, ich bin Sandra." Ich lächle ihn an und strecke ihm die Hand entgegen. „Ich bin Leonardo, freut mich, dich kennenzulernen." Er nimmt meine Hand und fängt an sich zu bewegen.

Er tanzt sehr schön und bewegt sich wirklich gut. Leonardo hält einen respektvollen Abstand zu mir beim Tanzen. Er ist im ständigen Augenkontakt und lächelt mich an. Leonardo hat ein wunderschönes, männliches, kantiges Gesicht. Ich bin total fasziniert von seinen Augen, die tiefblau sind. Er trägt einen Dreitagebart und sein volles Haar hat er mit Gel nach hinten gestrichen. Leonardo ist leger gekleidet mit einem weißen Poloshirt und einer blauen Jeans. Durch sein Shirt ist ein durchtrainierter Körper zu erkennen. Zum Tanzen ist er ein bisschen zu groß für mich. Er ist bestimmt 1,90, wenn nicht größer. Trotzdem funktioniert es überraschend gut. Wenn wir nah tanzen, beugt er sich elegant zu mir runter. Es fühlt sich sehr gut an.

Ich freue mich, dass ich sofort jemanden gefunden habe, der mit mir tanzt.

In den Pausen unterhalten wir uns oberflächlich, jedoch kann ich meine Gedanken an Ruben nicht loslassen. Er geistert in meinem Kopf herum.

„Sandra?" Leonardo sieht mich fragend an.

Ich werde rot, weil ich keine Ahnung habe, was er erzählt oder gefragt hat. „Eh, ja?", stottere ich.

„Ja? Wirklich?" Leonardo grinst. „Also suchst du ein Sex-Date hier auf dem Festival?"

„Was! Nein!" Ich schaue ihn schockiert an.

Leonardo lacht herzhaft und umarmt mich. „Keine Sorge, ich wollte nur deine Aufmerksamkeit. Ich habe gemerkt, dass du mir nicht mehr zugehört hast."

„Leonardo!" Ich falle in sein Lachen ein. Es tut gut.

Die Zeit vergeht schnell. Um 3 Uhr bin ich müde und verabschiede mich von meinem Tanzpartner.

„Bist du morgen auch hier?"

Er antwortet: „Ja, ich bin dabei. Wollen wir wieder zusammen tanzen?"

„Oh ja, sehr gern. Wir tanzen gut zusammen. Treffen wir uns hier um 10 Uhr? Dann können wir zuerst schauen, welche Kurse wir machen wollen."

„Perfekt. Ich freu mich."

Ich lächle ihn an. Dann mache ich mich auf den Weg zurück ins Hotel.

Ich schaue aufs Handy. Fünf Nachrichten von Ruben. Er schreibt mir, dass er an mich denkt, dass er gern bei mir wäre, und dass er sich Sorgen macht. Ich schicke ihm eine Nachricht, dass ich einen netten Typen kennengelernt habe und dass ich mit ihm auch morgen aufs Festival gehen werde. Er soll sich keine Sorgen machen. Ich lasse mein Telefon im Safe und kann ihm deshalb erst abends wieder schreiben.

21

Das Wochenende vergeht schnell. Leonardo ist immer bei mir. Wir üben in den Pausen die gelernten Tanzschritte. Er holt mir etwas zu trinken, wenn ich durstig bin, er lädt mich mittags zum Essen ein. Er ist ein sehr aufmerksamer, netter Typ. Wir tanzen zwei Tage lang durch und lernen viele Leute kennen. Es ist wie eine große Familie. Was für ein tolles Festival! Am Sonntagnachmittag ist Zeit für die Verabschiedung.

*

Ich lande um 16 Uhr wieder in Sydney und freue mich auf einen ruhigen Sonntagabend mit Mokka und TV.

Erst als ich alles ausgepackt habe, unter der Dusche war und mir es auf dem Sofa mit Popcorn und Eiscreme bequem gemacht habe, schalte ich mein Telefon wieder ein.

Es sind einige Nachrichten eingegangen von Leonardo und von Ruben. Ich lese zuerst die Nachrichten von meinem Tanzpartner. Er bedankt sich und würde mich gern wieder treffen, wenn er einmal in Sydney ist.

Dann Rubens Nachrichten. Er fragt, ob ich heute zu ihm komme, dass er mich vermisst und mich unbedingt spüren will. Diese Nachricht ist so verlockend. Wenn ich ehrlich bin, würde ich am liebsten aufspringen und zu ihm fahren. Aber das mache ich nicht. Ich kann mich nicht am selben Tag mit ihm treffen, an dem er mit Olga geschlafen hat. Das geht für mich einfach nicht. Ich schreibe ihm, dass ich müde bin und früh ins Bett gehe, dann schalte ich mein Telefon wieder aus, ohne seine Antwort abzuwarten.

22

Auf dem Weg zur Arbeit am nächsten Morgen schalte ich mein Telefon wieder ein. Keine Nachricht von Ruben. Als ich aufblicke, sehe ich Rose im Bus. Ich schlängle mich durch die Leute zu ihr.

„Hi!" Rose strahlt mich an und fällt mir um den Hals. „Wie geht es dir?"

Ich erzähle Rose vom Wochenende. Sie macht große Augen. „Stimmt, ich wollte dich am Freitag noch fragen, wo es hingeht mit der großen Tasche. Aber wir haben uns irgendwie ständig verpasst. Du warst also allein in Melbourne bei einem Festival!?" Sie schüttelt ungläubig den Kopf. „Sandra, ich bewundere dich, dass du allein solche Sachen machst. Das braucht Mut."

Ich strahle sie an und bemerke, dass sie recht hat. Es braucht Mut, allein zu einem Salsa-Festival zu gehen, ohne zu wissen, ob jemand mit mir tanzt. Das macht mich stolz.

Wir spazieren ins Geschäft und ich merke, dass ich ständig auf mein Telefon schaue. Aber Ruben schreibt mir nicht.

*

Die Woche geht nur langsam vorbei. Am Mittwoch entscheide ich mich, dann doch einmal bei Ruben nachzufragen, ob alles okay ist. Er antwortet knapp, dass es ihm gut geht. Schon wieder fühle ich mich zurückgewiesen und ich bin nicht sicher, wieso er sich so distanziert verhält. Ist es, weil ich am Sonntag nicht zu ihm bin, oder ist es, weil ich so knapp geantwortet hatte, oder ist es wegen Olga? Im Moment habe ich das Gefühl, dass er mich weder vermisst noch sehen will.

Ich belasse es dabei und versuche mich abzulenken mit meiner Arbeit. Die Abende verbringe ich im Fitness-Club oder vor dem TV mit Mokka.

Am Freitagabend fühle ich mich etwas einsam und traurig, deshalb entscheide ich mich, der Sache ein Ende zu setzen und treffe mich endlich wieder einmal mit meinen Freunden zum Tanzen. Ich mache mich zurecht und fahre in unser Stammlokal.

Meine Freunde stehen versammelt bei der Bar und trinken bereits einen Gin Tonic als ich eintrudle.

Ich lasse meinen Blick über die tanzende Menge schweifen, als ich Ruben entdecke. Mit geschlossenen Augen tanzt er eng umschlungen mit einer wunderschönen Frau. Er streicht ihr über den Rücken und an den Seiten fährt er mit den Händen hoch und bleibt auf der Höhe ihrer Brust stehen. Er lässt seine Hände wandern und die Frau scheint es zu genießen. Beide sind total vertieft in ihren Tanz.

Mir zieht es den Magen zusammen. Es tut mir weh, dass er unterwegs ist und sich nie bei mir gemeldet hat. Das verstehe ich nicht. Ich könnte ausrasten. Was stimmt mit diesem Kerl nicht!

Ich merke gar nicht, wie ich die beiden anstarre. Ruben öffnet seine Augen und sieht mich kurz an, dann schließt er seine Augen einfach wieder, als ob er mich nicht gesehen hätte, und tanzt weiter. Das ist doch verrückt. Ich spüre Eifersucht und meine Unsicherheit.

Ich packe einen meiner Freunde und ziehe ihn auf die Tanzfläche. Ich schaue Mark ganz ernst an. „Ich brauche deine Hilfe. Bitte tanze drei, vier Lieder mit mir ohne Pause, und wenn wir fertig sind, weiche bitte nicht von meiner Seite." Mark sieht mich schief an. „Willst du jemanden eifersüchtig machen?"

Ich nicke und sage: „Außerdem will ich mit diesem Typen kein Wort sprechen. Hilfst du mir? Sei mein Freund heute Abend. Bitte!"

Mark lacht. „Du willst mich missbrauchen. Klar helfe ich dir. Wer ist es denn?"

Ich zeige dezent zu Ruben. „Der da."

„Der Typ, der gerade Sex auf der Tanzfläche hat?"

Ich nicke und verdrehe die Augen. „Es ist kompliziert." Mark lacht. Er flirtet mit mir und hält mich, als ob wir ein Paar wären. Mark macht das super. Ich blende Ruben aus und lasse mich voll auf das Spiel ein. Er streicht mir über den Hals und drückt mich an sich. Wir führen einen Liebestanz auf. Meine Hände an seinem Hals, er drückt mich nach hinten und küsst meinen Hals. Ich muss immer wieder kichern, weil Mark für mich dieses Schauspiel aufführt. Es tut einfach gut. Es lenkt mich ab und ich fühle mich stark.

An der Bar legt Mark den Arm um mich. Ich fühle mich sicher, kuschle mich in seine Umarmung und kann den Abend einigermaßen genießen.

Auf dem Weg zum Klo treffe ich doch noch auf Ruben. Er lächelt mich freundlich an, umarmt mich kurz und gibt mir einen Kuss auf die Wange. „Hi Sandra, wie geht es dir? Hast du einen neuen Freund?"

Er benimmt sich so, als ob wir uns nicht kennen würden. Wie unangenehm. Ich will nur weg und deshalb sage ich: „Ich muss aufs Klo, aber wir sehen uns später, ja?" Dann spaziere ich an ihm vorbei.

Sobald ich wieder in den Saal komme, steht Ruben am Eingang. Er packt meine Hand und sagt: „Lass uns tanzen." Ich folge ihm auf die Tanzfläche und schicke Mark einen gequälten Blick zu. Er zuckt mit den Schultern und macht eine entschuldigende Geste.

Ruben und ich tanzen und schauen uns die ganze Zeit direkt in die Augen. Ich bin wütend auf ihn. Er zieht mich an sich und streichelt mir über meine nackte Schulter. Er haucht mir ins Ohr, dass ich gut rieche und dass er mich vermisst hat. Mein Körper reagiert sofort auf seine Stimme. Ich brenne schon wieder vor Lust, was mich total ärgert. Hoppla. Und ich bin komplett aus dem Takt. Ruben lächelt mich an und gibt mir einen Kuss auf den Hals. Ich will ihn spüren. Heute noch, jetzt!

„Ruben, ich will dich. Jetzt. Lass uns zu dir gehen." Ich schaue ihn unsicher an, weil ich Angst habe vor einer Abweisung. Ruben nickt. „Ja, ich will dich auch. Lass uns gehen. Ich treffe dich draußen." Ruben geht schon einmal raus und ich gehe rüber zu meinen Freunden und verabschiede mich von ihnen. Es fällt nicht auf, dass Ruben und ich zusammengehen, aber Mark hat es geschnallt und zwinkert mir zu.

Wir fahren zu Ruben und sprechen nicht viel im Auto.

Ruben bricht das Schweigen. „Mi Amor, wer war der Typ, mit dem du getanzt hast? Habt ihr etwas miteinander?" Er schaut rüber zu mir.

Ich schüttle den Kopf.

„Was ist? Wieso schüttelst du den Kopf?" Er schaut mich besorgt an.

„Ruben, wieso hast du dich nie gemeldet, wenn ich dir gefehlt habe?" Ich schaue ihn enttäuscht an. „Ich hatte das Gefühl, dass die Sache mit uns vorbei ist."

„Ich weiß, es tut mir leid."

„Wieso hast du dich nicht gemeldet?", hake ich nach.
„Es ist im Moment kompliziert mit Olga. Sie lässt sich scheiden." Sein Blick ist flehend, nach Verständnis heischend.

„Was? Wow, dann habe ich mit meinen Vermutungen recht. Was für eine Überraschung, oder! Hey, es ist ihre Entscheidung, sich scheiden zu lassen, oder? Dann sollte es für sie nicht so schlimm sein. Weißt du, wieso sie sich scheiden lässt?"

Ruben klingt genervt. „Natürlich geht es ihr schlecht. Sehr schlecht sogar. Sie war zehn Jahre mit ihrem Mann zusammen."

„Aber wieso lässt sie sich scheiden?" Ich bin auch genervt, weil er genervt ist.

„Olga liebt ihren Mann, aber sie sind zu unterschiedlich. Sie liebt es, Party zu machen und ist gern unter Leuten und er ist eher ein introvertierter Typ. Das sagt sie auf jeden Fall."

„Das ist die Begründung nach zehn Jahren? Wow. Das fällt ihr aber früh ein. Meinst du nicht, dass es eher etwas mit dir zu tun hat? Sie liebt dich. Da bin ich mir ganz sicher. Vielleicht will sie einfach nur dich?" Ich beobachte ihn von der Seite.

Ruben schüttelt den Kopf. „Nein, das ist nicht der Grund. Sie weiß, dass sie mir sehr wichtig ist, aber auch, dass aus uns nie mehr wird. Das habe ich ihr schon oft gesagt."

„Sei dir da mal nicht so sicher." Ich verdrehe die Augen. Ich kann gar nicht glauben, wie naiv Ruben ist. Das ist doch alles so offensichtlich! Aber er tut so, als ob er das nicht merken würde. Ich finde das unglaublich! Mich nervt das so sehr, dass ich unsicher bin, ob ich überhaupt noch zu ihm gehen will. Mir ist die Lust total vergangen. „Ruben, ich bin zu müde. Wenn du nichts dagegen hast, wäre ich dankbar, wenn du mich nach Hause bringen könntest."

Ruben schaut mich kurz an. „Okay, schade. Du hast mir gefehlt. Ich will dich sehen. Ich will mit dir einschlafen."

Ich überlege kurz. Ich habe ihm gefehlt. Was soll denn das wieder heißen? Hat er doch Gefühle für mich? „Na gut. Aber heute will ich keinen Sex." Ich merke, dass ich total im Konflikt bin. Einerseits fehlt Ruben mir, aber andererseits bin ich total genervt. Wahrscheinlich habe ich wirklich schon mehr Gefühle, als ich zugebe.

Wir kommen in Rubens Wohnung an und ich frage ihn, ob er mir ein T-Shirt ausleihen kann. Dann springe ich unter die Dusche. Frisch geduscht gehe ich ins Wohnzimmer. Ruben hat Kerzen aufgestellt und einen Wein aufgemacht. Es liegt eine Kuscheldecke auf seinem großen Sofa.

„Sandra, du willst heute keinen Sex, dann können wir ein bisschen kuscheln und reden." Er zieht mich zum Sofa und sagt: „Ich springe auch kurz unter die Dusche."

Ich mache es mir bequem unter der Kuscheldecke und überlege, was ich sagen soll und ob ich überhaupt etwas sagen soll. Ruben ist nach fünf Minuten schon wieder da. Er kommt zu mir aufs Sofa, reicht mir ein Weinglas und wir stoßen an.

Ruben gibt mir einen kurzen Kuss auf meinen Mund und schaut mich prüfend an. Dann sagt er: „Was ist, mi Vida? Ich sehe es dir an. In deinem Kopf rattert es."

Ich seufze. „Eigentlich will ich nichts sagen, aber…", ich setze mich auf und schaue Ruben direkt an, „… aber ich denke, dass ich mehr Gefühle für dich habe, als mir lieb ist." Mir steigen Tränen in die Augen. Das wollte ich auf keinen Fall, aber ich kann meine Tränen nicht zurückhalten.

Ruben bleibt ganz ruhig und schaut mich an, dann umarmt er mich, streicht mir über meine Haare, küsst meine nassen Augen und meinen Mund, meinen Hals. Er fährt mit seinen warmen Händen unter das T-Shirt über meinen Rücken zu meinem Nacken. Dann zieht er mein T-Shirt aus. Er streichelt meine Brüste, saugt meine Brustwarzen. Ich stöhne und fühle meine Lust tief in meinem Bauch. Ruben drückt mich zurück und taucht sein Gesicht in meinen Schoss. Er atmet tief ein und stöhnt: „Deine Cucita hat mir so gefehlt." Ruben leckt mich sanft. Es beruhigt mich und lenkt mich ab von meinen quälenden Gedanken.

Dann legt sich Ruben auf mich und dringt langsam in mich ein. Er macht alles mit ganz viel Gefühl und Zärtlichkeit.

Ruben schaut mir in die Augen und ich sehe, dass sich Tränen darin gesammelt haben. Wir sind beide sehr emotional und es fühlt sich so an, als ob wir das erste Mal wirklich Liebe machen.

Ich klammere mich an Ruben und er bleibt bei einem regelmäßigen Rhythmus.

Er flüstert mir ins Ohr, dass er mich auch liebt. Er küsst meinen Hals und mein Gesicht. Ich fühle so viel Liebe und spüre es bis in die Fingerspitzen. Es fährt durch meinen ganzen Körper. Jede Bewegung, jede Berührung spüre ich viel intensiver. Ich lasse meine Tränen fließen und mein Körper ist weich und warm.

Ruben bewegt sich gleichmäßig und flüstert mir ins Ohr, wie schön ich bin und wie gut ich mich anfühle. Mein Orgasmus baut sich langsam auf und dann komme ich und fast zeitgleich kommt Ruben in mir. Wir zucken beide, umklammern einander fast verzweifelt, ganz innig.

Ruben hebt seinen Kopf. „Mi Vida, ich rede von diesem Moment und nur von diesem Moment. Jetzt in diesem Moment liebe ich dich so sehr. So sehr!" Er umarmt mich wieder und Ruben weint leise. Ich halte ihn und mir laufen auch die Tränen. Eine ganze Weile bleiben wir so und warten, bis wir uns beide beruhigen. Dann kuscheln wir uns unter die Decke.

„Ruben, danke, dass du endlich über deine Gefühle sprichst. Ich spüre es doch auch, dass du mich nicht einfach nur magst. Es gibt mir das Gefühl, dass ich nicht allein bin. Aber du hältst dich sehr zurück mit der Kommunikation. Wieso weiß ich nicht. Es ist mir klar, dass wir zwei nie ein Paar sein werden. Mir ist nicht klar, wieso nicht, aber ich akzeptiere es. Ich will dieses Gefühl für dich nicht zurückhalten, weil es ein schönes Gefühl ist, und mir ist bewusst, dass es weh tun wird, wenn wir es beenden müssen. Aber ich kann dir sagen, dass ich dich liebe. Ich bin verloren in diesem Gefühl. Es ist unkontrollierbar und hat sich selbstständig gemacht. Wie es aussieht, hast du nun auch Gefühle. Ich setze dich ja nicht unter Druck. Ich verlange nicht von dir, dass wir ein Paar werden, aber ich wünsche mir einfach, dass du die Gefühle zugibst und zulässt. Wir nehmen es, wie es kommt. Sollte diese Sache ein Ende finden, dann sei bitte sanft, denn es wird mir das Herz brechen. Wir haben eine sehr schöne Verbindung, die über eine Beziehung hinausgeht. Bitte versprich mir, dass wir Freunde bleiben werden, wenn es irgendwann einmal vorbei ist. Wenn ich darüber nachdenke, müssten wir es eigentlich jetzt beenden zur Schadensbegrenzung."

Ruben schaut mich nachdenklich an. „Es stimmt. Ich habe Angst, dich zu verletzen, deshalb sage ich nichts. Aber wenn es okay ist für dich, dann spreche ich meine Gefühle ab jetzt aus. So muss ich nichts versprechen für die Zukunft. Ja, ich habe diese Gefühle für dich. Ich will dich regelmäßig sehen, und als du in Melbourne warst, konnte ich nur an dich denken. Ich liebe dich, mi Vida. Ich sehne mich nach dir, wenn du nicht da bist."

„Aber du warst doch die ganze Zeit mit Olga zusammen?", sage ich verwirrt.

Er nickt. „Ja, aber ich konnte nur an dich denken."

Mein Herz macht einen Freudensprung. Natürlich ist es nicht richtig, dass er an mich denkt, wenn er mit Olga zusammen ist. Aber ich freue mich trotzdem darüber.

„Denkst du wirklich nicht, dass Olga ihren Mann verlässt, weil sie mit dir zusammen sein will?"

Ruben schüttelt den Kopf. „Nein, das glaube ich nicht."

Ich sehe ihm an, dass er es einfach nicht glauben will. Er will diesen Gedanken gar nicht zulassen.

„Ich denke, dass die Frau dich liebt, Ruben. Aber ich kenne sie nicht, deshalb kann ich das schlecht beurteilen." Ich nehme einen Schluck vom Wein. „Hey, ich bin schon wiedergekommen. Das war ein magischer Moment für mich. Danke!"

Ruben umarmt mich und zieht mich an sich heran. „Danke, dass du zu mir gekommen bist." Wir gehen ins Bett und schlafen nackt und eng umschlungen ein.

23

Ich wache auf und rieche Kaffee. Ruben scheint schon wach zu sein. Ich ziehe sein T-Shirt wieder an und gehe zu ihm in die Küche. Er ist sehr vertieft in sein Telefon.

„Guten Morgen!" Ich strahle ihn an und umarme ihn von hinten.

„Guten Morgen." Er schaut kurz hoch vom Telefon. „Willst du einen Kaffee?"

„Den kann ich mir auch selber machen." Ich schaue ihm über die Schulter. „Ist alles okay?"

Er dreht das Telefon weg und sagt: „Warte kurz. Ich muss antworten, sonst steht Olga in zehn Minuten vor der Tür."

Ich schaue Ruben mit großen Augen an. „Was! Wieso?" Ich lasse mir einen Kaffee raus und warte, bis Ruben seine Nachricht geschrieben hat.

„Olga ist schon auf dem Weg. Oh Mann. Ich habe ihr am Wochenende erzählt, dass ich viel an dich denke und … dass ich verliebt bin. Als ich ihr eben gesagt habe, dass du bei mir bist, hat sie geschrieben, dass sie vorbeikommt, weil sie dich kennenlernen will." Er verdreht die Augen. „Sie ist eine starke, dickköpfige Person. Es ist nicht immer einfach mit ihr. Sagen wir es mal so. Du bist Yin und sie ist Yang."

Ich grinse und sage: „Ich springe kurz unter die Dusche und zieh mir meine Sachen an. Ich will sie nicht nackt begrüßen. Meine Güte, die Frau hat dich ganz schön im Griff."

Ruben starrt mich an. „Willst du sie wirklich kennenlernen?"

Ich nicke. „Wieso nicht? Immerhin schlafen wir mit demselben Mann. Vielleicht wird es einfacher für sie, wenn sie mich kennenlernt. Ich hoffe sogar, dass sie mich mag!"

Ruben schaut mich ungläubig an. „Wow, meinst du das ernst? Du kennst sie nicht. Sie ist nicht wirklich sehr nett. Oder besser gesagt, sie ist nur nett zu Leuten, die sie mag, und dich wird sie nie mögen, weil du ihr etwas wegnimmst."

„Vielleicht mag sie mich ja trotzdem. Ich werde alles dafür tun."

„Nie im Leben. Aber okay, dann sag ich ihr, dass sie kommen kann." Er schüttelt immer noch ungläubig den Kopf.

Ich springe unter die Dusche und ziehe meine Sachen von gestern an. Wow, er hat ihr gesagt, dass er in mich verliebt ist. Das ist ja krass. Ich bin kaum fertig, als es schon klingelt. Jetzt merke ich, dass ich doch nervös werde. Was habe ich mir nur gedacht? Aber ich will nicht, dass sie mich als Konkurrenz sieht. Ich werde ihr ehrlich und freundlich begegnen.

„Hi Babe." Ruben umarmt Olga und will ihr einen Kuss auf den Mund geben, aber Olga dreht sich weg.

Ruben fragt überrascht: „Was ist?"

Sie antwortet knapp: „Ich küsse dich bestimmt nicht vor Sandra auf den Mund."

Ich warte geduldig und still hinter Ruben. Als er zur Seite tritt, sehe ich Olga endlich richtig. Sie hat schulterlange, dünne, blonde Haare. Ihre Augen sind braun und sie hat einen leichten Silberblick. Sie hat ein sehr großes, dominantes Kinn, was mir sofort ins Auge sticht, und ihre Haut zeigt Spuren von Akne-Narben trotz starkem Make-up. Ich hatte eine schlanke Frau erwartet, aber Olga ist eher mollig, und weil sie so groß ist, wirkt sie sehr massig. Ich bin total überrascht über ihr Aussehen. Sie sieht ein bisschen aus wie Rubens Schwester in blond. Das finde ich witzig. Sie hat einen grimmigen, untervögelten Gesichtsausdruck. Ich frage mich wieso.

Olga dreht sich zu mir und sagt: „Hi Sandra, ich habe viel von dir gehört." Sie streckt mir die Hand entgegen und schaut mich von oben herab mit einem unfreundlichen Blick an. Ich kann noch nicht sagen, ob das einfach ihr Gesicht ist oder ob sie wegen der Situation und mir so dreinschaut.

„Hi Olga, ich freu mich, dass wir uns so spontan kennenlernen. Immerhin teilen wir einen Mann. Es ist also höchste Zeit." Ich sehe sie aufmunternd an und zucke mit den Schultern. Ihr Blick bleibt kalt und ein Lächeln bekomme ich nicht von ihr.

Olga geht in die Küche und lässt sich einen Kaffee raus. Dann öffnet sie einen Schrank und nimmt sich ein paar Kekse raus. Sie scheint sich wirklich zu Hause zu fühlen. Sie markiert ihr Revier. Es würde mich nicht wundern, wenn sie ihr Bein heben und Ruben anpinkeln würde. Ich muss ein Grinsen unterdrücken.

Ruben wirkt auf einmal wie ein Schoßhündchen neben ihr. Olga fixiert ihn und spricht mit ihm über ein paar Leute, die sie wohl beide kennen. Ich lehne gegen die Küchentheke und höre einfach zu. Wie unhöflich und merkwürdig. Ich beobachte Ruben, wie er mit der Situation umgeht, und Olga, wie sie sich aufbaut vor ihm. Er wirkt eingeschüchtert. Ab und zu schaut er zu mir rüber und ich lächle ihm einfach freundlich zu, damit er sich nicht schuldig fühlt.

Als Olga mir auch wieder einmal einen Blick widmet, sage ich: „Du bist sehr schön geschminkt."

„Danke, das ist ein Hobby von mir. Ich schminke mich sehr gern." Ich glaube, dass sie mir ein leichtes Lächeln schenkt oder den Versuch eines Lächelns, und freue mich schon fast ein bisschen darüber, weil die Stimmung echt angespannt ist.

Ruben verdreht die Augen und sagt: „Sie verbringt Stunden in Bad. Habt ihr Lust auf einen Aperol Spritz. Ich glaube, dass ich etwas Stärkeres brauche." Er lächelt uns gequält an.

Ruben macht uns den Drink und Olga steht schweigend da.

Ich bin auch ein bisschen verzweifelt. „Hey, ich habe so viele Schminksachen und natürlich kaufe ich immer nur die besten Marken, aber meistens brauche ich das Zeug nur einmal und dann liegt es bei mir rum. Ich habe da ein paar Sachen, die dir vielleicht gefallen könnten." Ich hole meine Tasche und kippe den Inhalt auf Rubens Küchentisch, dann geben ich ihr zwei Lidschatten. „Wie gefallen dir diese Farben? Die würden dir gut stehen zu deinen blonden Haaren."
Olga schaut mich verdutzt an, aber macht das ganze Schauspiel mit. „Eh, ja, die sind ganz schön."

„Wenn sie dir gefallen, kannst du sie haben. Ich werde sie nie benutzen."

Olga nickt und sagt: „Wirklich? Danke, die sind schön. Sehr gern." Sie verzieht ihr Gesicht wieder zu einem gruseligen Lächeln und packt die beiden Lidschatten in ihre Tasche.

Ruben reicht uns die Gläser. „Auf eine ganz merkwürdige Situation." Er schaut uns besorgt an.

*

Wir verbringen ein paar Stunden miteinander und quatschen vorwiegend über ihre Scheidung. Sie erzählt, dass sie eine Frau ist, die gern viel Gesellschaft hat und ihr Mann sei introvertiert. Das stört sie sehr, denn wenn er da ist, will er keine anderen Leute treffen. Das sind ihre Gründe für die Scheidung, aber es steckt bestimmt noch mehr dahinter.

Olga hat Sitzleder. Sie will einfach nicht gehen, auch wenn Ruben bereits zweimal gesagt hat, dass wir noch ein bisschen Alleinzeit brauchen.

Olga kann man nichts von ihrem Pokerface ablesen, aber ich merke, dass sie Mühe hat. Als sie dann endlich geht und die Tür hinter sich schließt, atmet Ruben geräuschvoll aus.

„Hey, ich finde, dass es ganz gut gelaufen ist. Findest du nicht?"

„Du kennst sie nicht. Aber stimmt, es hätte schlimmer kommen können."

„Meine Güte, so schlimm war es doch gar nicht."

„Amor, ich will dich am Montag wiedersehen. Hast du Lust, bei mir zu schlafen auf den Dienstag?" Er schaut mich hoffnungsvoll an und küsst mich. „Bitte, bitte komm zu mir."

Ich freue mich und nicke. „Ja, sehr gern!"

„Komm, wir trinken noch etwas. Ich will dich so nicht gehen lassen. Ich will sicher sein, dass alles okay ist."

Ich nehme mir ein Glas Wasser und ziehe Ruben hinter mir nach ins Wohnzimmer. Wir kuscheln uns aufs Sofa.

„Das war sehr speziell. Olga ist wirklich, wie du sie beschrieben hast. Sie ist sehr hart und fast schon maskulin. Du hattest recht, sie wird mich nie mögen, aber ich habe versucht, freundlich zu sein, damit sie sich entspannen kann. Es hat sich so angefühlt, als ob sie es über sich ergehen lässt, aber klar weiß, dass sie mich nur loswerden will."

Ruben verdreht die Augen und schüttelt den Kopf.

„Na gut, egal. Ich muss langsam nach Hause. Wir sehen uns am Montag."

Im Bus denke ich über alles nach. Was für ein Erlebnis! Oh mein Gott, ich fühle mich wie in einer Telenovela.

Olga ist mir unsympathisch, aber ich kann mir trotzdem gut vorstellen, dass sie eine lustige Person sein könnte. Aber diese Situation macht sie zu einer unfreundlichen Schreckschraube. Sie hat sehr verbittert ausgesehen. Wir sind wie Tag und Nacht. Sie ist groß, schwer und grob und ich bin im Vergleich zu ihr schon fast klein, zierlich und sanft. Was für Gegensätze, wirklich wie Yin und Yang.

Ruben meldet sich am Sonntag nicht mehr bei mir. Ich versuche, mir keine Gedanken zu machen darüber.

24

Am Montagmorgen trommle ich meine Freundinnen zusammen und lade sie auf einen Kaffee über die Straße ein. Ich erzähle ihnen vom Wochenende und die ganze Geschichte mit Olga.

Rose und Stella schauen mich schockiert an.

Stella meint: „Ich finde ihn eigentlich nett, aber nach dieser Geschichte weiß ich wieder nicht, was ich über ihn denken soll. Das ist einfach zu krass!"

Sie schüttelt ihren Kopf. „Jetzt hat er aber wenigstens gesagt, dass er dich liebt. Das finde ich schön. Die Geschichte mit Olga passt einfach nicht so ganz. Ich glaube, dass Ruben nicht ehrlich ist. Irgendetwas stimmt hier nicht."

Ich nicke. „Ja, das Gefühl habe ich auch die ganze Zeit. Aber dann überrascht er mich trotzdem immer wieder mit seiner ehrlichen Art. Ich weiß es wirklich nicht."

Rose sagt endlich auch etwas: „Sandra, bitte pass auf deine Gefühle auf. Ich glaube, dass er dich sehr verletzen wird.

Er scheint ein netter Kerl zu sein, aber sein Verhalten ist manchmal so daneben und verantwortungslos. Dann ist er wieder so aufmerksam und dann ignoriert er dich wieder. Das ist einfach auch anstrengend, sogar beim Zuhören könnte ich ihn erwürgen. Das ist auf Dauer nur noch anstrengend.

Tut mir leid, dass ich so ehrlich bin."

Ich schaue sie nachdenklich an. „Nein, nein, ich bin immer dankbar, wenn ihr ehrlich seid. Ich brauche das. Ja, ich finde es auch anstrengend. Aber noch ist es schön und ich genieße die Zeit mit ihm. Es tut mir einfach gerade so gut, auch wenn immer ein Schatten da ist, und mit Olga ist der Schatten riesig geworden. Aber wenn Olga immer wieder zum Thema wird oder zum Problem, dann muss ich mir überlegen, ob ich es beenden soll. Einfach, dass ihr wisst, ich habe mich verliebt und meine Gefühle werden stärker. Das wird eine schmerzhafte Sache, wenn das vorbei ist."

Ich nehme noch einen Schluck vom Kaffee und frage mich, warum man sich manchmal so verhält, wie man sich verhält.

Rose nickt. „Oh ja, du bist sowas von verliebt. Aber ich will etwas loswerden. Ich finde, dass Ruben einen echten Schaden hat. Er liebt dich im Moment. Ist das sein Ernst! Der spinnt doch. Er liebt dich, basta.

Aber er will alles gleichzeitig, wie ein Kind in einem Spielzeugwarengeschäft. Er will alles haben, aber er will sich zu nichts verpflichten. Seine Türen sind immer offen für Neues und das entwertet dich und auch Olga.

Ich glaube, dass ich ihn nicht mehr mag. Er weiß gar nicht, was er an dir hat, der Idiot."

Ich lächle Rose an und umarme sie. „Danke, mein Schatz. Er wird von seinem Karma bestraft, wenn er so weitermacht. Es ist nur eine Frage der Zeit. So verliert er alles, was ihm lieb ist, weil er ziemlich sicher mit allen unehrlich ist nicht nur mit mir.

Olga scheint ein helles Köpfchen zu sein. Es wundert mich, dass sie das schon so lange mitmacht. Oh Gott. Wie endet das wohl!" Ich schüttle meinen Kopf.

*

Am Abend nehme ich den Bus zu Ruben. Er wollte noch ein paar Dinge besorgen und die Wohnung aufräumen und deshalb soll ich ein bisschen später nachkommen.

Auf dem Weg zu ihm texte ich mit Leonardo. Er will dieses Wochenende nach Sydney kommen und fragt mich, ob er bei mir übernachten darf. Das Festival ist zwar nicht lange her und wir kennen uns nicht gut, aber ich finde es eigentlich nett, dass er mich wieder treffen will, deshalb sage ich zu. Eine Ablenkung von Ruben tut bestimmt gut und verschafft uns beiden eine Verschnaufpause.

Bei Ruben angekommen lege ich meine Sachen ab. Wir gehen gleich in die Küche und holen uns etwas zu trinken. Ich erzähle ihm als Erstes die News von Leonardo. Ruben schaut mich schockiert an. „Muss ich mir Sorgen machen? Hattet ihr doch was in Melbourne! Stehst du auf ihn?"

Ich lache. „Neiiin, Leonardo sieht zwar gut aus, aber ich kenne ihn nicht besonders gut." Provozierend hebe ich eine Augenbraue. Es macht mir Spaß, ihn hinzuhalten. „Aber wer weiß? Nein, ich bin nicht auf der Suche nach einem zweiten Abenteuer. Dieses ist schon aufregend genug und kostet all meine Nerven." Ich lache, aber Ruben ist nicht zum Lachen zumute. „Ruben, jetzt im Ernst. Ich habe dir gesagt, dass ich mich in dich verliebt habe. Ich weiß, dass du da anders bist, aber ich bin definitiv nicht offen für eine neue Geschichte, wenn ich verliebt bin."

Er nickt und fängt an, alle Sachen aus dem Kühlschrank zu räumen, die wir fürs Kochen brauchen.
„Ich darf gar keine Erwartungen haben an dich und ich darf dir auch nichts verbieten."

Ruben macht eine kurze Pause und dann erzählt er: „Ich muss dir etwas gestehen. Am Sonntag habe ich eine andere Frau getroffen und wir hatten Sex. Ich habe sie an einem Polyamorie-Treffen kennengelernt und ich fand sie einfach super interessant. Ich wollte immer ein bisschen mehr über das Thema erfahren und sie und ihr Mann leben es schon seit vielen Jahren. Wir wollten nur etwas essen gehen mit ihr, aber es hat geregnet. Ich habe deswegen angeboten, zu mir zu gehen und bei mir etwas zu essen. Es ist dann einfach passiert. Eines hat zum anderen geführt." Ruben kommt zu mir rüber und legt mir die Hand auf meine Schulter.

Ich weiß gar nicht, wie ich reagieren soll. Die Geschichte trifft mich wie der Schlag. „Gib mir bitte einen Moment. Ich muss meine Gedanken sortieren."

Mir schießen die Tränen in die Augen. Ich überlege. Es tut mir weh, dass Ruben so einfach mit anderen schläft, obwohl er behauptet, dass er mich und Olga liebt. Das mit Olga ist schon viel, aber jetzt noch irgendeine andere Frau. Mir ist klar, dass er nicht mein Freund ist und wir haben uns auch nichts versprochen. „Wieso hast du das getan?"

„Ich wollte sie einfach haben. Sie gefällt mir." Seine Stimme klingt belegt.

„War das eine einmalige Sache oder denkst du, dass du sie öfter treffen wirst?"

„Ich weiß es nicht. Ich mag sie sehr und ich will herausfinden, ob da mehr ist." Wie ein Welpe sieht er mich an. Ich könnte kotzen.

„Das hast du bei mir auch gesagt. Wow! Du hast Olga seit Jahren, die wirklich nicht so einfach ist. Dann hast du mich als neue Geliebte und du hast sogar Gefühle für mich, und dann hast du am Sonntag noch spontan eine andere Frau gevögelt. Das ist viel."

„Ich weiß, es tut mir leid. Ich bin einfach so, ich brauche das. Eine Frau zu erobern und bis zuletzt nicht zu wissen, ob sie sich drauf einlässt. Das treibt mich an."

Ich bin fassungslos. „Hast du nicht mehr dazu zu sagen? Es wäre nett, wenn du ein bisschen mehr sagen könntest!" Ich werde wütend.

„Als ich sie kennengelernt habe an diesem Abend, hatten wir gute philosophische Gespräche. Ich finde sie attraktiv und deshalb wollte ich mehr von ihr wissen. Aber eigentlich wollte ich einfach mit ihr schlafen. Ja, ich wollte sie haben."

Er schaut mir in die Augen und zuckt mit den Schultern. „Mi Vida, ich bin so. Ich schlafe mit Frauen, die mir gefallen. Ich liebe es, sie ins Bett zu bekommen. Das erste Mal ist spannend, weil ich nicht weiß, ob ich es schaffe. Wie weit kann ich gehen? Dieses Spiel ist für mich so aufregend. Es gibt mir Bestätigung."

Er ist ehrlich zu mir. Rein theoretisch finde ich nicht schlimm, was er sagt. So, wie er mir das erzählt, klingt es nach einem Hobby oder besser gesagt nach einer Leidenschaft. „Weiß Olga davon?"

„Nein, Olga kann ich das nicht erzählen. Bei dir ist das anders. Du bist anders. Bei dir kann ich offen sein. -Cielo, das mit dir ist für mich viel mehr. Wenn du bei mir bist, kann ich einfach ich selber sein. Welche Frau würde mir nach so einer Aussage noch zuhören? Ich merke, dass ich alles sagen kann, wie es ist, und du verstehst mich. Ich liebe die Ruhe, die du ausstrahlst, und die Gespräche mit dir. Ich will dich nicht verlieren. Aber ich werde immer mit anderen Frauen schlafen." Er nickt, als ob er mich überzeugen will.

Mein Stolz ist verletzt. „Ruben, danke, dass du es erzählt hast. Ich weiß nicht recht, wie ich jetzt damit umgehen soll. Es kommt drauf an, was es mit unserer Beziehung macht. Ich hoffe einfach, dass sich für uns nichts verändert. Ich genieße die Zeit mit dir immer noch. Was ich nicht mag, ist die Zeit, in der wir uns nicht sehen. Du bist wirklich scheiße, wenn es um Kommunikation geht. Wenn wir nicht zusammen sind, dann fühlt sich alles distanziert und kalt an."

„Ich weiß, entschuldige. Ich mache das nicht gut. Ich versuche, mein Verhalten zu verbessern."

„Okay. Was ich auch nicht verstehe, und ich hoffe, dass ich nicht zu weit gehe. Du sagst mir, dass du mich liebst in diesem Moment. Aber wenn das Gefühl von Liebe da ist, will man doch mehr davon und an die Zukunft denken. Aber nicht du. Du gehst davon aus, dass trotz dieser Liebe noch etwas Anderes, etwas Besseres kommen wird. Das entwertet alles, was wir haben, und auch mich. Es scheint gut genug für jetzt zu sein, aber nicht für die Zukunft. Auch wenn du diese Gefühle für mich hast?"

Ruben schüttelt wild seinen Kopf und antwortet: „Genau aus diesem Grund sage ich nie, dass ich jemanden liebe. Weil dann hinterfragt wird, wieso ich das nur für den Moment sagen kann, aber nicht für die Zukunft versprechen will."

Ich kontere: „Natürlich weiß niemand, was in der Zukunft ist. Aber wenn man etwas Gutes hat, dann sollte man es schützen, behalten und pflegen wollen, so lange es gut ist. Wenn du aber in jeder Sekunde offen bist für etwas Neues, setzt du das, was du schon hast und liebst, aufs Spiel. Ist dir das Neue so viel wichtiger als das, was du hast und schon liebst?" Ich nehme eine Schüssel aus dem Schrank und fange an, eine Salatsauce zu machen.

„Es stimmt. Für mich ist das Neue, was ich noch haben könnte, viel wichtiger. Aber ich würde mich rein theoretisch gern so verlieben wie in einem Märchen. Jemanden zu heiraten und endlos zu lieben bis ans Ende meines Lebens. Das ist mein Traum." Es klingt nicht romantisch aus seinem Mund, eher gequält.

„Solange du immer nach Neuem suchst, wird das nie passieren können. Du suchst eine Perfektion, die es nicht gibt. Das, was du hast, ist nie perfekt für dich, weil du es schon hast. Das ist ganz schön beleidigend. Ich finde das, was wir haben, perfekt und jeder, der mich haben kann, darf sich als Glückspilz bezeichnen." Fragend ziehe ich meine Augenbrauen nach oben. Ich erwarte natürlich keine Antwort. „Aber jetzt im Ernst, was muss diese Frau mitbringen, dass du sie perfekt finden kannst? Und ist dieses unrealistische Wesen dann liebenswert, denn deine Latte ist sehr hoch angesetzt!"

„Meine Latte!" Er lacht mich an. „Ja, die ist sehr groß."

Wir lachen beide.

Ich gehe zu ihm rüber, drücke mich an ihn und küsse ihn. „Ich liebe dich, wie du bist. Das ist das Geheimnis von glücklichen Paaren. Sie lieben ihren Partner für das, was sie sind, für die guten und die schlechten Seiten. Das ist Perfektion außer Konkurrenz."

„Stimmt." Ruben zeigt mit dem Löffel auf mich.

„Also liebst du mich nicht für alles, was ich bin?" Ich schaue ihn wieder provozierend an. „Was findest du denn an mir nicht gut? Wo reicht es nicht?"

Ruben überlegt. „Nein, das stimmt nicht. Ich habe einfach eine Vorstellung von Perfektion. Das ist eine Person, die ich ohne zu zögern heiraten würde, oder wenn ich zurück nach Spanien ziehe, würde ich sie mitnehmen wollen. Bisher hatte ich dieses Gefühl erst einmal, aber diese Frau hat sich von mir getrennt. Darunter habe ich viele Jahre gelitten."

„Was hatte diese Frau denn, was alle anderen Frauen in deinem Leben nicht haben?", frage ich.

„Sie war für mich optisch perfekt. Sie hatte ein Sixpack, sie war groß und hatte ein schönes Gesicht, finde ich. Meine Freunde fanden sie nicht so hübsch, aber für mich war sie top."

„Wirklich? Du machst Perfektion fest am Optischen? Dann ist mir auch klar, wieso du nie deine Traumfrau finden wirst." Ich zucke mit den Schultern. „Das ist sehr oberflächlich und unreif. Leider sind viele Männer so wie du. Das kann niemand erfüllen und stell dir mal diesen Druck vor für diese arme Frau. Wer will das schon? Man muss alt werden dürfen und trotzdem geliebt werden für jede Runzel und jedes Fettpölsterchen."

Ruben schüttelt den Kopf. „Das tut weh. Du stellst mich als oberflächliches Arschloch hin."

„Ja, das bist du wohl auch. Wenn das deine Bedingungen sind. Dann bitte auch noch hirnlos, das hast du vergessen." Ich bin in Fahrt.

„Es scheint dich zu ärgern?" Ruben sieht mich verwundert an. Was für eine Überraschung! „Aber es ist nicht ganz so, wie du es darstellst. Ich habe einfach ein ganz klares Bild von meiner perfekten Frau. Wenn ich sie treffe, werde ich es wissen und bis dahin werde ich mein Leben so leben wie jetzt. Du hast dich in mich verliebt und es ärgert dich, dass ich auch in dich verliebt bin, aber dich nicht als meine perfekte Frau sehe."

„Ja, das tut weh. Ich fühle mich entwertet und auch das, was wir haben, wird dadurch entwertet."

„Nein, ich entwerte dich nicht. Das machst du im Moment selber." Er blickt mir in die Augen und sofort spüre ich diese Wärme in mir aufsteigen. „Du bist wundervoll, schön, intelligent und ich liebe dich, wie du bist. Aber das reicht dir nicht. Du willst die Eine sein für mich und vergleichst dich mit meiner perfekten Frau. So entwertest du dich gerade selber."

„Schachmatt." Ich grinse ihn an. „Da könntest du recht haben. Lass uns essen. Ich habe Hunger. Wir können schon mal mit dem Salat anfangen?"

Ruben und ich diskutieren noch die ganze Nacht. Es macht Spaß, mit ihm diese Gespräche zu führen. Männer und Frauen fühlen und denken so verschieden, es ist kompliziert.

25

Es ist Freitag. Ich habe die ganze Woche nichts mehr von Ruben gehört. Es ist wie immer bei ihm. Aus den Augen, aus dem Sinn. Er fehlt mir und es verletzt mich wie immer, dass er sich nicht meldet.

Heute habe ich Homeoffice gemacht, damit ich die Wohnung noch putzen kann, bevor Leonardo eintrifft. Ich bin ein bisschen nervös, weil ich ihn ja eigentlich gar nicht kenne. Aber wir werden bestimmt ein schönes Wochenende haben. Wir können ins Kino und es finden einige Salsa Veranstaltungen statt.

Ich hole ihn am Kings Cross in der Nähe meiner Wohnung ab.

„Hi Leonardo!" Ich umarme ihn zur Begrüßung. Leonardo sieht besser aus, als ich ihn in Erinnerung habe. Ich bin überrascht und ein bisschen schüchtern deswegen.

„Hi Sandra! Ich freu mich, dich wiederzusehen. Du siehst wunderschön aus. Hey, danke, dass ich so spontan bei dir schlafen darf." Er strahlt mich an. „Das würde nicht jede Frau machen."

Wir spazieren zu meiner Wohnung. „Ach, ich bin da nicht so ängstlich. Wir haben immerhin ein ganzes

Wochenende miteinander getanzt, da habe ich dich auch ein bisschen kennengelernt."

Sobald wir meine Wohnung betreten, ist Mokka Feuer und Flamme für meinen Gast. Leonardo nimmt meine Katze auf den Arm und schmust mit ihr. Die beiden haben sich gefunden.

„Hey, ich würde gern mit dir essen gehen. Immerhin bezahle ich nichts für die Unterkunft, dann wäre das mein Dankeschön an dich." Er schaut mich fragend an.

„Musst du nicht, aber ja, okay, da sage ich bestimmt nicht nein."

„Kennst du ein schönes Restaurant? Lass uns so richtig chic essen gehen. Der Preis spielt keine Rolle."

„Oh, das brauchst du mir nicht zweimal sagen. Dann gehen wir ins Bentley-Restaurant. Da wollte ich schon immer mal hin, bisher habe ich einfach noch niemanden gefunden, der mich einlädt." Ich lache laut.

„Na dann gehen wir ins Bentley-Restaurant. Lassen wir es krachen."

Leonardo ist im Büro untergebracht und kann sich in Ruhe zurecht machen, während ich in meinem Zimmer ein separates Bad habe. Wir treffen uns im Wohnzimmer.

Oh wow, der Mann sieht top aus. Er hat einen sehr eleganten, italienischen Stil. Er trägt Markenkleidung. Ich schlucke zweimal leer, als ich ihn sehe und werde verlegen, weil ich doch eher günstigere Kleidung trage.

„Ich habe ein Taxi bestellt für uns, lass uns gehen." Ich nehme meine Tasche und wir machen uns auf den Weg.

„Sandra, du siehst wunderschön aus." Er nickt mir anerkennend zu.

Ich lächle. „Danke, Leonardo, du siehst auch super aus." Kurz denke ich an Ruben, weil er mir beigebracht hat Komplimente dankbar anzunehmen.

Die Fahrt dauert nicht allzu lange.

Leonardo entpuppt sich als Gentleman. Er ist ein charmanter Italiener mit einem leichten Akzent, was ich super sexy finde. Wir betreten das Restaurant und ich fühle mich fast wie eine Prinzessin, als er mir den Stuhl zurecht schiebt und wartet, bis ich sitze. Für Leonardo scheint das aber ein ganz normales Verhalten zu sein.

Wir bestellen das Bentley-Menü und nehmen einen Champagner zum Starten.

„Sandra, ich freue mich wirklich, dich wieder zu sehen. Ich sage es gerade heraus: Du bist eine wunderschöne Frau. Als wir uns in Melbourne getroffen haben, wusste ich, dass ich dich nicht so einfach gehen lassen will. Ich wollte dich unbedingt wieder treffen." Er schaut mir direkt in die Augen.

Ich laufe rot an. Leonardo lächelt mich an und gibt mir einen kurzen Moment, indem er uns ein bisschen Wasser nachgießt. Er hat mich damit überrascht. Ich sammle mich und sage: „Leonardo. Ich weiß gar nicht, was ich sagen soll. Danke fürs Kompliment. Ich hoffe, dass du nichts falsch verstanden hast. Ich mag dich, aber ich habe keine weiteren Absichten." Ich schaue ihn entschuldigend an.

„Ja, ich habe schon in Melbourne gemerkt, dass du nicht auf der Suche bist. Meine ganzen Annäherungsversuche sind an dir abgeprallt. Ich fand das lustig, weil ich normalerweise ziemlich erfolgreich bin damit, und bei dir war ich so offensiv und sogar aufdringlich, aber du hast es einfach übersehen und weitergemacht, als ob nichts passiert wäre. Ich wollte dich unbedingt noch einmal treffen, weil mich das einfach auch neugierig gemacht hat, aber ich wollte auch mit dir darüber sprechen. Keine Angst, du brauchst heute Nacht nicht deine Schlafzimmertür abschließen und Angst haben, dass ich dich in der Nacht überfalle. Ich bin auch glücklich, wenn wir nur eine Freundschaft haben. Aber ich wollte es einfach noch einmal direkt ansprechen, weil du mich nicht wahrgenommen hast in Melbourne. Dabei habe ich alles gegeben."

Ich bin ganz verdutzt, aber auch positiv überrascht. Was für ein offener, ehrlicher Mensch. Wenn ich nicht so verlegen wäre, würde ich die Situation ganz lustig finden. Ich muss wirklich zugeben, dass ich nichts davon wahrgenommen habe. Wahrscheinlich war und bin ich sehr fixiert auf Ruben. Ruben, der nie eine Beziehung mit mir will. Wie verrückt! Ich muss mir das Wochenende in Melbourne noch einmal durch den Kopf gehen lassen. War ich wirklich so stumpf!

Leonardo schaut mich an und beobachtet wahrscheinlich gerade, wie mein Gesicht alle Schattierungen von Rot annimmt. Ich nehme noch einmal einen Schluck und sage: „Tut mir leid. Es stimmt, ich habe es nicht wahrgenommen. Ich bin normalerweise sehr aufmerksam und merke solche Dinge."

Leonardo winkt ab. „Ach, halb so wild. Ich freue mich, dass ich jetzt das erste Mal deine volle

Aufmerksamkeit habe." Er grinst mich wieder an. „Hast du einen Freund?", fragt er neugierig.

Ich schüttle meinen Kopf. „Nein, eigentlich nicht."

Leonardo fragt nach: „Eigentlich?"

„Jaaa, also ich habe da so eine Geschichte mit einem Mann. Wir sind aber nicht zusammen. Es ist rein sexuell, zumindest für ihn." Ich verdrehe die Augen.
„Du bist verliebt und er will nur Sex?"

„Ja, so könnte man es auch umschreiben." Ich nicke verlegen. „Wir sind uns einig, dass es nie mehr als Sex sein wird. Sex mit Gefühlen."

„Sandra, ich hoffe, dass er weiß, was er an dir hat! Lass dich nicht verarschen. Wir Männer sind da nicht so feinfühlig. Wir lesen auch nicht immer zwischen den Zeilen. Wir sind einfach, wie wir sind, und folgen vor allem unserem Instinkt."

„Ja, du sagst es. Ich weiß, es ist, wie es ist. Er hat mir gesagt, dass er keine Beziehung will mit mir. Also ist alles ganz klar zwischen uns."

„Wieso machst du weiter mit ihm?", hakt er interessiert nach.

Ich zögere. „Leonardo, ich bin eigentlich eine sehr direkte Person und sage es, wie es ist. Ich hoffe, dass du damit umgehen kannst!"

„Oh, umso besser, das ist genau mein Ding, damit kann ich sehr gut umgehen, glaube mir."

„Okay. Ich habe guten Sex mit ihm. Damit will ich sagen, dass ich noch nie so guten Sex hatte wie mit ihm." Ich kann selber nicht fassen, dass ich ihm das erzähle. Aber was habe ich zu verlieren? Ich kenne Leonardo nicht und er kennt meine Freunde nicht. Ein Fremder in Sydney. Wem will er das schon erzählen?

Leonardo nickt nachdenklich. „Was macht diesen guten Sex aus?" Wir grölen beide los.

„Es ist ganz einfach. Ruben liebt meinen Körper und er findet es toll herauszufinden, was ich brauche, damit ich auch einen Orgasmus haben kann." Ich verziehe mein Gesicht, weil ich ständig das Gefühl habe, dass ich zu weit gehe.

Leonardo scheint das alles sehr interessant zu finden. „Brauchst du denn etwas Spezielles, damit du kommen kannst? Oder, besser gesagt, weißt du, was du brauchst, damit du kommen kannst?" Er ist ziemlich neugierig.

Ich lache. „Oh Gott, Leonardo! Wir kennen uns nicht!"

„Ich habe kein Problem damit. Ich finde es super interessant. Es wäre schön, wenn alle Frauen so offen sprechen würden über diese Themen. Das würde das Leben der Männer sehr viel einfacher machen." Er meint das ernst. „Und? Weißt du, was du brauchst?"

Ich glaube, dass ich nicht mehr aus meiner Verlegenheit komme. Der Kellner fragt bei uns nach, ob alles schmeckt und Leonardo bestellt noch eine Flasche Wein. Sehr gut. Ich brauche Wein.

„Es kann sein, dass ich es jetzt weiß, aber ich habe es erst jetzt mit diesem Mann entdeckt. Vielleicht kann ich es nur mit ihm. Keine Ahnung." Ich trinke große Schlucke von meinem Wein.

„Das musst du unbedingt ausprobieren."
„Lass mich raten, ich soll es mit dir testen?"
Wir fangen beide wieder an zu lachen.
Eines muss ich ihm lassen: Er ist schon lustig und charmant.
„Nein, ich will nicht dein Versuchskaninchen sein. Ich habe auch Gefühle."
„Was! Wieso nicht! Ich wäre ganz sanft und rücksichtsvoll." Ich kichere.

„Na dann. Tun wirs?" Wir machen beide eine Pause und sagen nichts und dann prusten wir wieder los.

Dieses Gespräch macht mich ein bisschen an. Oder ist es der Wein? Aber dieses Thema mit einem Mann zu besprechen, hat etwas. Es entsteht eine Spannung.

„Okay, ich würde mich opfern, wenn es sein muss. Es wäre ja für einen guten Zweck." Er zwinkert mir zu.
Ich überlege.

„Ich sehe dir an, was du denkst, Sandra. Du denkst wirklich darüber nach, oder?" Er lacht schallend los.

„Hilfe, ich komme nicht so einfach aus dieser Nummer raus, oder?" Ich schlage mir die Hände vors Gesicht.

„Hey, keine Sorge. Ich mag dich wirklich und ich genieße dieses Gespräch. Es macht einfach Spaß mit dir.
Entspann dich, sei du selbst und denk jetzt nicht darüber nach, was ich gesagt habe. Wir sind Freunde und ich verspreche, dass nichts passiert, was du nicht willst."

„Du machst es nicht besser!" Ich lache wieder. „Diesen Satz hat der andere Mann auch gesagt und dann hatten wir Sex."

Leonardo zuckt mit den Augenbrauen. „Na dann, ab nach Hause!"

Wir grölen wieder los.

Das Dinner ist so lecker und wir haben so viel Spaß. Ich weiß gar nicht, wann ich das letzte Mal so gelacht habe. Leonardo ist einfach toll. Und attraktiv!

Ich entschuldige mich und gehe aufs Klo. Auf dem Weg dahin sehe ich an einem Tisch ganz hinten im Restaurant Ruben! Ich habe Herzrasen. Das gibt es doch gar nicht. Er sitzt da mit einer dunkelhaarigen, älteren Frau. Sie verhalten sich wie ein frisch verliebtes Paar. Ich gehe ganz langsam und beobachte Ruben, wie er sie bezirzt. Er ist so versiert und blendet alles um sich herum aus. Wie beim Tanzen. Ich gehe weiter und schaue weg. Hoffentlich sieht er mich nicht. Es tut einfach nur weh und ich zittere am ganzen Körper. Ich bleibe eine ganze Weile auf dem Klo sitzen, damit mein Zittern weg geht. Zum Glück sind wir fertig mit dem Dinner, dann können wir gleich gehen.

Zurück am Tisch stelle ich fest, dass Leonardo die Rechnung bereits bezahlt hat, wie versprochen. Wir verlassen das Lokal, und wie das Leben so spielt, begegnen wir auf dem Weg zum Ausgang Ruben mit seiner Begleitung. Was für ein verdammtes Pech. Als ich Ruben begrüße, begreift Leonardo sofort, was los ist. Er legt den Arm um mich. Ich fühle mich gestützt, aber trotzdem wie ein Häufchen Elend.

Leonardo stellt sich zuerst der anderen Frau vor und dann Ruben. Ich stehe stocksteif da und weiß nicht, wie ich mich verhalten soll. Ruben lächelt mich kurz an und verabschiedet sich zum Glück schnell wieder. Mein Herz schlägt bis zum Hals.

„Wow, das war er, oder? Ruben." Leonardo schaut mich mitfühlend an.

„Ja, das war er. Er hat viele Frauen, das ist kein Geheimnis zwischen uns. Aber es ist sehr unangenehm, ihm mit einer anderen Frau zu begegnen."

„Hey, ich glaube, dass es für ihn schlimmer war als für dich, vertrau mir. Ich habe es ihm angesehen. Komm." Leonardo umarmt mich. „Du zitterst am ganzen Körper." Er hält mich eine Weile so, bis ich mich beruhige.

„Leonardo, danke! Du bist so ein netter Mensch und hast so gut reagiert. Vielen Dank!" Ich sehe ihn an und gebe ihm einen Kuss auf die Wange.

„Nett ist der kleine Bruder von Scheiße." Er zwinkert mir zu. „Ach, ist doch klar, ich habe gemerkt, wie schwierig das war für dich. Wie willst du weitermachen mit Ruben? Es trifft dich sehr und offenbar geht es auch ein bisschen gegen deine Werte. Hast du denn Hoffnungen, dass es zwischen euch mehr wird, trotz allem?"

„Nein, diese Hoffnung habe ich nicht. Ich habe leider schon sehr viele Gefühle zugelassen und ich muss jetzt schauen, wie ich das in den Griff bekomme oder vielleicht die ganze Sache beende. Ich habe so meine Schwierigkeiten mit dem Loslassen. Ich bin einfach noch nicht so weit. Leider." Ich schaue ihn nachdenklich an, beuge mich zu ihm und küsse ihn auf den Mund.

„Ablenkung?" Er streicht mir über die Wange und küsst mich zärtlich. „Ich will nicht die Ablenkung von Ruben sein. Falls wir etwas haben sollten dieses Wochenende, dann nur, weil du mich willst. Deine Gedanken sollen bei mir sein. Ich will, dass du mich willst, sonst will ich dich nicht."

Ich gehe einen Schritt weg von ihm. „Ja, das ist nur fair. Tut mir leid."

Es ist verrückt, aber wir sind nun vier Stunden zusammen und ich habe das Gefühl, dass wir uns schon ewig kennen.

Zurück in meiner Wohnung machen wir es uns auf dem Sofa gemütlich und quatschen zu einem Gute-Nacht-Tee.

„Leonardo, ich muss dir sagen, dass du ein ganz spezieller Mensch bist. Es stimmt, in Melbourne war ich mit meinem Kopf bei Ruben. Ich habe nichts wahrgenommen. Natürlich habe ich dich wahrgenommen, wie gut du aussiehst, und auch ich fand es sehr erfrischend, wie offen und spontan du warst, aber ich war wirklich nicht ganz in Melbourne mit meinen Gedanken. Danke, dass du nach Sydney gekommen bist. Ich freue mich so sehr, dass wir uns jetzt richtig kennenlernen, auch unter diesen Umständen."

Er freut sich. „Danke Sandra. Das ist lieb. Ja, ich freue mich auch, dass ich hier bin. Du bist seit Langem eine Frau, die mein Herz höher schlagen lässt, wenn ich ehrlich bin. Ich wollte einfach sehen, ob es immer noch so ist."

Ich blicke ihn unsicher an. „Und? Bin ich dieselbe für dich wie in Melbourne oder nicht?"

Er lächelt. „Das bleibt mein kleines Geheimnis."

Wir wünschen uns eine gute Nacht und ich ziehe mich zurück ins Schlafzimmer. Mit Mokka neben mir schlafe ich schnell ein.

*

Am Morgen erwache ich ziemlich spät. Es ist schon 10 Uhr. Ich springe kurz unter die Dusche, zieh mir eine Shorts und ein T-Shirt an, binde mir die Haare hoch zu einem Dutt und schaue vorsichtig im Büro nach, ob Leonardo schon wach ist. Er ist nicht mehr im Büro, also wird er wohl in der Küche sein. Ich rieche Kaffee. „Ah, da bist du ja." Ich sehe Leonardo auf dem Balkon.

Er sitzt oben ohne in seiner Shorts auf einem Stuhl und trinkt einen Kaffee. Als er mich hört, schaut er hoch. „Guten Morgen. Du hast ja lange geschlafen!" Er sieht mich von oben bis unten mit einem bewundernden Blick an. Das schmeichelt mir.

Er sieht sehr gut aus. Seine Brust ist behaart und sehr muskulös. Wow, er sieht atemberaubend aus.

„Stimmt, ich habe schon ewig nicht mehr so lange geschlafen! Das habe ich gebraucht. Lust auf Frühstück?"

Wir schlendern in die Küche und ich bereite Toast mit Erdnussbutter und Banane vor, was wir dann gemeinsam auf dem Balkon essen.

Wir sitzen eine ganze Weile einfach da und essen unser Toast.

„Du bist ein wunderschöner Mann", rutscht es aus mir raus. Ich schlage die Hand auf meinen Mund. „Habe ich das jetzt echt gesagt!"

Wir lachen beide.

„Danke, Sandra, auch wir Männer freuen uns über Komplimente. Ich finde dich auch schön. Vor allem heute ohne Schminke, so natürlich schön." Er lächelt mich an.

Scheiße, er macht mich so sehr an! Ich stehe auf und küsse ihn spontan auf den Mund. Schon wieder. Er erwidert den Kuss und fragt nuschelnd: „Sandra? Was machst du?"

„Ich weiß es nicht." Ich küsse ihn wieder. „Ich bin normalerweise nicht so."

„Oh Sandra!" Leonardo packt mich und zieht mich auf seinen Schoss. Er küsst mich, schiebt seine Zunge zwischen meine Lippen, damit ich meinen Mund öffne. Ich spüre den Druck von seinem Penis durch die Shorts. Er hält mein Gesicht zwischen seinen Händen und schaut mich während wir uns küssen an. Sein Kuss ist so sanft und gefühlvoll. Leonardo fährt mit seinen Händen über meine Arme und ich bekomme sofort am ganzen Körper Gänsehaut. „Du fühlst dich so gut an, Sandra." Er streicht mir über meine Wange und schüttelt den Kopf. „Aber so will ich das nicht."

Ich bin perplex.

Leonardo lächelt. „Sandra, dein Herz gehört einem anderen. Ich fliege morgen zurück nach Melbourne und dann wirst du wieder in den Armen von Ruben liegen. Dein Herz gehört im Moment ihm."

Ich stehe auf und setze mich wieder auf meinen Stuhl.

„Ich habe dich überfallen, ohne dass du willst. Ich würde jetzt mit dir schlafen, ohne zu wissen, wie es mit Ruben oder mit dir weitergeht." Ich blicke zu Boden.

„Lass uns eines klarstellen. Ich will mit dir schlafen, ich will dich, aber nicht um jeden Preis. Wichtiger ist für mich, was du für mich fühlst." Seine Stimme klingt so sanft.

Ich werde rot und habe einen Frosch im Hals. Ich muss schlucken.

„Oooh", sagt er nach einer Weile.

„Was?" Ich blicke ihn an.

„Gestern hatte ich noch das Gefühl, dass du gar nichts fühlst." Er lächelt. „Kann es sein, dass sich das ein kleines Bisschen geändert hat?"

Ich schaue ihn überrascht an. „Interpretiere da mal nicht zu viel rein!"

Leonardo lacht und nimmt meine Hand. „Sandra, dein Gesicht spricht Bände! Hey, wir lernen uns doch einfach nur kennen. Ich bin hier, weil ich auf dich stehe. Ich suche eine Beziehung und zwar mit der Richtigen. Wenn ich merke, dass es eine klitzekleine Chance gibt, dann werde ich sie mir nicht entgehen lassen. Also sag mir nicht, dass ich interpretiere, wenn ich recht habe. Dieses Spiel mache ich nicht mit."

Ich weiß nicht, wie ich reagieren soll. Er hat recht, heute ist alles anders. Leonardo macht mich an und ich mag ihn. Er löst Gefühle in mir aus. Aber ich liebe Ruben.

Ich habe das Gefühl, dass ich mich erklären muss. „Ich fühle mich überrumpelt von dir. Du redest von Gefühlen, bevor ich sie habe. Und wenn ich ein Gefühl habe, machst du gleich weiter mit dem nächsten Schritt. Du gibst mir keine Zeit darüber nachzudenken. Es ist lange her, seit ein Mann ernste Absichten hatte. Im Moment bin ich in dieser speziellen Situation mit Ruben. Und ja, ich habe Gefühle für ihn. Aber gestern bei unserem Dinner habe ich etwas gespürt, stimmt. Ich bin wirklich überfordert und weiß nicht mehr, wo links und wo rechts ist."

Leonardo hört mir aufmerksam zu. „Stimmt, ich gebe dir keine Zeit nachzudenken, weil du dann alles sehr kontrollierst und filterst. Schauen wir mal, wie sich alles entwickelt. Kein Druck, wirklich! Ich versuche nur herauszufinden, ob ich eine Chance habe."

Ich nicke. Meine Gefühlswelt ist durcheinander. Ruben scheint im Moment so weit weg.

*

Leonardo und ich gehen am Abend zusammen spazieren im Botanischen Garten und dann gehen wir auf dem Weg zurück etwas Kleines essen. Zum Glück hat sich die Situation wieder beruhigt und das Thema ist im Moment auf Eis gelegt, so kann ich mich auch wieder entspannen. Es ist schön mit Leonardo. Es fühlt sich an, als ob ich ihn schon ewig kennen würde. Unser Gesprächsstoff geht nie aus und wir lachen viel.

In der Wohnung angekommen entscheiden wir, dass wir zu Hause bleiben und ein bisschen Netflix schauen.

„Pyjama-Party!" Ich stehe auf und gehe in mein Zimmer, um meinen Pyjama anzuziehen, und merke nicht, wie Leonardo mir folgt. Er steht in der Tür und schaut mir zu, wie ich mich ausziehe. Ich drehe mich um und stehe nackt vor ihm. Er schaut mich einfach an, ohne etwas zu sagen. Ich bleibe so stehen und schaue ihn auch an. Sein Blick wandert zu meinen Brüsten, die sofort reagieren. Dann wandert sein Blick weiter runter.

„Du bist so schön, Sandra." Seine Stimme klingt rau.

Ich gehe auf ihn zu und bleibe vor ihm stehen. Ich flüstere: „Du auch", und streiche ihm über seine Brust. Ich ziehe sein Hemd aus und öffne seine Jeans, ziehe sie runter samt Boxershorts. Leonardo steigt aus der Hose raus und steht nackt vor mir. Ich blicke an ihm runter und schaue seinen großen, geraden Penis an. Er ist hart und steht mir entgegen. Was für ein Bild! Leonardos sonst so blaue Augen sehen vor Lust dunkel aus. Ich spüre ein Ziehen in meinem Bauch, aber ich traue mich nicht weiterzumachen. Der Mut verlässt mich. Ich schüttle meinen Kopf. Oh Gott, was tu ich! Ich gehe zurück ins Zimmer und ziehe mein Pyjamaoberteil an. Leonardo bleibt nackt in der Tür stehen und schaut mir zu.

Ich lächle ihn unsicher an. „Willst du dich nicht wieder anziehen?"

„Soll ich?"
„Ja, bitte."

„Nein." Er geht auf mich zu, zieht mich an sich. Ich spüre seinen Penis an meinem Bauch. Ich atme tief ein und sage: „Leonardo, es tut mir leid. Ich weiß, dass ich mich sehr widersprüchlich verhalte ..."

Leonardo bedeckt meine Lippen mit seinen und gibt mir einen langen Kuss. Ich schließe meine Augen, atme tief ein und spüre, wie das Gefühl zurückkommt. Ich umarme ihn und drücke meinen Körper an seinen. Leonardo hebt mich hoch und trägt mich zum Bett. Wir legen uns hin und ich ziehe mein Pyjamaoberteil wieder aus, dann liegen wir einfach da, ganz nackt und schauen uns an. Leonardo küsst mich und wandert mit seinen Küssen zu meinen Brüsten, dann auf meinen Bauch. Er schiebt meine Beine auseinander und küsst mich zart auf meine Schamlippen. Er fährt mit seinen Fingern über meine Schamlippen und dann über meine Beine und Waden. Er setzt sich im Schneidersitz hin und fängt an, meine Füße zu massieren. Ich liege vor ihm mit geöffneten Beinen. Leonardo schaut mich bewundernd an und massiert einfach meine Füße ohne über mich herzufallen. Es macht mich an, dass er meine Pussy anschaut und mir nur die Füße massiert. Ich entspanne mich und genieße den Anblick.

Nach einer Weile frage ich ihn: „Leonardo, willst du mit mir in meinem Bett schlafen?"

„Ja, das will ich."

Wir putzen unsere Zähne und gehen nackt ins Bett. Leonardo ist sehr zurückhaltend. Ich spüre seinen ganzen Körper, aber er macht keine sexuellen Andeutungen. Ich spüre seinen Penis an meinem Po und ein Kribbeln in meinem Körper. Ich weiß nicht, ob Leonardo merkt, dass ich hellwach daliege statt zu schlafen. Mir ist die Nähe so bewusst, ich habe das Gefühl zu verglühen. Dann streicht er mir plötzlich über meinen Bauch und legt seine Hand auf meine Pussy. Er lässt sie so verweilen, drückt mir einen Kuss auf die Wange und sagt: „Gute Nacht, Sandra, träum süß."

Ich höre, wie er einschläft und tief atmet, aber ich bin unter Strom. Leonardo schläft, kuschelt sich an mich heran im Schlaf und hält mich konstant an sich gedrückt. Wenn er merkt, dass ich nicht in seinen Armen liege, rutscht er nach, bis er mich wieder spürt. Sobald ich seinen Körper spüre, überfällt mich wieder eine Welle von Lust. Meine Gedanken kreisen nur noch um Sex. Ich will Leonardo spüren und nehme seine Hand, schiebe sie zu meiner Pussy, dann drücke ich seinen Finger in mich hinein.

Er ist jetzt wach und lässt mich mit seiner Hand meine Pussy streicheln und drückt dann seinen Finger wieder in mich hinein. Ich stöhne auf.

Leonardo setzt sich auf und dreht mich auf den Rücken. Er schiebt seinen Finger ganz in mich hinein. Ich bin voller Lust, sodass jede Bewegung von seinem Finger eine größere Lustwelle auslöst. Er drückt den Finger tiefer in mich hinein, massiert stark in Richtung Bauchdecke, beugt sich runter und leckt über meine Knospe während er mit seinem Finger in Bewegung bleibt und mich innerlich massiert. Er leckt meine Knospe weiter mit seiner Zunge, bis ich von einem starken Orgasmus überrascht werde. Ich bäume mich auf und stöhne laut. Leonardo bewegt seinen Finger in mir, bis mein Zucken aufhört. Dann legt er sich wieder hin, zieht mich an sich, küsst mich und sagt: „Ich hoffe, dass du jetzt schlafen kannst, Tesoro." Wir kichern beide und schlafen dann schnell ein.

26

„Guten Morgen!" Ich öffne meine Augen und rieche als Erstes den Duft von Kaffee. Mokka schmust mit Leonardos Hand und schnurrt wie ein Traktor.

Leonardo reicht mir den Kaffee und setzt sich neben mich aufs Bett. Er lächelt mich an, seine Haare sind zerzaust, er sieht supersüß aus. Ich setze mich auf und werde mir wieder meiner Nacktheit bewusst. Ich ziehe die Decke bis über meine Brust und nippe an meinem Kaffee. „Danke!"

Ich habe so tief geschlafen, dass ich einen Moment brauche, um richtig wach zu werden. Wir sitzen ruhig da und trinken unseren Kaffee. Mokka ist im siebten Himmel, weil sie von uns beiden gestreichelt wird. Sie liegt auf Leonardos Schoss auf dem Rücken und geifert alles voll.

Leonardo unterbricht die Stille. „Du hast mich gestern missbraucht!" Er schaut mich von der Seite grinsend an.

Ich verdrehe die Augen. „Du hast mich angemacht und dann wolltest du so einschlafen. Sehr clever von dir." Ich lache und zucke mit den Schultern.

„Ich wollte nur sicherstellen, dass wir nichts tun, was ich dann bereuen könnte. Ich bin sehr verletzlich."

Ich bekomme ein schlechtes Gewissen. Er hält sich zurück, weil er Gefühle für mich hat und nicht enttäuscht werden will und ich gehe damit so um! Das ist nicht nett von mir. „Es tut mir leid, Leonardo. Ich war auf einmal so... Ich hatte einfach auf einmal das Bedürfnis, dich zu spüren." Ich werde rot und starre meinen Kaffee an.

Er lacht. „Ja, das habe ich dann gemerkt. Es war schön, Sandra. Ich durfte dich in Ekstase erleben. Ich dachte, dass es nicht so einfach ist bei dir. Aber offenbar ist es ein Kinderspiel."

„Ja, es scheint mein neues Ich zu sein. Vor ein paar Wochen hätte ich nie damit gerechnet und jetzt komme ich nach zwei Minuten. Das ist neu für mich, aber schön." Ich beuge mich zu ihm und gebe ihm einen Kuss. „Danke, Leonardo, das war schön gestern. Ich hätte sonst nicht schlafen können. Ich war voller sexueller Energie."

„Das freut mich und lässt mich hoffen, dass ich dich wieder einmal sehen werde." Ernst schaut er mir in die Augen.

Ich erwidere seinen Blick und sage: „Ich fühle mich gerade gefangen zwischen zwei Welten. Ich will ehrlich sein. Das, was ich mit Ruben habe, ist etwas Besonderes. Die Momente, die wir zusammen erlebt haben, sind die schönsten, die ich je erlebt habe mit einem Mann, weil ich durch ihn meine Sexualität zum Leben erwecken konnte. Durch ihn habe ich gelernt, mich selber zu lieben und zu mir zu stehen. Er hat mir das beigebracht auf eine sanfte Art, mit Liebe und Geduld, damit ich mich endlich darauf einlassen konnte. Es tut so gut und es ist so schön, dass ich alles dafür geben würde, diese Momente immer wieder zu erleben. Jedoch wenn ich die ganze Geschichte mit ihm realistisch betrachte, ist sie ganz klar zum Scheitern verurteilt. Es wird nicht mehr lange dauern. Was er macht, verletzt mich und macht mich unglücklich. Er wird nie bereit sein, auf etwas Anderes zu verzichten, weil er Verzicht als etwas Einengendes und Bevormundendes empfindet. Außerdem geht es ihm gegen den Strich, sich zu verantworten für eine andere Person außer für seine Familie. Auch wenn er tolle Frauen in seinem Leben hat, ist keine gut genug für ihn. Es wird immer kompliziert sein mit ihm und er verletzt viele Frauen und vor allem auch sich selbst, weil er sich selbst nicht erlaubt, bei einer Frau zu bleiben. Es könnte ja eine bessere kommen. Es tut mir leid, dass du dir das anhören musst. Aber ich merke gerade, dass ich mich damit auseinandersetzen will."

„Nein, ich finde es schön, dass du mir das erzählst. Erzähl weiter."

„Okay …" Ich schaue ihn nachdenklich an. „Dann bist du mir begegnet. Du bist ein wunderschöner Mann. Du bist ehrlich, offen, lustig, zuvorkommend, intelligent und zu allem Überfluss findest du mich toll."

Er korrigiert mich: „Ich finde dich nicht einfach nur toll. Ich habe mich in dich verknallt."

Ich werde wieder rot und schließe meinen Augen, weil ich gegen meine Röte kämpfe. „Du bist unmöglich. Du überrumpelst mich schon wieder. Mit deinen Aussagen bringst du meine Gefühle immer wieder auf ein neues Level. Türchen für Türchen. Ich wünschte, dass wir uns vor Ruben begegnet wären. Alles an dir finde ich… super. Es gibt kein Aber. Ich wünschte, dass ich alles mit dir so erleben könnte, wie ich es mit Ruben erlebt habe. Ich will dich, aber es ist der falsche Moment, weil ich wirklich noch in einem Gefühlschaos bin. Ich will dich richtig. Ich will nichts tun, ohne 100 % zu fühlen, weil ich bei dir das Gefühl habe, dass es… ernst sein könnte, und ich will dich auf keinen Fall verletzen. Ich habe Gefühle für dich und ich will nicht, dass du heute wieder nach Melbourne fliegst. Ich habe Angst, dass ich dich nicht mehr wiedersehen werde. Ich habe Angst, dass ich dir das Gefühl gebe, ein Nebenbuhler zu sein. Aber eigentlich ist ja Ruben der Nebenbuhler, weil seine Rolle in meinem Leben eindeutig auf Sex limitiert ist. Mein

Herz muss das aber auch noch begreifen." Ich bin selber gerade schockiert, was ich ihm erzähle.

Spricht da mein Herz? Ich realisiere, dass ich ihm gerade eine Art Liebeserklärung gemacht habe. „Oh Gott." Ich will aufstehen und die Decke rutscht unter meine Brust. Ich ziehe sie wieder hoch und bleibe sitzen.

Leonardo sitzt einfach da und schaut mich an, wartet.

„Hey, ich kann schlecht einschätzen, wie nachhaltig deine Gefühle sind, die du hast. Aber wenn das so ist, wie du sagst, dann kann es sein, dass ich mich überreden lasse, wieder einmal nach Sydney zu kommen." Er lächelt mich an. „Ich hätte wirklich nicht gedacht, dass sich unser Wochenende so entwickelt. Es ist nichts, aber kann alles werden. Wieso belassen wir es nicht dabei?"

„Ich will mit dir schlafen." Unvermittelt drehe ich mich zu ihm und lasse die Decke los. Ich setze mich auf und schaue ihn auffordernd an.

Leonardo streicht mir mit seiner Hand über meine Brust, die sofort reagiert auf seine Berührung.

„Sandra, wir haben keine Eile und wir werden uns wiedersehen. Wenn wir miteinander schlafen, dann mit ganzem Herzen. Keine halben Sachen, oder?" Er zieht mich zu sich. Er küsst mich sanft und streicht mir über meine Haare. „Danke, Sandra, dass du so offen und ehrlich warst. Es ist mir egal, dass du diese Geschichte mit Ruben noch leben musst und dass diese Geschichte noch nicht zu Ende ist. Lass dir Zeit, genieße es, und wenn du merkst, dass du bereit bist, diese Hoffnung auf Liebe mit Ruben aufzugeben, dann wirst du wissen, ob du mich wiedersehen willst. Nicht vorher. Wir wissen nicht, was in drei Monaten ist. Aber wenn es sein soll, werde wir uns wiedersehen und vielleicht sogar lieben." Sein Lächeln ist traurig. Er küsst mich lang und innig.

„Ich muss mich langsam auf den Weg zum Flughafen machen." Er steht auf und geht ins Büro, um seine Sachen zu packen.

Ich begleite Leonardo zum Taxi und umarme ihn fest. Ich will ihn nicht loslassen. Meine Gefühle sind total durcheinander. Er hat meine Welt erschüttert. Ich küsse ihn und halte ihn, aber Leonardo löst sich langsam von mir. „Hey, wir werden uns wiedersehen. Das ist kein Abschied." Er küsst mich und steigt ein. Ich schaue dem Auto nach, wie es wegfährt. Dann spaziere ich zurück in meine Wohnung.

27

Am Montagmorgen schleppe ich mich ins Büro. Es ist einfach nicht mein Tag. Diese ganze Geschichte mit Leonardo hat mich aus der Bahn geworfen. Meine Gefühle sind durcheinander und ich habe nicht einmal Lust, Ruben zu schreiben.

Ich komme im Büro an und gehe zu meinem Schreibtisch. Rose ist schon da und begrüßt mich mit einem Lächeln. „Sandraaa, wie geht es dir? Wie war dein Weekend?"

Ich setze mich und verdecke das Gesicht mit meinen Händen. „Ich glaube, dass ich mich verliebt habe", nuschle ich.

„Also von verknallt zu verliebt! Ruben!?" Sie klingt aufgeregt.

„Nein, Leonardo!" Ich nehme die Hände runter.

„Habe ich etwas verpasst? Wer ist Leonardo?" Sie fängt an zu lachen.

Ich erzähle Rose alles von Anfang an und sie hört mir aufmerksam zu. „Dann seid ihr Ruben begegnet im Bentley! Oh mein Gott! Wie krass!" Ich erzähle ihr von der Reaktion und dass er mir nicht geschrieben hat. Wie Leonardo sich verhalten hat und von unseren sexuellen Annäherungen und dann vom letzten Gespräch. Rose schaut mich verträumt an. „Wow,

Sandra. Das ist ja so romantisch! Hast du ein Foto von ihm?"

„Rose, dazu kommt noch, dass er so gut aussieht!" Ich verdrehe die Augen, nehme mein Handy und zeige ihr ein Selfie, das wir im Botanischen Garten gemacht haben. Rose starrt auf das Telefon. „Scheiße, Sandra, das ist ja ein Supermodel!"

Wir lachen. „Er ist aber ein ganz natürlicher netter Typ. Er spielt nicht mit seinem Aussehen. Weißt du, Ruben ist kein Supermodel, das stimmt, aber bei ihm ist es seine Persönlichkeit, die ich so sexy finde … oder fand. Ich weiß es nicht mehr." Ich zucke mit den Schultern.

„Wie schön, dass Leonardo dir gesagt hat, dass du dir Zeit lassen sollst mit Ruben. Er scheint das zu verstehen und, ehrlich gesagt, wenn er dich will, dann ist das die einzige Art, damit umzugehen. Er lässt dich los und du hast jetzt Zeit, deinen Weg zu finden. Vielleicht landest du bei Leonardo und vielleicht auch nicht. Aber er wird dich nicht unter Druck setzen." Rose schaut mich aufmunternd an. „Jetzt hast du alles, was man sich wünschen kann. Die Qual der Wahl. Nein, nicht ganz. Ruben will dich nicht richtig. Tut mir leid, dass ich das so direkt sage. Hey, lass deinen Gefühlen freien Lauf. Wenn es nicht mehr passt, dann setze ein Ende, und wenn es noch gut ist, dann genieße es. Du wirst irgendwann spüren, was das Richtige ist."

Zwischen Ruben und mir ist Funkstille seit wir uns am Freitag gesehen haben. Er meldet sich nicht mehr und ich auch nicht. Ich will zuerst meine Gedanken und Gefühle sortieren, bevor ich Ruben wiedersehe.

28

Es ist Mittwoch und ich bin wieder in meinem Arbeitsalltag angekommen. Meine Gefühle haben sich beruhigt. Im Moment will ich mich weder mit Ruben noch mit Leonardo auseinandersetzen. Einfach wieder normal zur Arbeit gehen und mit meinen Freundinnen den Mittag verbringen. Am Nachmittag habe ich eine Einladung in meiner Inbox von Ruben zur Abschlussbesprechung unseres Projekts um 14 Uhr. Das macht mich nervös. Immer wenn man loslässt, kommt das Langersehnte von allein.

„Hey Ruben, schön, dich zu sehen." Ich lächle ihn an und schließe die Tür hinter mir. „Hi Sandra, wie geht es dir?" Er schaut auf. Sein Lächeln wirkt unterkühlt.

Ich setze mich und warte. Er hat eingeladen, dann kann er das Gespräch führen.
„Danke, dass du Zeit hast. Ich wollte dich informieren über unser Projekt. Wir haben gute Arbeit geleistet. Ich hatte am Montag meine letzte Präsentation und das ganze Management war begeistert. Wir sind nun bereit für die Reorganisation."

„Wow, das sind tolle News. Weiß man schon mehr? Wird es Abgänge geben?" Ich bleibe professionell.

„Ja, die wird es leider in allen Teams geben, aber erst Ende des Jahres, also im Moment noch nicht." Sein Blick wird sanft. „Du fehlst mir sehr. Ich habe die ganze Zeit an dich gedacht und ich will dich unbedingt sehen. Wir haben einander bestimmt einiges zu erzählen. Kommst du heute zu mir?"

Ich nicke. „Ja, stimmt, wir haben uns viel zu erzählen! Okay, ich komme zu dir."

*

Ruben und ich treffen uns nach der Arbeit bei ihm. Ich komme in seine Wohnung und atme den Geruch ein. Seine Wohnung riecht für mich nach zu Hause. Ich fühle mich bei Ruben einfach gut und am richtigen Ort. Doch ich bin melancholisch, weil ich spüre, dass wir nicht mehr dieselben sind wie vor zwei Wochen.

Er hat bereits gekocht, der Tisch im Wohnzimmer ist gedeckt und es brennen ein paar Kerzen. Wie romantisch er ist.

Ruben umarmt mich und hält mich ganz fest. „Ich habe dich so vermisst!" Er küsst mich zärtlich und innig. Er fühlt sich so gut an. Ich schlinge meine Beine um ihn und vergesse alles. Ruben trägt mich ins Schlafzimmer und zieht mir die Kleider aus. Er kniet sich hin und presst sein Gesicht auf meine Pussy.

Ruben leckt über meine Schamlippen, steht auf und schmeißt mich aufs Bett.

Ich öffne meine Beine, damit er meine Pussy sieht. Er dringt mit einem Ruck in mich ein. Es fühlt sich so gut an. Ich schlinge meine Beine um ihn und bewege mich mit ihm. Wir stöhnen beide und sind in Ekstase. Ruben setzt sich auf und drückt sich tiefer in mich hinein. Es tut weh und gut gleichzeitig, das macht mich noch mehr an. Ich atme schnell und spüre, wie ich bei jedem Stoß feuchter werde. Ruben flüstert mir ins Ohr, dass er mich liebt und dass er mich vermisst hat.

Ich fühle, dass ich komme und schreie vor Lust. Ich komme stark und zucke am ganzen Körper. Rubens Orgasmus folgt sofort auf meinen. Wir klammern uns aneinander und zucken beide. Er bleibt auf mir liegen und hält mich ganz fest an sich gedrückt. Nach einer Weile zieht sich Ruben aus mir raus und steht auf. Er zieht mich hoch und wir gehen zusammen unter die Dusche. Wir waschen uns gegenseitig, dann steigen wir aus der Dusche und trocknen uns gegenseitig ab. Wir sprechen kein Wort, aber ich spüre so viel Liebe.

Wir wärmen das Essen im Ofen auf und stehen in der Küche. Wir halten uns ohne Worte bis das Essen bereit ist. Dann gehen wir schweigend ins Wohnzimmer.

„Geht es dir gut, mi Vida?" Er stellt die Schüssel auf den Tisch.

„Ja." Ruben nickt. „Mi Amor, ich will dir so viel erzählen. Aber zuerst zu dir. Wie war dein Wochenende mit Leonardo?"

„Ruben, hast du einen Wein? Ich brauche Alkohol." Wir lachen beide. „Stimmt, wieso bin ich nicht selber darauf gekommen?" Ruben steht auf, holt zwei Weingläser und bringt eine Flasche Amarone. Wir stoßen an und schauen uns in die Augen.

Ich lächle unsicher.

Rubens Blick verändert sich. „Ich habe Angst."

Ich nicke. „Ich auch. Es war ein schönes Wochenende, bis auf den Moment, als ich dir begegnet bin, Ruben. Das hat mir weh getan, wenn ich ehrlich bin. Du warst kalt und hattest dich die Tage vorher nicht gemeldet. Das verstehe ich nicht."

„Ja, ich weiß. Es war eine schwierige Woche für mich. Olga ist umgezogen und ich habe ihr geholfen, Schränke aufzubauen mit ein paar Freunden. Ihre Wohnung ist jetzt zu Fuß fünf Minuten von meiner entfernt."

Ich starre Ruben an. „Waaas! Das ist doch verrückt, oder nicht? Sie will bei dir sein. Jetzt steht ihr nichts mehr im Weg, Ruben. Du bist fällig." Er schüttelt den Kopf. „Nein, ich habe es dir schon einmal gesagt, ich liebe sie, aber nicht so, wie du denkst."

„Oder wie sie es gerne hätte."

Ich sehe Ruben an, dass er genervt ist von meiner Aussage. Aber mir ist das egal. Wie kann man so ignorant sein!

„Wer war die Frau am Freitag?" Ich schlürfe meinen Wein. „Das war die Frau, mit der ich neulich Sex hatte."

„Sie ist schon älter. Wie heißt sie?"

„Sie heißt Linda." Wieder dieser Hundeblick. Ich versuche cool zu bleiben. „Sie ist sehr nett und auch schon etwas reifer. Der Sex mit ihr ist auch unglaublich schön. Sie findet dich hübsch und will wissen, ob du mal Lust hättest auf einen Dreier."

Ich verschlucke mich am Wein und huste laut in meine Serviette. „Waaas!" Ich lache hysterisch. „Ich und ein Dreier!"

„Wieso nicht?"

„Okay, du meinst es ernst. Wow. Keine Ahnung." Ich hoffe, dass das Thema damit beendet ist. Ruben fragt erneut: „Wie war das Wochenende mit Leonardo?"

Ich überlege, was ich ihm erzählen soll.

„Er sieht sehr gut aus!" Ruben zuckt mit den Augenbrauen.

„Ja, er ist ein schöner Mann. Ruben, er ist nicht nur ein schöner Mann, er hat auch Tiefgang. Er hat mir gestanden, dass er sich in mich verknallt hat beim Festival und dass er mich noch einmal sehen wollte. Ich war schockiert, weil, bitte glaube mir, beim Festival war gar nichts. Ich habe schon mitgekriegt, dass er ein attraktiver Mann ist, aber ich war mit meinen Gedanken immer bei dir, sodass ich ihn nicht wahrgenommen habe. Jetzt am Wochenende wollte er mich besuchen, um herauszufinden, ob es eine Chance gibt für ihn." Ich blicke Ruben in die Augen und sehe, wie es ihm weh tut.

„Mi Amor, empfindest du etwas für ihn?" Er schaut mich traurig an.

Ich nicke. „Zuerst war ich einfach nur irritiert und es war mir unangenehm, aber er hat mir meinen Raum gelassen, damit ich mit der Situation gut umgehen konnte. Ich war mit meinen Gefühlen so bei dir, dass ich blockiert war. Aber mit der Zeit konnte ich die Gedanken an dich loslassen und dann habe ich gemerkt, dass ich ihn wirklich mag."

„Hattet ihr Sex?"

„Nein, er wollte nicht, weil er weiß, dass ich Gefühle habe für dich und er wäre das fünfte Rad am Wagen. Er will mich. Er will eine Beziehung aber nicht, wenn ich in einen anderen Mann verliebt bin." Ich schaue auf meine Hände und meine Augen füllen sich mit Tränen.

„Ich liebe dich auch."

Seine Stimme. Wie er das sagt. Mein Herz setzt kurz aus. Als ich aufschaue und ihm in die Augen sehe, erkenne ich es. Er liebt mich wirklich. Irgendwie.

„Was wolltest du mir erzählen?"

„Ach eigentlich habe ich schon alles erzählt. Olga ist umgezogen und mein Dinner mit Linda hast du ja bereits mitbekommen."

„Keine neue Frau, die du kennengelernt hast spontan?" Ich zwinkere ihm zu.

„Nein, ausnahmsweise habe ich nur mit zwei Frauen geschlafen am Wochenende."

„Auch du meine Güte." Ich schütte Wein nach. „Merkst du, wie verrückt das klingt? Du bist so ein Gigolo!"

Wir genießen das Abendessen und reden befreit über Sex und über alte Zeiten. Es ist ein schöner Abend und wir genießen jede Sekunde miteinander.

Wir gehen spät ins Bett und liegen nackt aneinander gekuschelt da. Ruben fragt: „Hey, denkst du, dass aus dir und Leonardo vielleicht eine Beziehung wird?"

Ich überlege. „Nicht im Moment. Es ist nicht möglich. Mein Herz gehört dir. Ich weiß, dass wir keine Zukunft haben, aber dieses Gefühl will ich noch so lange wie möglich genießen. Ich will dich noch nicht loslassen. Wenn es so weit ist, leide ich und dann irgendwann, wenn ich bereit bin, kann ich dir sagen, ob etwas wird aus Leonardo und mir."

Ruben hält mich ganz fest und küsst meinen Hals. „Danke für diese Liebe. Ich spüre sie und es tut sehr gut! Ich liebe, wie du mich liebst. Ich will dich bei mir haben mehr als nur einmal in der Woche. Komm am Wochenende zu mir. Wir können einen Road Trip machen und einfach ein bisschen zusammen sein."

Ich schließe die Augen. „Ja, das wäre schön."

Ruben und ich schlafen eng umschlungen ein.

29

Die Wochen vergehen. Ruben und ich sind in einem Alltag angekommen, der mehr als schön ist.

Eines Tages treffe ich Olga in einem kleinen Restaurant in der Stadt. Ich will es so. Irgendwas muss geschehen, irgendwas ist da, was mich nicht loslässt. Also lud ich sie ein.

Sie ist super gestylt und mit Schminke zugekleistert. Sie sieht hübsch aus, bis auf ihren Gesichtsausdruck, der wohl generell immer ein bisschen grimmig wirkt. Ihr Blick von oben herab. So eine stolze Frau.

„Olga, so schön, dass es klappt. Ich freue mich sehr."

„Hi, Sandra, ja, das hat mich überrascht, aber wieso nicht." Ihr Blick zeigt keinerlei Emotionen.
Wir setzen uns an einen Zweiertisch und suchen uns das Essen aus.

„Ich finde es wirklich schön, dass du zugesagt hast. Wie gefällt dir die neue Wohnung?"

„Die Wohnung ist toll. Ich lebe mich gut ein."

„Cool. Das freut mich für dich. Weißt du, ich wollte schon lange einmal mit dir reden. Wir teilen den selben

Mann und ich dachte, dass es gut wäre, wenn wir uns gut fühlen dabei."

Olga schaut mich direkt an. Sie hat wirklich eine ähnliche Mimik wie Ruben. Ich muss mir ein Grinsen verkneifen.

„Sandra, ich will nicht unfreundlich sein, aber du interessierst mich nicht. Wir zwei kennen uns nicht und wir sind keine Freundinnen. Ich wünschte, dass du nicht in meinem Leben wärst. Aber Ruben will dich in seinem Leben haben. Somit muss ich damit leben." Sie schaut mich ernst an.

„Okay, danke, dass du so ehrlich bist. Natürlich, du kennst mich nicht. Aber ich liebe Ruben auch." Ich schaue sie an und warte auf ihre Reaktion.

„Du liebst ihn!" Entsetzen in ihrem Blick.

„Ja, ich liebe ihn. Es hat harmlos angefangen, aber jetzt ist es inzwischen Liebe. Das hatte ich nicht geplant. Ich weiß aber, dass aus Ruben und mir nie ein Paar wird. Deshalb nehme ich jeden Tag, wie er ist, und versuche, keine Erwartungen zu haben. Ich genieße einfach den Moment. Aber die Gefühle sind stark. Ich weiß nicht, wie und wann und ob das enden wird."

Nun meine ich, ein bisschen Mitgefühl in Olgas Blick zu sehen. Sie schaut mich nachdenklich an. „Ich habe nicht gewusst, dass du ihn auch liebst. Ganz ehrlich, ich will Ruben für mich. Ich will seine Freundin sein in einer monogamen Beziehung. Ich will ihn nicht teilen mit dir. Es ist egoistisch, ich weiß. Ruben und ich sind schon lange in dieser Beziehung und nun habe ich meinen Mann verlassen. Manchmal denke ich, dass ich zurückgehen sollte zu ihm. Aber meine Liebe für Ruben ist zu groß. Er hat mich zwar einmal extrem verletzt, als jemand in meiner Familie gestorben ist. Er hat mich einfach allein gelassen, obwohl ich am Boden zerstört war. Er wollte lieber mit Freunden ausgehen. Da hatte ich kurz überlegt, ob ich überhaupt noch etwas mit ihm zu tun haben will. Wenn er noch einmal so etwas tut, dann hat er mich verloren auf jede Art. Aber ich habe es ihm verziehen und nun hätten wir endlich die Chance, ein offizielles Paar zu sein. Aber Ruben lässt sich nicht auf eine monogame Beziehung mit mir ein und der Grund bist nun du. Das hatte ich mir anders vorgestellt. Ich habe meine neue Wohnung extra in der Nähe von ihm gesucht. Ich dachte, dass er darauf wartet, dass ich mich trenne von meinem Mann, damit wir zusammen sein können. Aber jetzt sagt er, dass er dich auch liebt und nicht auf dich verzichten will. Du bist unserer Beziehung im Weg. Ach, ich überlege mir wirklich immer wieder, ob ich nicht besser zurück zu meinem Mann soll." Olga nimmt einen Schluck vom Wasser und verdreht ihre Augen.

Sie ist erfrischend ehrlich. Das macht sie sympathischer, auch wenn sie nicht nett ist zu mir und mir eigentlich ins Gesicht sagt, dass sie mit mir nichts zu tun haben will und sogar, dass sie mich loswerden will.

„Es tut mir so leid, Olga. Ich hoffe, dass es einfacher wird für dich, jetzt, wo du meine Seite kennst."

Olga zuckt mit einer Augenbraue. „Oh Sandra, dass wir hier so reden, ändert nichts an meiner Einstellung zu dir."

„Ich weiß. Aber trotzdem danke, dass du dich darauf eingelassen hast. Du denkst doch nicht wirklich, dass ich der Grund bin, dass ihr keine monogame Beziehung haben könnt. Ich bin mir sicher, wenn Ruben eine monogame Beziehung wollte mit dir, dann würde er mich sofort verlassen. Es hat ziemlich sicher nichts mit mir zu tun, sondern mit ihm selber."

Olga starrt mich an und sagt nichts mehr dazu. Wir verbringen ein nettes Dinner miteinander und dann trennen sich unsere Wege. Ich gehe davon aus, dass ich diese Frau nicht noch einmal sehen werde.

Es ist verrückt, dass wir Frauen immer die andere Frau hassen, wenn ein Mann fremdgeht oder uns verlässt wegen einer anderen. Wir hinterfragen nie den

Mann, sondern immer nur die andere Frau. Aber wenn er Olga so sehr wollen würde, dann würde er keine Sekunde zögern. Er wäre bei ihr und er wäre treu.

Ich habe einen bitteren Nachgeschmack nach dieser Sache. Ich entscheide mich, mit Ruben nicht über den Inhalt unseres Gespräches zu reden. Es geht ihn irgendwie auch gar nichts an. Das ist eine Sache zwischen Olga und mir.

30

„Hallo, Mam, wie geht es euch?" Ich telefoniere seit Langem wieder einmal mit meiner Mutter. Meine Eltern wohnen in Perth und leider sehe und höre ich sie nur sehr selten.

„Schatz, es ist wieder so lange her seit wir uns das letzte Mal gehört haben. Ich hoffe, dass es dir gut geht?" Sie seufzt und ich bekomme ein schlechtes Gewissen, weil ich mich fast nie melde.

„Ja, es geht mir wunderbar. Ich habe einen Lover." Ich warte gespannt auf ihre Reaktion.

„Einen Lover! Kind, es wird Zeit, dass du dir einen richtigen Freund suchst." Sie klingt sehr streng.

„Wieso einen richtigen Freund, wenn ich einen Lover haben kann, der spitze im Bett ist?" Ich lache und warte ihre Antwort ab.

„Was! Nein, das will ich nicht hören, Sandra. Ist er denn Australier?"

„Nein, Mam, er ist ein exotisches Exemplar. Er ist Spanier. Heißblütig und wild. Tsss. Er heißt Ruben und rrrollt sein R, wenn errr mit mirrr sprrricht." Ich kichere. „Ach Mam, es geht mir gut."

„Das ist schön. Kommst du nächstes Wochenende nach Hause? Dad hat doch Geburtstag und es wäre schön, wenn wir zusammen feiern würden. Kannst du dir das einrichten?"

„Jaaa, natürlich, ich habe sogar schon meinen Flug gebucht. Ich komme am Donnerstag schon und fliege erst am Sonntag zurück."

„Oh, so lange bleibst du. Das ist wundervoll! Ich freue mich sehr auf dich!", sagt sie glücklich.

„Ich freue mich auch auf euch. Das wird toll. Na, dann sehen wir uns am Donnerstag."

Ich verabschiede mich von meiner Mutter und lege auf.

31

Am Donnerstagfrüh bringt Ruben mich zum Flughafen. Wir verabschieden uns voneinander, als ob wir eine lange Trennung vor uns hätten. Es fällt mir schwer. Ich steige aus und winke noch einmal. Ruben fährt weg und ich schaue seinem Auto nach. Ich spüre, dass ich ein bisschen Angst habe. Wenn wir getrennt sind, passieren meistens so viele Sachen. Aber ich schiebe diesen Gedanken weg von mir.

Endlich sehe ich meine Eltern wieder. Mittags bin ich schon bei ihnen. Ich schlafe den ganzen Flug durch und erwache erst während des Sinkflugs wieder.

Meine Mutter holt mich vom Flughafen ab. Sie umarmt und küsst mich und lässt mich gar nicht mehr los. „Schatz, ich freue mich so sehr, dich zu sehen!" Sie hält meine Hand, als wir zum Auto gehen und strahlt übers ganze Gesicht. Meine Mutter und ich sind Seelenverwandte. Wir lieben uns innig, und auch wenn wir uns wenig hören und sehen, denken wir immer aneinander.

„Lass uns etwas essen gehen im Maruzella. Hast du Hunger?" Sie lächelt mich von der Seite an.

„Oh jaaa, im Maruzella, meinem Lieblingsitaliener."

„Ja, Schatz, dann haben wir ein bisschen Alleinzeit. Wir haben uns schon zu lange nicht gesehen."

Meine Mam und ich haben viel nachzuholen. Wir sitzen im Restaurant, teilen uns eine Pizza und sie will alles über Ruben wissen. Sie hört aufmerksam zu und wartet, bis ich die Geschichte erzählt habe.

„Das klingt nach einer schönen Beziehung. Eigentlich. Bis auf die Tatsache, dass er dir sagt, wie sehr er dich liebt und gleichzeitig alle zwei Wochen neben Olga noch andere Frauen anschleppt. Was stimmt mit diesem Mann nicht? Wenn er dich so liebt, dann würde man meinen, dass er diese Beziehung erhalten will und auch bereit ist, etwas dafür zu tun. Wie du sagst, ist er ein eifersüchtiger Typ und will nicht, dass du andere Männer hast. Wenn er das Gefühl kennt von Verlustangst und verletztem Stolz, dann verstehe ich nicht, wie er täglich erwartet, dass Olga und du mit diesem Gefühl leben müsst. Das ist doch verrückt! Der hat nicht alle Tassen im Schrank. Er verletzt euch eigentlich täglich und erwartet von euch beiden, damit zu leben, wenn ihr ihn wollt. Der spinnt doch."

Puh! Das hat gesessen. „Ja, es ist verrückt. Ich weiß nicht, wie ich das schaffe. Am Anfang war es sehr hart, aber jetzt, wo wir in einem Alltag angekommen sind mit Olga, ist es für mich okay. Ich habe mich verliebt und ich verliebe mich jeden Tag mehr. Ich wollte es beenden, aber stattdessen bin ich weiter reingerutscht.

Zu der ganzen verrückten Geschichte kommt noch, dass ich vor ein paar Wochen jemanden kennengelernt habe. Er heißt Leonardo, ein Italiener. Er hat es ernst gemeint mit mir, aber ich habe ihn einfach auf die Seite gestellt und so gut wie vergessen. Ruben hat Suchtpotential. Ich denke täglich an ihn. Es ist definitiv keine gesunde Sache. Das gebe ich zu. Ich muss ein Ende finden." Ich schaue sie traurig an.

„Aber ich weiß, dass ich sehr leiden werde. Mam, ich habe mich wirklich verliebt in ihn. Es ist einfach passiert. Ich bin Hals über Kopf verliebt."

Ich realisiere es erst jetzt, wo ich das meiner Mutter erzähle, wie ernst meine Gefühle sind. Wie konnte ich das so geschehen lassen?

„Oh Sandra. Du wirst leiden, das ist so sicher wie das Amen in der Kirche." Sie ergreift meine Hand. „Du wirst den Zeitpunkt finden, einen Schlussstrich zu ziehen, und dann auch wieder nach vorn blicken."

Ich nicke. „Ja, ich weiß. Ich bin froh, dass ich dir alles erzählen durfte, Mam. Es tut gut. Ich muss mir Gedanken machen, was ich will und dann auch endlich einmal handeln."

„Was ist mit Leonardo? Wenn du ihn so auf die Seite stellen konntest, dann war das nichts Richtiges, oder?" Ihr Blick ist bohrend.

„Hm, doch, eigentlich schon. Es hat sich ernst angefühlt. Er hat echte und ernste Absichten. Aber da war ich schon zu tief in der Ruben-Geschichte. Ich kann mich erst wieder melden bei ihm, wenn ich es mit Ruben beendet habe. Das schulde ich Leonardo. Ich hoffe, dass er bis dahin noch nicht in einer Beziehung ist. Es war aber auch zu kurz, um festzustellen, ob er der Richtige sein könnte." Ich werde nachdenklich.

„Ja, das wirst du dann sehen. Ein Schritt nach dem anderen. Bitte pass auf dich auf."

Nach unserem Lunch fahren wir nach Hause. Ich freue mich, meinen Vater wiederzusehen. Wir verbringen ein wundervolles Wochenende zusammen, feiern Geburtstag. Ich treffe meine alten Freunde und fahre mit ihnen an den Strand.

Am Sonntag verabschiede ich mich von meinen Eltern und fliege wieder nach Sydney.

*

Ruben hat mir geschrieben, dass er mich unbedingt abholen will. Nach der Landung spaziere ich zum Treffpunkt und falle ihm in die Arme. Ich schnuppere an seinem Hals. Er hat mein Lieblingsparfüm aufgetragen, Eau Fraiche von Lacoste, das ist so lecker. Wir halten uns innig und küssen uns. Dann fahren wir los.

„Wie war's bei deinen Eltern?" Ruben schaut mich von der Seite an. „Es war so schön. Ich bin nicht sehr oft zu Hause. Das macht mich traurig. Wie war's hier? Alles gut?"

Ruben macht eine lange Pause. Ich warte und sehe, wie sich seine Augen mit Tränen füllen.

„Hey, was ist denn los? Ist etwas mit deiner Familie?" Ich streichle ihm über seinen Oberschenkel.

Ruben schüttelt den Kopf. „Nein, es ist wegen Olga. Kannst du dich daran erinnern, als sie vor vier Wochen in die Ferien gefahren ist? Sie hatte mir angedroht, dass sie es in diesen Ferien krachen lässt. Als sie mir dann erzählt hat, dass sie mit einem anderen geschlafen hat, war das schlimm für mich. Sie wollte sich wieder mit ihm treffen, weil er Interesse an ihr hatte, und dann habe ich eine unendliche Eifersucht und Angst gespürt.

Da habe ich realisiert, dass ich mich in sie verliebt habe. Es ist einfach passiert." Ruben schluchzt. „Ich werde sie verletzen, das weiß ich. Das macht mich so traurig. Ich liebe sie, aber ich weiß, dass es nach ein paar Monaten vorbei sein wird. Ich weiß, dass diese Gefühle nicht beständig bleiben."

Ich schaue Ruben schockiert an und eine extreme Wut baut sich in mir auf.

Ruben ist so aufgelöst, dass er gar nicht wahrnimmt, was in mir abgeht. Er weint und erzählt, dass sie ihn liebt und er merkt, dass er sie auch liebt. Aber er weiß ja, wie er ist und dass diese Phase vorübergehend ist bei ihm. „Das wird sie so verletzen und das will ich nicht." Ruben weint und schluchzt.

„Ruben, bitte bring mich zu mir nach Hause. Ich will nach Hause." Ich klinge ruhig und bestimmt.

Damit reiße ich ihn aus seinem Drama. „Wieso!" Er ist irritiert.

„Im Ernst! Du fragst: WIESO! Ruben, ich habe auch Gefühle. Du weißt, dass ich dich liebe. Du holst mich vom Flughafen ab und erzählst mir so etwas? Wie soll ich reagieren? Spinnst du! Das kann doch alles nicht wahr sein! Bring mich sofort nach Hause!" Ich starre vor mich hin und sage kein Wort mehr.

Ruben ist still und fährt mich heim. Ich steige aus, ohne ein Wort zu sagen. Sobald sein Auto wegfährt, schießen mir die Tränen in die Augen. Ich fühle einen tiefen Schmerz in meinem Herzen. Mein ganzer Körper tut weh. Ich will nur noch in meine Wohnung, in mein Bett. Mokka empfängt mich freudig an der Tür. Die Nachbarin hat sich gut um meine Katze gekümmert. Ich lasse alles fallen, nehme Mokka in die Arme und kuschle sie an mich. Ich lege mich ins Bett und weine, bis ich einschlafe.

Um 3 Uhr morgens wache ich auf mit schlimmen Kopfschmerzen. Oh Gott. Mein Herz tut so weh. Ich versuche, in mich hinein zu spüren, wieso mich das so verletzt hat, und lasse mir noch einmal das Gespräch durch den Kopf gehen. Ich fühle, dass diese große Liebe, die wir beide vor dem Wochenende noch gespürt haben, entwertet wird durch diese Geschichte mit Olga. So tiefe und schöne Gefühle mit zwei Sätzen einfach kaputt. Ich liebe diesen Mann und er erklärt mir jetzt, dass er sich in den letzten paar Wochen in Olga verliebt hat. Er verlangt mein Mitgefühl und mein Verständnis, weil er darum trauert, dass er sie verletzen könnte.

Was ist mit meinen Gefühlen?
Ist ihm egal, dass ich jetzt verletzt bin?

Ich fange wieder an zu weinen. Ich bleibe wach und lasse mir alles immer und immer wieder durch den Kopf gehen. Es ändert nichts. Um 5 Uhr stehe ich auf und schreibe Stella eine SMS, dass es mir nicht gut geht, dass ich zu Hause bleibe, dass ich es ihr erzählen werde, aber jetzt einfach Alleinzeit brauche. Sie soll mich krankmelden.

32

Funkstille. Doch am Dienstag ringe ich mich dazu durch, Ruben zu schreiben und ihn um ein Gespräch zu bitten. Ich brauche ein Gespräch, damit ich mein Leben weiterleben kann. Ruben sagt zu, mich am Donnerstag zu treffen.

Ich gehe am Abend gleich nach der Arbeit zu Ruben. Er öffnet mir die Tür und wir gehen ins Wohnzimmer, setzen uns gegenüber voneinander hin.

Sein Blick ist mitfühlend. Das macht mich wütend, weil es sich so anfühlt, als ob er sich distanziert und offenbar nicht traurig ist. Ich bin wohl wirklich allein mit all diesen Gefühlen.

Ruben sagt: „Mi Vida, es tut mir so leid. Wirklich. Ich hätte das alles auch nicht erwartet, es ist einfach passiert. Aber ich liebe dich und ich will dich nicht verlieren. Doch ich liebe Olga mehr. Das habe ich schon immer und das habe ich dir auch immer gesagt."

„Ruben, das hast du mir nie so gesagt. Soll ich mit dir Mitleid haben, weil du eventuell Olga verletzen wirst? Im Ernst? Ich dachte, dass sie wie ein Familienmitglied ist und dass du dich nie und nimmer in sie verlieben kannst. Und jetzt auf einmal liebst du sie! Was ist mit deinen Gefühlen für mich? Wie ist die

Tageslage?!" Meine Stimme überschlägt sich. „Ruben, du verhältst dich wie ein Teenager! Du bist so instabil mit deinen Gefühlen und das ist echt unreif! Echt jetzt! Und du verlangst Mitgefühl!"

Sein Blick wird kalt. „Meine Gefühle für dich sind unverändert. Aber ich habe mehr Gefühle für Olga als für dich. Das war schon immer so."

„Wow, im Ernst! Das habe ich anders in Erinnerung, aber logisch, deine Wahrheit ist ja wetterabhängig. Vor ein paar Tagen hast du mir noch gesagt, dass du mich liebst. Vor ein paar Wochen hast du mir gesagt, dass Olga nicht dein Typ ist, dass dir ihr Gesicht nicht gefällt und dass die Gefühle nie reichen würden." Ich schnaube verächtlich.

Ruben schüttelt den Kopf. „Ich liebe dich und ich will dich in meinem Leben. Durch diese Situation wird sich aber einiges ändern müssen. Olga will nicht, dass ich dich so oft sehe und unsere Kommunikation müssen wir reduzieren auf den Tag, an dem wir uns sehen. Ich will dich aber nicht verlieren. Ich habe ihr gesagt, dass ich entweder euch beide habe oder keine. Das ist nur fair. Ich weiß, dass es nicht länger als vier Monate dauern wird und dann ändern sich meine Gefühle wieder für Olga. So ist es bei mir immer. Ich verliebe mich und dann vergehen die Gefühle innerhalb von vier Monaten. Bei dir war das anders."

Ich starre Ruben an und bin fassungslos. „Ruben, du willst, dass wir unsere Kommunikation beschränken auf einen Tag in der Woche? Und nach vier Monaten, wenn die Gefühle nachlassen für Olga, können wir wieder normal weitermachen?"

Er nickt und scheint völlig überzeugt. „Ja, ich weiß, dass diese Phase vorbei geht mit Olga. Ich kenne mich. Vier Monate, länger dauert es nicht. Wenn du Geduld aufbringen kannst, dann verspreche ich dir, dass in vier Monaten alles vorbei ist."

„Spinnst du! Ich warte doch nicht vier Monate und lasse mich so lange in einen Schrank stellen wie eine Gummipuppe. Ich habe Gefühle und ich kann nicht auf Kommando meine Gefühle auf Sparflamme stellen. Das tut mir weh! Das verletzt mich! Verstehst du das nicht? Siehst du nicht, dass du mich verletzt, dass du mich zweitrangig behandelst, dass du mich minderwertig behandelst? Das habe ich nicht verdient!" Begreift er denn nicht, was er mir antut und was er von mir verlangt?

Ruben wird wütend. „Dann beenden wir es."

„Wirklich! Du willst das beenden! Wir, so dachte ich bis vor einer Woche, lieben uns. Und jetzt, wo es kompliziert wird, willst du es einfach beenden?" Ich fange an zu weinen.

„Nein, das will ich eigentlich gar nicht." Ruben schüttelt seinen Kopf.

Wir sitzen da und schauen uns an. Ich kann es nicht glauben. Das ist doch alles ein Witz. Ich spüre so viel Trauer. Wo ist diese Liebe, die ich von seiner Seite gespürt habe? Ich fühle sie nicht mehr. Ich fühle mich so allein mit meinen Gefühlen.

Er will etwas sagen, doch ich komme ihm zuvor:
„Es ist aus, Ruben. Ich beende es."

Mehr kann und will ich dazu nicht sagen. Ich stehe auf und verlasse seine Wohnung.

Von heute auf morgen ist alles einfach so vorbei. So plötzlich. Als ich auf der Straße stehe, fühle ich mich frei – befreit von dieser schrecklichen Geschichte. Ich hoffe, dass Ruben und ich irgendwann eine Freundschaft haben können. Wir hatten beide gesagt, dass wir das wollen. Wenn ich über meinen Schmerz hinweggekommen bin, werde ich einen Versuch starten.

33

Die nächsten Wochen fühlen sich leer an. Ich wusste, dass diese Geschichte eines Tages zu Ende sein würde. Ich wusste, dass ich leiden würde, mir war aber nie klar, wie sehr. Ich schleppe mich Tag für Tag ins Geschäft. Regelmäßig sehe ich Ruben irgendwo. Ich versuche, mich unsichtbar zu machen, weil es mir immer einen Stich versetzt. Ich sitze oft auf dem Klo und weine. Mein Schmerz ist so groß. Wie kann es sein, dass ich diesen Mann so liebe und vermisse? Wie kann ich dieses Gefühl loswerden?

Meine Freundinnen trösten mich. Sie organisieren Weekends mit mir, um mich abzulenken, aber ich bleibe gedanklich bei Ruben. Er ist mein letzter Gedanke, bevor ich einschlafe, und mein erster, wenn ich aufwache.

An einem dieser trostlosen Tage packt mich Rose am Arm und zieht mich hinter sich her. „Wir zwei gehen jetzt spazieren. Wir müssen reden."

Ich schaue meine Freundin entgeistert an. „Okay, wohin gehen wir denn?"

„Einfach spazieren."

Rose und ich verlassen das Gebäude. Die frische Luft tut gut.

„Sandra, ich sehe, wie du jeden Tag leidest. Es geht dir nicht besser. Dein Zustand bleibt gleich, egal, wie viel Zeit vergeht. Das kann ich mir nicht mehr ansehen. Was meinst du, wieso das so ist?" Sie schaut mir forschend in die Augen.

Mir schießen sofort die Tränen in die Augen. „Ja, stimmt. Mir geht es schlecht. Es geht einfach nicht vorbei. Ich habe das Gefühl, ihn nicht loslassen zu können. Als hätte es keinen wirklichen Abschluss gegeben."

„Hast du das Gefühl, dass dir ein Gespräch mit ihm guttun würde?"

„Ja, ich glaube, dass ich es erst richtig für mich abschließen kann, wenn wir einander noch einmal in die Augen schauen und friedlich auseinander gehen können." Ich seufze.

„Dann frag ihn doch, ob er sich mit dir treffen will. Ich kann mich vage an eine gute Seite in ihm erinnern, auch wenn die nur wenig zum Vorschein gekommen ist." Sie ist im Team Sandra. Ich muss lächeln.

„Ja, stimmt. Das könnte ich tun. Ich will seine Beziehung nicht stören, aber ich finde, dass wir uns noch ein Gespräch schulden. Ich schreibe ihm. Danke Liebes. Tut gut, dich in meinem Leben zu haben." Meine Augen füllen sich schon wieder mit Tränen.

Rose umarmt mich. „Der Schmerz geht vorbei, das verspreche ich dir."

Ruben hat sich auch Wochen später nicht mit mir getroffen. Ich habe alles versucht. Einmal hat er sogar zugesagt, bevor er zehn Minuten vor der Verabredung abgesagt hat mit einer fadenscheinigen Ausrede. Mittlerweile antwortet er gar nicht mehr.

Ich verstehe es nicht. Er lässt keinen Kontakt mehr zu. Für mich ist das Thema offen und es tut weh. Es fühlt sich falsch an, dass wir so tun, als ob wir nie etwas miteinander hatten. Wir waren uns so nah und kennen uns so gut. Wie kann das sein?

Manchmal lächelt er mir zu und manchmal ignoriert er mich und behandelt mich wie Luft. Es wäre so schön, wenn ich diese Geschichte einfach loslassen könnte. Ich will sie abschließen.

Es ist Freitag. Ich betrete das Büro.

„Hi, Sandra, du kleines, unscheinbares Geistchen." Rose lächelt mich an. „Hast du Lust auf einen Kaffee über die Straße? Stella ist auch dabei."

Nachdem wir unseren Kaffee bekommen haben, bauen sich die beiden vor mir auf und schauen mich ernst an.

Rose beginnt: „Sandra. Es ist nun ein halbes Jahr vergangen seit dieser Geschichte mit Ruben. Wir dachten alle, dass du Zeit brauchst, um das Ganze zu verdauen, aber offenbar heilt die Zeit deine Wunden nicht. Du siehst ihn die ganze Zeit hier im Büro und er beachtet dich gar nicht. Dir fehlt ein richtiger Abschluss, den er dir aus unerklärlichen Gründen nicht geben will. Du bist so traurig und lustlos und wir ertragen das nicht mehr. Wir wollen dich wieder glücklich sehen. Wir wollen unsere alte Sandra zurück."

Ich wische mir die Tränen vom Gesicht. „Ach, ich weiß, ich bin nicht mehr ich selbst. Ich fühle mich gefangen von dieser Geschichte. Aber was soll ich tun? Ich schaffe es einfach nicht."

Stella lächelt. „Schatz, wir haben uns Gedanken gemacht und haben eine Idee, wie wir daran arbeiten können. Wir wollen dir helfen. Lässt du dich auf ein Experiment ein?"

Ich muss lachen. „Ihr seid ja süß! Natürlich lasse ich mich darauf ein. Was habt ihr euch denn überlegt?"

Die zwei sehen sich verschwörerisch an. Stella sagt: „Also gut, Sandra, wenn du dich darauf einlässt, gibt es kein Zurück. Du machst die Sache mit, bis wir fertig sind, okay?"

Ich nicke und grinse. „Mannomann, ihr macht es aber spannend! Ja, ich gebe euch mein Ehrenwort. Es kann ja nicht schlimmer werden." Ich muss wieder lachen.

Meine Freundinnen verhalten sich so merkwürdig.

„Nein, es kann nur besser werden." Rose klatscht in die Hände und freut sich. „Also gut, Sandra, du bist dabei. Dann werden wir dir im Büro gleich etwas übergeben. Das Experiment startet heute."

Wir gehen wieder zurück ins Büro. Am Platz angekommen übergeben sie mir eine Box, auf der steht: Life is Beautiful.

„Das wird deine Glücksbox. Da sammelst du alle neuen Andenken von den guten Zeiten, die du ab jetzt erleben wirst. Es wäre schön, wenn du dich voll auf die Sache einlassen würdest. Das wird ein Spaß!" Rose hüpft vor mir auf und ab.

Ich lache. „Ihr zwei seid so lustig. Okay, darf ich die Box jetzt öffnen?" Ich will den Deckel aufmachen.

„Neiiin, noch nicht. Mach das zu Hause in Ruhe. Wir sehen uns sowieso morgen wieder", sagt Stella und zwinkert mir zu.

Wir trennen uns und gehen alle wieder unserer Arbeit nach.

*

Nach Feierabend zu Hause angekommen füttere ich Mokka und mache mir ein kleines Dinner. Dann setze ich mich aufs Sofa und öffne die Box. Ich finde einen Umschlag darin. Mokka macht es sich auf meinem Schoß bequem, während ich mich zurücklehne und den Umschlag aufmache. Es ist ein Brief.

Liebe Sandra,

Wir wissen, dass du noch sehr leidest wegen der Geschichte mit Ruben. Aber es ist Geschichte, mehr nicht. Es ist so viel Zeit vergangen, in der du dich verkrochen hast – zu Hause. Du gehst nicht mehr tanzen mit deinen Freunden.

Wir sehen dich kaum noch an den Wochenenden und deine leichte, glückliche Art fehlt uns sehr. Sandra, dein Leben soll doch glücklich weitergehen, oder nicht? Es wird Zeit, dass du Ruben hinter dir lässt. Lass ihn los. Er scheint es nicht wert zu sein. Er hat deine Liebe und deine Freundschaft nicht verdient. Mach weiter mit deinem Leben. Dein Auftrag lautet wie folgt für diese Woche:

1. Schreibe Ruben einen Brief und sag ihm, wie sehr er dich verletzt hat. Schreibe über die Dinge, die dich jetzt noch quälen. Dann verbrenne dieses Papier. Die Asche spülst du im Klo runter, weil du diese Scheiße nicht brauchst.

2. Schreibe Ruben einen Brief und bedanke dich für all die schönen Dinge, die du von der Zeit mit ihm mitnehmen darfst. Beschreibe diese Dinge wie ein Geschenk und lege dieses Blatt in die Box.

Wir haben in der Zeit vor Ruben jeden Samstag zusammen den Tag im Gym gestartet. Wir wollen mit dieser Tradition endlich wieder weitermachen, weil wir dich vermissen im Gym. Außerdem siehst du schon ein bisschen schwabbelig aus. Das kann nicht so weitergehen. Ab jetzt treffen wir uns wieder jeden Samstag um 10 Uhr im Gym am Kings Cross und danach brunchen wir noch schön zusammen im Rusty Rabbit. Da können wir quatschen und neue Pläne schmieden. Wir sind da für dich und wir lieben dich.

Rose & Stella

Ich lege den Brief zurück in die Box und schließe meine Augen. Es stimmt wirklich. Ich will nicht mehr an diesen Zeiten festhalten und an der Idee, dass Ruben und ich etwas hatten, was uns ein Leben lang verbindet.

Auch wenn es so wäre, er scheint es nicht zu schätzen und es überhaupt nicht zu wollen. Es ist einseitig.

Ich muss ihn endgültig loslassen. „Verschwinde aus meinem Kopf und aus meinem Herzen, Ruben. Du hast hier kein Zuhause mehr. Ich brauche Platz für die guten Dinge im Leben. Außerdem finden meine Freundinnen mich schwabbelig! Ich muss meinen Körper wieder auf Vordermann bringen." Ich grinse und lege den Brief zurück in die Box.

36

Am nächsten Morgen stehe ich sehr früh auf. Es ist noch dunkel. Ich konnte nicht richtig schlafen. Ich bin so aufgewühlt und voller Tatendrang. Dieses Gefühl hatte ich seit Monaten nicht mehr. Ich mache mir einen Kaffee, dann hole ich die Box, einen Stift, ein paar Blätter Papier im Wohnzimmer und gehe damit auf meinen Balkon. Ich denke kurz an Leonardo und muss lächeln. Leonardo und ich saßen das letzte Mal gemeinsam auf diesem Balkon. Wie schön das war. Peinlich, dass ich mich nie wieder bei ihm gemeldet habe. Ich bin so eine Idiotin.

Ich fange mit dem negativen Brief an. Diese Scheiße hat nichts mehr in meinem Kopf verloren. Ich kotze es jetzt aufs Papier und entsorge es.

Ruben,

du hast mein Herz gebrochen. Nicht, weil du nun mit Olga eine Beziehung hast. Ich finde, dass ihr sehr gut zusammenpasst. Es verletzt mich, dass du unehrlich warst mit mir. Du hast mich die ganze Zeit angelogen. Du hast mir gesagt, dass du mich liebst. Ich kann mir nicht vorstellen, dass du jemanden, den du liebst wie eine heisse Kartoffel fallen lässt ohne Rücksicht auf meine Gefühle wolltest du mich aufs Minimum reduzieren, um die

Geschichte mit mir nicht beenden zu müssen. Damit hast du mich degradiert und Olga hättest du damit auch verletzt. Ruben, wenn du mich geliebt hättest, dann hättest du mich nie so verletzen wollen. Du hast mir mit deiner Art so wehgetan, dass ich nach all diesen Monaten noch leide. Du hast mir nicht einmal die Gelegenheit geboten, noch einmal ein abschließendes Gespräch zu führen. Du hast mich im Regen stehen lassen. Aus den Augen aus dem Sinn. Ruben, du hast in meinem Leben nichts mehr verloren, denn meine Liebe verdienen nur Menschen, die mir ehrlich mit Liebe und Respekt begegnen und die mich auch in ihrem Leben haben wollen. Verschwinde aus meinem Kopf und aus meinem Herzen. Mach Platz für Menschen, die mich verdienen.

Tschüss, Adios, Ciao!

Mein Herz wird schwer. Es tut weh. Ich bin fassungslos, dass so ein reifer und intelligenter Mann mit so viel Feingefühl so egoistisch, unreif und feige mit dieser Situation umgeht, Ruben. Wie kann man so sein?

Ich habe alles aufgeschrieben, mir fällt nichts mehr ein. Das Papier liegt vor mir. Ich lese es noch einmal durch und dann zerknülle ich es und lege es auf den Tisch.

Ich gehe ins Wohnzimmer und suche mir einen passenden Song aus. Ich brauche die richtige Musik, um in Stimmung zu kommen. „Shoot to Thrill von AC/DC. Das passt perrrfekt zu dirrr, Rrruben! Du verschwindest jetzt für immer aus meinem Kopf, du Scheißkerl!"

Ich tanze wie eine Verrückte zurück in die Küche und hole eine Salatschüssel. Die Musik spielt laut aus dem Wohnzimmer. Hoffentlich wecke ich die Nachbarn nicht auf. Aber die Musik ist wichtig! Ich tanze wie eine besessene Hexe auf dem Balkon rum und singe: „I'm gonna take you down – down down down." Dann schmeiße ich das Zündhölzchen in die Salatschüssel. Das zerknüllte Papier geht in Flammen auf. Ich stelle mich breitbeinig hin und zeige mit beiden Mittelfingern auf die Flamme, als ob er vor mir sitzen und verkokeln würde. Ich komme mir vor wie bei einer Geisteraustreibung. Ich hüpfe zur Musik und sehe zu, wie das Blatt langsam zu Asche wird.

„Wow, das tut guuut. Yeah! Weg mit dir. Du bist meine Vergangenheit! Verschwinde aus meinem Kooopf! Auf Nimmerwiedersehen!"

Ich nehme die Schüssel und tanze ins Bad. Ich schütte die Asche ins Klo und spüle die Asche runter. Dabei lächle ich und tanze zurück ins Wohnzimmer, schalte die Musik aus und überlege. Okay, das kann ich nicht so stehen lassen. Ich will es abschließen, hinter mich bringen. Ich mache mir einen frischen Kaffee und entscheide mich für Bob Marleys „Three Little Birds". Das ist genau das Richtige. Ich tänzle zurück auf den Balkon und setze mich wieder hin.

„Dann fangen wir mal mit dem zweiten Blatt an." Ja, ich habe viele Geschenke bekommen in dieser Zeit.

Ruben,

ich bin froh, dass das Gute überwiegt. Du hast mir so viel geschenkt. Ich habe durch dich gelernt, mich selber zu lieben, wie ich bin. Du hast mir durch deine Augen gezeigt, wie schön ich bin in meiner Imperfektion. Durch dich spüre ich mich. Ich höre auf meine Gefühle und ich weiß nun, wie ich zum Orgasmus kommen kann. Du hast mich begehrt und geliebt wie kein anderer. Das Gefühl war unglaublich.

Danke, danke, danke dafür Ruben.

Ich lese mir den kurzen Brief noch einmal durch.

Das sind schöne Geschenke! Die behalte ich gern. Ich lege diesen Brief zurück in die Box und stelle sie in mein Schlafzimmer neben mein Bett. Das fühlt sich gut an.

Es ist 9 Uhr. Zeit, mich fürs Gym fertig zu machen. Ich ziehe meine Trainingssachen an, packe meine Tasche und mache mich beflügelt auf den Weg ins Gym. Ich freue mich so sehr auf meine Freundinnen.

Nach dem Training und einer erfrischenden Dusche gehen wir zu Fuß zum Rusty Rabbit. Ich erzähle ihnen von meinem Morgen und dass es mir richtig gut geht.

„Das ist super, Sandra. Dass du das so schnell umgesetzt hast." Verschwörerisch blickt sie Rose an. Die lächelt vielsagend. „Ich hoffe, dass dieses Gefühl anhält." Stella schaut mich von der Seite an. „Es ist ja auch okay, wenn du ab und zu noch ein bisschen traurig bist, solange es nicht ein Dauerzustand ist. Aber jetzt, meine Liebe, jetzt konzentrieren wir uns auf die Zukunft." Sie zuckt mit den Augenbrauen und grinst.

Wir kommen im Rusty Rabbit an und nehmen unseren runden Stammtisch neben der Theke. Wir suchen etwas aus und meine Freundinnen sehen mich wieder mit diesem komischen Grinsen an.

„Alsooo", sagt Stella, „wir sind stolz auf dich, dass du wieder ein bisschen Lebensfreude hast. Bist du bereit? Scharf oder süß? Was willst du?"

„Was meinst du?" Ich schaue sie verdutzt an.

Rose lacht. „Tja, Scharf oder süß? Du darfst aussuchen."

Ich lache und verdecke mein Gesicht mit meinen Händen. „Ihr macht mich fertig! Also gut, dann nehme ich scharf."

Stella und Rose sehen sich an und fangen an zu kichern. „Eine guuute Wahl!", sagen sie im Chor.
Stella übergibt mir einen Umschlag. „Mach ihn gleich auf." Rose klatscht in die Hände.

Ich mache den Umschlag auf und ziehe einen Brief mit einem Gutschein aus dem Umschlag.

„Zuerst den Brief!" Stella strahlt mich an.

„Okay." Ich lache und fange an zu lesen. „Liebe Sandra, die Reise geht weiter. Du hast dich für scharf entschieden. Das heißt, dass du einen Tango-Tanzkurs anfängst. Du bekommst sechs Privatstunden beim schärfsten, schönsten und besten Tango-Tanzlehrer in der Stadt. Wir haben recherchiert und ihn selber getestet." Ich blicke auf. „Waaas! Spinnt ihr! Ich mache doch keinen Tango-Tanzkurs!"

Stella schaut mich böse an. „Sandra, du hast uns dein Ehrenwort gegeben. Lass dich bitte darauf ein. Wir haben uns so Mühe gegeben. Wir haben uns informiert über Tango. Der Tanz sieht leidenschaftlich und streng aus. Aber wir haben gelernt, dass Tango sehr viel mehr ist. Zumindest sagt das Santiago, der Tanzlehrer. Ich habe nicht getanzt, aber Rose hat sich zur Verfügung gestellt."

Die beiden fangen an zu kichern.

Rose macht große Augen und nickt. „Oh mein Gott, Sandra, du weißt, dass ich nie im Leben einen Tanzkurs machen würde. Aber Santiago hat uns das Ganze erklärt und dann hat er mir ein paar Schritte gezeigt. Das war nicht so einfach. Ich war total überfordert. Trotzdem fand ich es irgendwie sexy. Er hat so eine stolze Haltung, ich habe mich so sicher gefühlt in seinen Armen. Sandra, wir denken, dass es genau das Richtige ist für dich, wirklich. Santiago scheint ein sehr netter Typ zu sein. Wir haben ihm ein bisschen von dir erzählt und er denkt, dass dir das vielleicht gut tun würde. Wir denken wirklich, dass dir das helfen könnte und dein Feuer wieder entfacht."

„Ihr spinnt doch! Ihr habt einem wildfremden Typen von mir erzählt! Ich glaube, dass ich mich doch lieber für süß entscheide." Ich schüttle meinen Kopf. „Ich hoffe, dass ihr nicht alles erzählt habt!"

„Du hast dich entschieden, süß ist etwas, das wir jederzeit irgendwann einmal machen können. Neiiin, das haben wir wirklich nicht. Wir haben nur gesagt, dass du nicht über die letzte Beziehung hinwegkommst und blockiert und traurig bist. Wir haben ihm gesagt, dass du dich emotional zurückgezogen hast."

„Echt! Das habt ihr ihm gesagt? Wie peinlich!" Ich verdecke meine Augen. „Oh mein Gott, das ist schon viel zu viel!"

„Nein, Sandra, das ist nicht peinlich. Es ist die Wahrheit und du liebst es zu tanzen, und wir wissen, dass du im Moment nicht Salsa tanzen gehst, damit du Ruben nicht begegnest. Also lernst du einen neuen Tanz kennen. Tango! Außerdem hast du einmal gesagt, dass du gern Tango lernen würdest." Stella schaut mich ermutigend an.

„Ihr seid verrückt. Rose, wie war das Tangotanzen für dich? Ich kann kaum glauben, dass du das getan hast."

Rose denkt, dass sie zwei linke Beine hat. Sie hat mir immer gesagt, dass Tanzen nichts für sie ist.

Sie beugt sich vor, zieht eine Augenbraue hoch und haucht: „Sandra, ich war Butter in seinen Händen."

Wir grölen los.

„Wann darf ich anfangen?"

Insgeheim freue ich mich sogar ein bisschen darauf.
„Das kann ich sofort organisieren. Wie wäre morgen? Hast du schon etwas vor?" Stella schaut mich fragend an. Wir lachen wieder los.

„Im Ernst? Nein, ich habe natürlich keine Pläne für morgen." Ich schaue sie fassungslos an.

„Ja, mein voller Ernst. Ich habe Santiagos Nummer. Ich schreibe ihm kurz." Stella schreibt eine Nachricht.
„Ist 10 Uhr okay?" Sie schaut kurz auf. Ich nicke ungläubig und werde etwas nervös.

„Super, der Termin ist fix. Die Adresse steht auf dem Gutschein."

Wir beenden unseren Brunch erst um 15 Uhr und spazieren zurück bis zur Kings Cross, dann verabschieden wir uns.

Zu Hause angekommen ziehe ich mich bis auf T-Shirt und Slip aus, schenke mir ein bisschen Wein ein und setze mich wieder auf den Balkon zusammen mit Mokka.

Wow, was für eine schöne Überraschung von den beiden. Ich habe die besten Freundinnen auf dieser

Welt. Was sie sich alles überlegt haben und wie sie sich ins Zeug legen für mich. Ich fühle mich so geliebt. Ich schmuse noch lange mit Mokka. An diesem Abend gehe ich mit großer Vorfreude ins Bett.

37

Der nächste Morgen. Nervös packe ich meine Tanzschuhe ein und ein paar Pflaster. Ich stehe gefühlt eine Ewigkeit vor meinem Schrank, weil ich keine Ahnung habe, wie ich mich anziehen soll. Ein Kleid oder eine Leggins? Nein, ich sollte locker aussehen und sportlich. Auf keinen Fall sexy. Also Leggins und T-Shirt. Ich bleibe ungeschminkt, binde meine Haare hoch zu einem Pferdeschwanz und mache mich auf den Weg zum Studio.

Es ist nur zehn Minuten Fußweg von meiner Wohnung entfernt. Ich bleibe vor dem Gebäude stehen und schaue es mir an. Es hat große Fenster, aber man kann nicht hineinsehen, weil viele Pflanzen die Sicht versperren. Ich bin so nervös, dass ich am ganzen Körper schwitze. Hoffentlich stinke ich nicht. Ich schnuppere meine Achselhöhlen, dann überprüfe ich meinen Atem und dann betrete ich das Gebäude und sehe einen schönen Mann, der auf mich zukommt. Er hat eine sehr gerade, stolze Haltung. Seine Haare sind schulterlang und er trägt einen Dreitagebart. Er begrüßt mich freundlich mit einer warmen, tiefen Stimme: „Guten Tag! Bist du Sandra?"

Ich strecke ihm die Hand hin. „Ja, ich bin Sandra und du bist Santiago?"

Er nickt. „Willkommen in meinem Studio. Ich freue mich, dich kennenzulernen. Deine Freundinnen scheinen dich sehr zu lieben. Sie haben mich besucht und wollten sicher sein, dass du in meiner Tanzschule gut aufgehoben bist.“

Er lächelt mich an. „Ich denke, dass ich den Test bestanden habe. Rose hat eine Schnupperstunde gemacht bei mir.“

„Ja, sie haben es mir erzählt.“

Santiago führt mich in sein Studio. „Willst du ein Glas Wasser? Du kannst hier die Schuhe wechseln.“ Ich betrete einen riesigen Raum. Auf einer Seite hat er eine Spiegelwand und auf der anderen Seite kann man sich hinsetzen und die Schuhe wechseln. Santiago geht hinter die Bar, wo er mir ein Glas Wasser holt.

„Hier, das Wasser. Also, wir fangen mit einfachem Gehen an.“ Er zeigt auf die Spiegelwand und sagt: „Geh auf den Spiegel zu. Ich gehe neben dir und gebe den Takt an.“

Santiago hält mich am Arm und geht mit mir auf den Spiegel zu. Ich versuche ihn nachzumachen. Vor dem Spiegel angekommen sagt er: „Jetzt gehen wir rückwärts. Mach lange Schritte, strecke dein Bein zurück.“ Er korrigiert meine Haltung und sagt: „Deine

Haltung muss wie Superman sein. Leicht nach vorne gebeugt." Wir gehen rückwärts. Ich schwanke und habe Probleme mit meiner Balance. Jetzt halte ich seinen Arm, weil ich ständig hin und her schwanke. Wir wiederholen das Gehen zwei bis drei Mal.

„Das sieht so einfach aus und für mich ist das gerade die schwierigste Sache. Das fasse ich nicht!" Ich schüttle meinen Kopf.

Santiago lacht. „Ja, es dauert eine Weile, bis man das kann. Am Anfang ist es schwer. Es fängt alles mit der richtigen Haltung an. Die gehört immer dazu. Deine Haltung müssen wir etwas korrigieren. Atme tief ein." Santiago hat seine Hände auf meinen Schultern, während ich einatme. „Genau, das ist die Haltung, die du die ganze Zeit haben musst. Dein Brustkorb ist angehoben." Santiago drückt meine Schultern runter. „Du atmest ein, aber deine Schultern solltest du nicht hochziehen dabei." Er drückt sanft meine Schultern runter.

„Oh Gott, so kann ich nicht atmen." Mir läuft der Schweiß an meiner Stirn runter. „Tut mir leid, wir haben noch nicht einmal angefangen und ich schwitze schon." Es ist mir peinlich, aber ich bin immer noch so nervös. Ich muss an so viele Sachen denken!

„Das ist okay, denk nicht daran. Vergiss nicht zu atmen." Santiago lächelt mich an. „Es gibt drei Haltungen. Der Abstand kann so sein." Er nimmt meine linke Hand und legt sie auf seinen Oberarm. „Die nächste ist etwas näher, da platzierst du deine Hand auf meiner Schulter." Er zieht mich etwas näher an sich heran. „Und dann ganz nah, da kannst du mit dem Arm um mich herum greifen. Du bist sehr frei mit deiner Hand. Du bewegst sie dahin, wo es dir wohl ist."

Ich nicke. „Okay, das ist die Haltung, die man meistens sieht, diese enge Haltung. Aber wo tut man sein Gesicht hin?"

Er grinst. „Na ja, das ist ganz abhängig von der Frau, wie wohl sie sich fühlt, aber generell ist es ihre Sache. Sie kann einfach Wange an Wange tanzen." Er macht die Musik lauter und platziert meine linke Hand auf seinem Oberarm. Ich muss eine ganze Weile rückwärtsgehen und Santiago korrigiert mich geduldig immer wieder: „Atme, Sandra, strecke dein Bein, mehr, mehr …" Ich schwitze.

Dann bleiben wir stehen. Santiago zieht mich näher an sich heran. Ich lege meinen Arm auf seine Schulter. Er tanzt mit mir und ich versuche, einfach zu folgen. Es fühlt sich schön an. Ich entspanne mich ein bisschen. Dann zieht er mich noch näher an sich heran und ich lege meinen Arm ganz um ihn herum. Ich weiß nicht so richtig, wie ich meinen Kopf halten soll, ich drücke ihn in den Nacken, was super anstrengend ist. Irgendwann kann ich nicht mehr und lege meine Stirn an seine Wange. Ich schließe meine Augen und versuche, seine Führung zu spüren. Wir tanzen eine Weile so. Wir sind auf einmal in einem Flow. Wir wirbeln durch den Raum und ich mache Dinge einfach nur, weil Santiago mich so gut führt. Ich fühle mich wie eine Marionette in seinen Armen. Dann geht Santiago langsam wieder auf Distanz mit seinem Gesicht. Das Lied endet und ich bin noch ganz benommen.

„Du bist sehr gut. Hattest du schon einmal Tango-Tanzstunden?" Santiago korrigiert, während er mit mir spricht, wieder meine Haltung, indem er meine Schultern runterdrückt. Er legt seinen rechten Arm ganz um mich und seine rechte Hand auf meine rechte Schulter. „Denk an deine Haltung." Ich atme ein und Santiago drückt wieder meine Schulter runter.

„Du hast die Tendenz, nach links abzuhauen, wenn wir gehen. Im Tango steht man mittig zueinander." Er lässt mich los und schiebt mich frontal vor sich hin. Ich kann ihm nicht in die Augen schauen, wenn er mit mir redet, weil er so nah vor mir steht. Ich starre ihm auf die Brust. Dann zieht er mich an sich heran, dass meine Brüste seine Brust berühren. Ich höre auf zu atmen. Wir sind uns so nah, dass ich seinen Atem spüre auf meinem Gesicht. Ich halte immer noch die Luft an. Ich spüre seinen ganzen Körper und mir wird heiß. Ich drehe mein Gesicht weg, damit ich wieder normal atmen kann.

„Wow, das ist sehr nah, wenn ich ehrlich bin. Ich bin wirklich sehr offen. Immerhin tanze ich Salsa, Bachata und Kizomba, aber bei keinem dieser Tänze bin ich so nah. Es ist verrückt!"

Santiago lacht und sagt: „Oh ja, ich spüre wirklich alles. Ich weiß, wie es dir geht, ich sehe in dich rein. Vor allem, wenn du entspannt bist. Ich würde nicht sagen, dass es eine sexuelle Sache ist, aber eher sehr intim."

Ich werde verlegen und schaue auf die Uhr. „Oh, es ist schon spät. Die Stunde ist vorbei." Ich gehe rüber zu meinen Schuhen und setze mich hin. „Danke, das war schön." Ich lächle ihn kurz an und dann beschäftige ich mich mit meinen Schuhen, um meine Röte zu verstecken.

„Okay, dann hören wir jetzt auf." Santiago lacht. „Wann willst du weitermachen? Das nächste Mal geht es erst richtig los."

Er setzt sich neben mich und nimmt sein Telefon.

„Wenn du Zeit hast, können wir uns am Mittwoch für zwei Stunden treffen. Heute ist die Zeit so schnell verflogen. Geht es um 16 Uhr?" Ich schaue ihn an.

„Klar, das machen wir. Mittwoch um 16 Uhr für zwei Stunden. Ja, das geht." Santiago lächelt mich an und bringt mich dann zum Ausgang. Er umarmt mich kurz und verabschiedet sich.

Ich spaziere aus dem Gebäude und spreche in unseren WhatsApp-Gruppenchat: „Meine Lieben, ich bin gerade auf dem Heimweg von meiner ersten Tangostunde. Oh mein Gott. Bei diesem Tanz darf man keine Angst vor Nähe haben. Ich bin ja wirklich keine prüde Person, aber dieser Tanz ist so... so nah... so intim! Ich war zuerst ein bisschen überfordert. Ich habe mich nicht getraut zu atmen, weil wir mit unserem Gesicht so nah waren. Ich bin fast erstickt. Und gleichzeitig ist es so ein anstrengender Tanz. Die ganze Technik, die man sich merken muss. Die Haltung, die so wichtig ist, und gleichzeitig diese Nähe. Krass. Aber es hat mir gefallen. Ich danke euch! Es ist wirklich toll! Am Mittwoch habe ich meine nächste Stunde bei Santiago. Ich bin jetzt schon nervös, wenn ich daran denke. Ich glaube, dass ich ein bisschen üben muss. Im Moment sehe ich aus wie ein Storch im Salat."

Rose meldet sich: „Ach was, du hast bestimmt nicht so schlimm ausgesehen."

Dann meldet sich Stella: „Ach Liebes, ich freue mich so sehr, dass es dir gefallen hat. Du hast mit Nähe ja kein Problem. Das ist genau das Richtige für dich. Durch diese Technik hast du keine Möglichkeit, zu viel über andere Sachen nachzudenken. Das tut dir jetzt gut."

Ich melde mich: „Ja, stimmt. Mir geht es richtig gut. Ich schwebe fünf Meter über dem Boden."

Dann meldet sich Rose wieder: „Hat es dich angemacht? Ich war schon ein bisschen … sagen wir mal … angeregt, hihihi."

Ich überlege kurz. „Nein, mein Körper ist noch auf einer sexuellen Auszeit. Ich spüre nichts. Gar nichts. Ich bin tot da unten. Wer braucht schon Sex?"
Rose meldet sich: „Ich brauche Sex. Alle brauchen Sex!"

Dann meldet sich Stella: „Mach dir keinen Stress deswegen, Sandra. Das kommt schon wieder. Genieße jetzt einfach das Tanzen. Alles andere kommt wieder, wenn du soweit bist."
Ich lächle und sage: „Ja, stimmt. Wir nehmen jeden Tag, wie er ist, und genießen, was wir haben. Sex kommt wieder, wenn ich soweit bin. Ich wünsche euch noch einen schönen Sonntag, meine Lieben!"

38

Am Mittwoch fahre ich nach der Arbeit nach Hause, dusche mich und ziehe eine einfache Jeans und ein weißes T-Shirt an. Ich binde mir einen Pferdeschwanz, und dieses Mal packe ich noch ein kleines Badetuch ein, damit ich mir den Schweiß abwischen kann. Ich werfe die Tanzschuhe noch in die Tasche und mache mich auf den Weg zur Tanzschule.

„Hi." Santiago empfängt mich freudig. „Geht es dir gut?" Er schaut mich interessiert an.

„Hi, ja, danke! Mir geht es gut." Ich setze mich, um meine Schuhe zu wechseln.

„Wasser?" Santiago holt mir ein Glas Wasser und stellt es neben mich.

„Na, dann starten wir." Er macht die Musik an und zeigt auf den Spiegel.

Ich verdrehe die Augen. „Ich mag das gar nicht, aber okay. Los geht's."

Wir gehen gemeinsam auf den Spiegel zu.

Santiago schnippt mit den Fingern den Takt für mich. Ich schaue mich ein wenig gehemmt im Spiegel an. Dann strecke ich meine Brust raus und nehme Haltung an. Wir üben das zweimal und dann dreht sich Santiago zu mir.

„Lass uns tanzen." Er stellt sich frontal vor mich hin, schiebt mich weiter nach rechts, damit ich genau vor ihm stehe. Dann legt er den Arm um mich und wir gehen. Ich muss wieder rückwärts gehen und werde total wütend auf mich, weil ich es nicht hinkriege. Es fühlt sich schrecklich an. Mein Rücken schmerzt und ich muss immer darauf achten, dass er nicht auf meine Füße tritt, weil ich meine Schritte nicht groß genug mache.

Wir halten an und Santiago korrigiert wieder meine Haltung. Ich atme ein und strecke meine Brust raus.

Santiago drückt meine Schultern runter. „Entspanne deine Schultern und vergiss nicht zu atmen, Sandra." Er schiebt mich wieder nach rechts frontal vor sich hin. Er hält mich an meinen Seiten und zieht mich an sich heran. Ich halte meine Luft an, schiebe meinen Kopf in den Nacken und lege meinen Arm um ihn. Automatisch ziehe ich wieder meine Schultern hoch. Santiago legt seinen rechten Arm um mich herum und platziert seine Hand auf meinem Nacken. Ich spanne mich an, weil mir das zu nah ist. Wir fangen an zu tanzen und immer, wenn ich die Schultern hochziehe, drückt er mit seiner Hand auf meine Schultern und sagt mir, dass ich mich entspannen soll. Er korrigiert meine Haltung immer wieder und wieder. Er korrigiert meine Fußhaltung und den Winkel, wie ich mein Bein halte. Er korrigiert den Winkel, wie ich mit meinem

Oberkörper zu ihm stehe, er korrigiert meine Schrittlänge, er korrigiert einfach alles.

Mir schwirrt der Kopf, weil ich mir so viel merken muss. Ich werde nervös. Mein ganzer Körper ist angespannt, dann bleibe ich stehen und schiebe mich von ihm weg. „Ich kann nicht mehr. Es geht gar nichts mehr. Können wir eine Pause machen? Du rauchst doch, oder?"

Er schaut mich verwirrt an. „Ja, wieso?"

„Ich muss eine kurze Pause machen. Ich kann nicht mehr." Mein Blick ist flehend.

„Okay, komm." Er geht mit mir vor die Tür und wir setzen uns auf die Treppe, während er sich eine Zigarette anzündet.

„Tut mir leid, aber ich war eben so angespannt, dass ich nicht mehr richtig folgen konnte. Ich finde Tango seltsam. Es ist eine Kombination von Intimität und Stress und Anspannung. Aber irgendwie ist es auch gut, wenn ich darüber nachdenke, denn wenn der Stress losgeht mit der Technik, dann kann man sich nicht fokussieren auf den Rest. Man muss mit dem Kopf wirklich voll da sein. Und wenn wir dann einfach mal tanzen und ich mich entspanne, dann spüre ich auf einmal so vieles. Es ist so nah und du reagierst auf alles so aufmerksam." Ich schaue ihn nachdenklich an.

Santiago nickt. „Ja, es ist wirklich so. Ich lerne dich ohne Worte kennen. Ich spüre, wie es dir heute geht, was dich stresst, ich spüre, was dir gefällt. Wie ich schon gesagt habe. Ich spüre alles."

„Ja, das merke ich. Es ist so merkwürdig, dass du mir so nah kommst und damit meine ich nicht körperlich. Mit körperlicher Nähe kann ich umgehen. Aber hier kann ich mich nicht verstecken."

„Doch, das kannst du, aber dann erlebst du das Tanzen nicht so, wie es sein sollte. Bei dir merke ich, dass du dich darauf einlassen willst. Du willst dich nicht verstecken, und wenn die Energie fließt, verschließt du dich wieder, weil du davon überwältigt wirst."

Ich werde verlegen. „Ja, das habe ich gemerkt. Okay, dann habe ich eine Frage an dich. Also wenn du so ein Frauenleser bist und so aufmerksam auf sie eingehen kannst, dann frage ich mich, ob du einfach so bist. Ist das deine Gabe und bist du auch so, wenn du mit einer Frau schläfst? Oder können das alle Tango-Tanzlehrer?" Habe ich das gerade wirklich gesagt? Oh Mann.

Santiago sieht mich überrascht an. „Mmmh, ich muss überlegen." Er schmunzelt. „Ich denke, dass du beim Tanzen einfach mich siehst. Ich bin so. Beim

Tanzen lernst auch du mich kennen. Nicht nur ich dich."

„Okay, dann ist das deine Gabe. Das ist schön. Wenn du das im Bett anwendest, was du auf der Tanzfläche machst, dann ist deine Freundin die glücklichste Frau auf dieser Welt."

„Hahaha, okay, so einfach ist es nicht, das weißt du bestimmt selbst auch, aber ich habe schon einiges gelernt von meinen Verflossenen. Die letzte Freundin, die ich hatte, hat mir gezeigt, wie man eine Frau klitoral zum Orgasmus bringt. Das beherrsche ich jetzt." Er grinst mich wieder an und zuckt mit den Augenbrauen.

Ich lache und antworte: „Too much information, aber okay. Ich will ja deine Träume nicht zerstören, aber ich habe mal ein Buch gelesen, in dem steht, dass der klitorale Orgasmus der Anfänger-Orgasmus ist und nichts im Vergleich zum vaginalen Orgasmus ist."

„Oh, das erlebe ich bei vielen Frauen, hingegen den klitoralen Orgasmus nicht."

Ich sehe ihn überrascht an. Er kann sich sicher seinen Teil denken, aber er sagt: „Sandra, lass uns reingehen und weitertanzen." Santiago sieht mich freundlich an, streckt mir die Hand hin und zieht mich hoch. Wir gehen zurück in den Raum und er macht die Musik wieder an.

Santiago kommt auf mich zu und stellt sich wieder nah vor mich hin. Es fühlt sich jetzt irgendwie anders an, vertrauter, weil wir ein offenes Gespräch hatten. Ich fühle mich anders, ein bisschen entspannter.

„Schließ deine Augen, Sandra, es geht besser so. Entspanne dich." Er nickt mir zu.

Ich zögere kurz, dann schließe ich die Augen und versuche, die Führung zu spüren. Wir tanzen und ich schalte meinen Kopf aus und entspanne mich langsam.

Santiago zieht mich näher an sich heran, wieder so nah, dass ich nicht weiß, wo ich mein Gesicht hintun soll. Ich drehe meinen Kopf weg von ihm, aber ich merke, dass ich so die Verbindung nicht so gut spüre.

Automatisch drehe ich meinen Kopf wieder in seine Richtung, aber ich schaue nach unten, weil sich unsere Gesichter sonst berühren würden. Ich versuche, nicht mehr daran zu denken, und dann verliere ich mich auf einmal in der Musik und dem Tanz. Für kurze Sequenzen spüre ich nur und denke nichts. Wir sind in diesen Momenten komplett im Flow. Ich fühle mich total wohl. Unsere Verbindung und die Energie sind auf einmal sehr stark. Das Lied ist fertig und wir enden in einer eleganten Pose.

Ich öffne meine Augen und meine Wimpern berühren sein Gesicht. Ich atme schnell und er auch. Wir verharren so für eine Weile. Dann lösen wir uns voneinander.

Ich bin überwältigt von meinen plötzlichen Gefühlen und ich hoffe, dass er das nicht gemerkt hat.

Ich mache einen Witz: „Huch, wollen wir eine Zigarette danach rauchen. Phuuu! Oh mein Gott. Was war das? Ich fühle mich gerade so... Wie soll ich es sagen? Mir fallen nicht die richtigen Worte ein." Ich schließe meine Augen kurz zum Sammeln.

„Ja, man spürt die gegenseitigen Emotionen. Ich habe die Veränderung gemerkt. Wir hatten eben ein paar Momente. Ganz kurz, aber sie waren da."

Ich achte darauf, ob er mich jetzt anmachen will. Aber nein, Santiago spricht von Tango und erklärt mir einfach, wie Tango ist. Mehr nicht. Trotzdem reden wir über Intimität. Mir wird wieder heiß, weil ich gerade darüber nachdenke, dass er mich lesen kann, wenn ich mit ihm tanze. Ich überlege, während er spricht, ob ich ihm zu nah gekommen bin, ob ich sexuelle Signale gesendet habe. Ich kann mich an manche Sequenzen gar nicht mehr erinnern, weil ich so in Trance war. Ich muss grinsen und versuche die Situation aufzulockern: „Oh Gott, Santiago, ich hoffe, dass ich nicht die falsche Energie geschickt habe."

Er lächelt freundlich und sagt: „Mach dir keine Gedanken, falsche Signale gibt es nicht, das ist das Schöne an Tango. Wie schon einmal gesagt, Tango ist wirklich am Schönsten, wenn man diese Gefühle zulassen kann. Wenn du es kannst, dann lass es zu und genieße es. Für mich ist es am Schönsten, wenn ich mit jemandem tanze, der diese Gefühle zulassen kann. Das macht Tango aus für mich. Alles, was du tust, ist okay für mich. Wirklich alles." Er schaut mich ernst an.

Wow. Ich lenke ab: „Unsere zwei Stunden sind vorbei. Wann sehen wir uns wieder?"

Santiago nimmt sein Telefon und wir verabreden uns für Sonntag.

Auf dem Weg nach Hause denke ich über unser Gespräch nach. Ich nehme an, dass man beim Tangotanzen das Vertrauen von Tanz zu Tanz aufbaut und somit mehr Nähe zulassen kann. Es entsteht ein Vertrauen und ein Einverständnis. Wahnsinn, was der Mann für ein Feingefühl entwickeln muss, damit die Frau das Vertrauen aufbauen kann und sich nicht verschließt, weil es ihr zu viel Nähe ist. Alle Männer sollten lernen, Tango zu tanzen. So will eine Frau behandelt werden. Ich fühle mich seit Langem wieder wohl in meiner Haut.

39

„Hey Santiago, wie geht es dir? Es ist einfach traumhaft, den Tag mit Tanzen zu starten."

Sonntagmorgens tanzen zu gehen, fühlt sich für mich an wie ein Privileg.

Santiago kommt auf mich zu, umarmt mich kurz und gibt mir einen Kuss auf die Wange. „Hi Sandra. Hier, dein Glas Wasser. Ja, es ist schön morgens und so ruhig. Wir starten wie immer mit dem Gehen."
Er zeigt auf den Spiegel und wir fangen beide an zu lachen.

Ich will ja nicht jedes Mal ein Drama machen, wenn ich das Gehen üben muss, also fange ich brav an.

Nach dieser Übung holt er ein kleines Tischchen und sagt: „Wir machen eine neue Übung. Du sollst versuchen, um diesen Tisch zu gehen in einem Viereck. Stell dir vor, ich bin dieser Tisch. Also, du musst deinen Oberkörper immer in Richtung des Tischchens gedreht halten. Du gehst einen Schritt vorwärts neben dem Tisch vorbei, dann drehst du dich zum Tischchen, machst einen Seitwärtsschritt, dann machst du einen Pivot und gehst einen Schritt rückwärts und dann wieder einen Schritt seitwärts. Ein Viereck um das Tischchen."

Er zeigt es mir und es sieht ziemlich einfach aus. Ich probiere es und kippe fast um. Doch nicht so einfach.

„Das musst du üben. Fangen wir an. Ich setze mich hier hin und du übst das jetzt auf beiden Seiten."

Ich starre ihn an. „Und du setzt dich hin und siehst mir zu! Das fühlt sich irgendwie falsch an." Ich versuche es. Schrecklich. Es klappt überhaupt nicht, ich kippe immer wieder. Es ist so schwer. Ich lache, um meine Unsicherheit zu überspielen, und sehe ihn flehend an, aber er sagt: „Noch einmal. Denk an deine Haltung und lehne dich nach vorne. Denk an Superman. Jetzt die andere Seite." Ich sehe in seinem Blick, dass es ihm Vergnügen bereitet.

Irgendwie macht es mich ein bisschen an. Auf keinen Fall will ich, dass er das merkt. Ich will nicht so eine Frau sein, die auf ihren Tanzlehrer steht. Wieso haben sich meine Freundinnen auch so einen schönen Tanzlehrer ausgesucht? Das ist echt nicht auszuhalten.

„Hey, was überlegst du? Mach weiter." Sein Grinsen provoziert mich.

„Ich bin echt nicht exhibitionistisch veranlagt. Wirklich nicht. Ich sehe lieber zu und das betrifft jede Situation." Wir lachen beide.

„Alles klar, obwohl. Jetzt sehe ich dir zu, wie du das machst." Sein Blick! Oh Mann! Wie soll ich reagieren?

Ich weiche seinem Blick aus und werde rot. Das passt mir gar nicht. Ich muss fokussieren. Es läuft nicht gut, aber ich mache weiter.

„Okay, fertig mit dieser Quälerei. Lass uns tanzen." Santiago steht auf, stellt den Tisch weg und kommt auf mich zu. Ich bin total genervt. Wir fangen an zu tanzen und ich muss wieder rückwärts gehen. Das nervt mich noch mehr. Ich schaue hoch, bleibe bei seinem Mund hängen und sehe ein Grinsen auf seinen Lippen, dann schaue ich wieder runter auf seine Brust und spüre, wie mir wieder warm wird. Sind das sexuelle Gefühle? Oh Gott. Das wäre nicht angebracht und ich muss das sofort im Keim ersticken. Außerdem wäre ich bestimmt nicht die Erste oder die Letzte, die solche Gefühle hat beim Tangotanzen. Er kennt das sicher von vielen. Ich schaue wieder hoch und sehe, dass er immer noch grinst.

„Okay, stopp. Ich brauche eine Pause. Oh, es sind erst 15 Minuten vergangen, aber ich brauche eine Pause." Ich löse mich von ihm und gehe zu meinem Glas Wasser, nehme einen Schluck und gehe zum Ausgang. „Rauchen wir eine Zigarette."

Wir gehen an die frische Luft. Santiago zündet sich eine Zigarette an und ich setze mich ohne Worte neben ihn während er raucht.

Er schaut mich von der Seite an, aber sagt kein Wort.

Unser Schweigen ist angenehm. Die Luft scheint zu vibrieren. Nach einer gefühlten Ewigkeit nimmt er meine Hand und wir gehen wieder rein.

Die restliche Zeit konzentrieren wir uns auf die Technik. Es ist anstrengend, aber gut.

Wir verabreden uns erneut für den kommenden Mittwoch.

40

„Dieses Tangotanzen verändert meine Welt. Ihr hattet so recht. Ich bin fasziniert. Es bringt so viele Gefühle hoch." Endlich ist Mittwoch und ich erzähle Rose von der letzten Tangostunde. „Ich bin schon voll im Flow und freue mich auf nachher."

Rose grölt los. „Was genau meinst du damit? Redest du von sexuellen Gefühlen?"

„Nein, das ist es nicht, oder doch? Es ist die Tatsache, dass ich mich nackt fühle. Er schaut hin und merkt einfach alles." Ich lächle sie an.

„Okay. Das kommt mir bekannt vor. Schön, dass es, oder besser gesagt er, dir so guttut."

„Ja, er tut mir gut. Ich frage mich, ob alle Tangolehrer so sind oder ob er genau deswegen der Beste ist. Irgendwann werde ich das testen." Ich setze mich an meinen Schreibtisch.

„Oh, meine Liebe, ich habe irgendwie das Gefühl, dass deine Krise vorbei ist. Immerhin scheinst du wieder gewisse Gefühle wahrzunehmen und du hast ganz rosige Bäckchen. Er scheint dich anzumachen!" Sie lacht.

„Waaas! Neiiin, nein, nein, nein." Ich verdrehe die Augen. „Okay, das war ein Nein zu viel. Ja, er macht mich ein bisschen an. Er ist so nett und aufmerksam und einfühlsam." Ich seufze. „Ja, es tut gut und er macht mich an. Aber pssst!" Wir grinsen uns an und vertiefen uns in die Arbeit.

*

Der Arbeitstag ist endlich vorbei. Zu Hause angekommen stelle ich mich unter die Dusche, dann mache ich mich ready für das Tangotanzen. Ich ziehe mir eine T-Shirt und eine Leggins an, binde meine noch leicht nassen Haare zu einem Pferdeschwanz. Ich blicke mich an und trage etwas Mascara auf und dann noch ein bisschen Parfüm. Dann ziehe ich mich noch einmal aus, stelle mich vor den Schrank. „Okay, nicht zu sexy, aber heute will ich gut aussehen. Mokka, wie wäre eine Jeans und ein Träger-Shirt?" Mokka schnurrt mir um die Beine und miaut. „Das sieht gut aus, oder?" Ich tänzle durch die Wohnung, nehme die Tasche mit den Schuhen und mache mich auf den Weg zum Tanzstudio.

Die Musik spielt mir entgegen, als ich den Raum betrete. Santiago sitzt schon da und schaut auf sein Telefon. Er sieht super aus mit seinem blauen T-Shirt und der grauen Jeans. Irgendwie erfrischend. Als er mich hört, blickt er auf und begrüßt mich: „Hey,

Sandra, wie geht's? Willst du ein Glas Wasser?" Ich nicke und setze mich, um die Schuhe zu wechseln.

„Du siehst toll aus, Sandra!" Santiago stellt sich vor mich hin und schaut mich von oben bis unten an.

„Danke." Ich nehme einen Schluck vom Wasser und stehe auf.

Er dreht seinen Kopf in Richtung Spiegel und sagt grinsend: „Wir gehen."

Ich verdrehe die Augen und schwanke schon nur beim Wort Gehen ein bisschen. „Das hört nie auf, oder?" Ich schaue ihn verzweifelt an. „Ja, so ist es. Das muss sein."

Ich stelle mich neben Santiago und schaue mich im Spiegel an. Wir gehen auf den Spiegel zu. Er geht neben mir und schnippt wie immer mit den Fingern im Takt. Bei jedem Schritt schwanke ich. Es frustriert mich. Wir gehen dreimal vor und zurück und dann bringen wir uns in Position zum Tanzen.

„Lass uns einfach ein bisschen tanzen." Santiago zieht mich an sich heran. Wie immer dauert es eine Weile, bis ich mich entspannen kann. Ich starre auf seine Brust und konzentriere mich auf seine Führung. Sobald ich mich ein bisschen mehr entspanne, zieht Santiago mich näher an sich heran und dann bleibt er auf einmal stehen.

Ich schaue ihn verdutzt an. „Was ist? Habe ich etwas falsch gemacht?"

„Nein, aber lass uns noch einmal deine Haltung korrigieren. Atme tief ein." Ich atme ein und dann sagt er: „So musst du bleiben. Aber du musst weiteratmen." Er fasst mir auf die Schultern. „Entspanne dabei deine Schultern." Dann fährt er mit seiner rechten Hand auf meinen unteren Rücken. „Mach kein Hohlkreuz, das könnte mit der Zeit Schmerzen verursachen. Und noch etwas, es ist schöner, wenn du deinen Kopf ein bisschen anhebst. Vielleicht ist es dir zu intim und deshalb schaust du ein bisschen nach unten. Aber es wirkt sehr distanziert. Es wirkt, als ob du dich abschottest, du wirkst verschlossen. Vielleicht hilft es dir, wenn du die Augen zumachst, dann stört dich die Nähe nicht und du kannst dich mehr öffnen."

Das irritiert mich. „Ich bin nicht verschlossen. Ich habe kein Problem mit Nähe." Ich lehne mich zurück, damit unsere Gesichter nicht so nah beieinander sind.

Santiago nickt. „Ja, ich weiß, das hast du mir schon einmal gesagt." Er lächelt mich an und schaut mir in die Augen. „Versuch es. Atme ein und entspanne die Schultern. Mach die Augen zu."

„Ich senke meinen Kopf nur, damit ich mich konzentrieren kann. Wenn ich hochschaue und deinen

Blick sehe, dann kann ich mich nicht konzentrieren."
Ich reagiere ein bisschen gereizt.

Er grinst. „Alles klar, mach es so, wie es dir wohl ist. Aber es würde dir helfen, wenn du deinen Kopf gerade hältst und nicht nach unten schaust. Vertrau mir. Also nimm die Haltung ein und schließe deine Augen." Santiago zieht mich mittig an sich heran, und dieses Mal überrascht er mich, indem er seine Brust unter meiner Brust an mich drückt und sich an mir hochschiebt. Das streckt meinen Oberkörper. Ich öffne meine Augen, weil es für mich doch extrem nah ist. Ich spüre sogar seine Bauchmuskulatur, seinen Herzschlag, wie er atmet, und seine Wärme. Oh mein Gott. Ich bin kurz außer Atem. Mir rutscht ein Keuchen aus meinem Mund. Ich schaue ihn an, um zu sehen, ob er das gemerkt hat.

„Sandra, schließ die Augen und entspanne dich." Seine Stimme ist tief und ruhig.

Aber ich bin alles andere als entspannt. Ich fühle mich auf einmal wie angeknipst. Ich fange augenblicklich an zu schwitzen. Ich sage mir, dass ich mich wieder konzentrieren und fokussieren soll, aber mir kribbelt es durch den ganzen Körper. Ich schließe meine Augen und hebe meinen Kopf. Wir sind so nah, dass ich mein Gesicht an seinem Gesicht anlehnen muss.

Wir tanzen los. Ich spüre, wie sich die Muskeln an seinem Bauch anspannen. Santiago wirbelt mich um sich herum. Wir schweben. Mein Herz klopft. Ich spüre seinen ganzen Körper. Es baut sich eine gewaltige sexuelle Energie auf. Ich spüre, wie er hart wird. Seine Beule streift mich immer wieder leicht. Ich sage mir, dass ich es mir einbilde und versuche, nicht daran zu denken. Ich schiebe diese Gedanken auf die Seite und genieße es. Es ist mir im Moment total egal, ob ich Fehler mache. Santiago hält mich ganz fest an sich gedrückt, seine Hände wandern auf meinem Rücken entlang. Sein Griff wird manchmal fester und dann wieder ganz locker. Ich brenne am ganzen Körper. Ich drehe mein Gesicht zu seinem, hebe meinen Kopf und spüre seinen Atem auf meinen Lippen. Unsere Gesichter sind keine zwei Zentimeter voneinander entfernt. Santiago zieht mich in eine Pose und das Lied ist vorbei. Wir bleiben eine Weile so stehen und atmen beide schnell. Ich löse mich von ihm.

„Oh wow!" Ich schwanke zu meinem Glas Wasser und nippe daran.

Santiago verschwindet hinter der Bar für einen kurzen Moment und kommt dann wieder zu mir, setzt sich neben mich.

„Hey, alles okay?" Er wirkt etwas schüchtern.

„Ja. Das war schön!"

„Ich nehme an, dass du mich gespürt hast." Er schaut mich an, als ob wir übers Wetter sprechen würden.

„Ehm, ja, ich habe dich gespürt. Aber das ist kein Problem für mich. Ich nehme das als Kompliment auf. So sehe ich das, wenn ich mit einem Mann tanze und er erregt ist. Es ist wirklich das schönste Kompliment." Ich schwafle einfach, um die peinliche Situation aufzulockern. Zu meinem Glück sagt er nichts und nickt nur.

Ich leere mein Glas. Dann sagt er:„Lass uns weitertanzen."Santiago zieht mich hoch. Er macht die Musik an und stellt sich vor mich hin. Er tritt näher an mich heran, platziert sich mittig vor mir, dann geht er leicht in die Knie und drückt seine Brust gegen mich. Er fährt wieder langsam an mir hoch und schaut mir in die Augen. Er hält mich an sich gedrückt. Ich rieche sein Parfüm, seinen Atem und es macht mich an. Ich schließe meine Augen, weil mich das Gefühl überwältigt. Wir tanzen los und ich habe Mühe, mich auf meine Schritte zu konzentrieren. Santiago hält mich eng umschlungen. Wenn ich Fehler mache, drückt er mich sanft in die richtige Richtung. Ich vergesse mich komplett, drehe mein Gesicht zu ihm und spüre, wie sich unsere Lippen ab und zu streifen. Santiago gibt mir sanft einen Kuss auf meinen Mund, lässt meine rechte Hand los und legt beide Arme um mich. Er drückt seinen Mund auf meinen, wartet einen Moment, bis ich seinen Kuss erwidere, dann umschließt er mein Gesicht mit seinen Händen. Wir bleiben stehen und ich lehne mich gegen seinen Körper. Mir bleibt die Luft weg vor Erregung. Er schiebt seine Zunge in meinen Mund. Seine Zunge streicht über meine. Ich bin so erregt, dass mein ganzer Körper bebt. Santiago löst sich von mir und wir schauen uns eine Weile lang an. Er gibt mir noch einmal einen sanften Kuss auf meinen Mund.

„Sandra, wollen wir zu mir gehen?" Er klingt heiser. „Wo wohnst du?"

„Einen Stock weiter oben? Komm." Er zieht mich mit sich hoch in seine Wohnung.

„Mit wie vielen Frauen hast du das schon gemacht?" Das muss ich wissen.

„Schon ein paar Frauen. Aber nicht, dass du denkst, dass ich mit jeder Frau schlafe, die ich unterrichte."

In der Wohnung angekommen frage ich mich, wie dann die Tanzstunden werden, wenn wir jetzt Sex haben. Santiago quasselt locker und führt mich durch seine kleine Wohnung. Er blickt mich immer wieder an, um zu sehen, ob ich ihm zuhöre.

Er macht die Musik an im Wohnzimmer und dreht sich zu mir um, stellt sich vor mich und streicht mir über mein Gesicht mit seiner rechten Handfläche. Ich weiß nicht, wieso ich jedes Mal so gehemmt bin, wenn ich vor einem Mann stehe. Es ist immer so, wenn ich weiß, dass ich mich gleich ausziehen werde und er mich das erste Mal nackt sieht. Mich quälen Fluchtgedanken.

„Entspanne dich, Sandra. Du denkst zu viel." Er tippt auf meine Stirn. „Schließe deine Augen." Abwartend schaut Santiago mich an. Ich schließe meine Augen. Er küsst mich auf meinen Mund, schiebt meine Arme hoch und zieht mir mein Shirt über meinen Kopf. Ich halte die Augen weiterhin geschlossen. Santiago kniet sich hin und küsst meinen Bauch. Dann zieht er mir meine Schuhe aus. Er zieht meine Hose runter samt Slip. Ich atme tief ein und kneife meine Augen fest zusammen. Ich spüre seinen Atem auf meiner Pussy und seine Zunge, wie sie leicht über meine Lippen fährt. Ich keuche, schwanke ein bisschen und stütze mich auf seine Schultern.

Santiago steht auf, fährt mit seinen Händen über meinen Bauch zu meinen Brüsten. Er umarmt mich, öffnet meinen BH und lässt ihn auf den Boden fallen.

Dann zieht er sich aus und stellt sich vor mich hin so, dass ich seinen Penis an meinem Bauch spüre. Er streicht mir über meinen Rücken runter zu meinem Po, dreht mich um, damit ich an ihn lehne. Er streichelt mir die Brüste runter zu meinem Bauch und verweilt dann auf meiner Pussy. Ich bekomme Gänsehaut am ganzen Körper.

Er umarmt mich und flüstert mir ins Ohr: „Ich höre auf, wenn du es nicht willst. Aber ich mache weiter, wenn ich spüre, dass es dir gefällt." Er küsst meinen Hals und drückt seinen Penis gegen meinen Po. Ich stöhne und öffne meine Augen. Seine Stimme macht mich an. Mir wird heiß und ich atme lauter.

Ich spüre etwas Feuchtes an meinem Po. Santiago hat seine Finger befeuchtet und schiebt sie zwischen meine Pobacken. Ich stöhne überrascht auf. Er legt seinen linken Arm um meine Schultern und drückt die Finger seiner rechten Hand auf meinen Anus, gleichzeitig wiegt er mich leicht vor und zurück. Ich bin in Ekstase.

Er dreht mich zu sich um. Ich lege meinen Kopf in den Nacken. Santiago gibt mir zarte Küsschen auf meinen Hals.

„Komm." Er hält mich an meiner Hüfte und schiebt mich in sein Schlafzimmer.

„Leg dich hin." Er zeigt auf sein Bett. Ich lege mich auf den Rücken und öffne meine Beine. Santiago wartet nicht lange, taucht mit seinem Gesicht zwischen meine Beine und leckt über meine Schamlippen. Er drückt seine Zunge in mich hinein und saugt an meiner Knospe. Ich stöhne und strecke mich ihm entgegen. Er bearbeitet meine Knospe mit seiner Zunge und fährt gleichzeitig mit seinen Fingern zwischen meine Pobacken. Er massiert meinen Anus und drückt einen Finger langsam in mich hinein. Ich stöhne und spüre, wie ich feucht werde. Er leckt mich in einem konstanten Rhythmus, während er mit seinem Finger tiefer in meinen Po fährt. Ich bin so erregt. Dann drückt er einen zweiten Finger in mich hinein. Es macht mich geil.

Santiago zieht langsam seine Finger wieder aus mir raus und sagt: „Warte einen Moment. Ich hole etwas im Bad."

Als er zurückkommt, kann ich ihn mir genau ansehen. Er ist braungebrannt und hat eine haarige Brust, einen schlanken Körper. Sein Penis ist lang und schön geformt. Er hat ein Kondom übergezogen. Wow, sein Anblick macht mich total an. Er zeigt mir einen kleinen Dildo und sagt: „Der ist für deinen Po. Noch unbenutzt. Brandneu und nur für dich."

Er legt sich neben mich hin und liebkost meine Brüste. Gleichzeitig streichelt er meine Pussy und dann wieder meinen Anus. Er nimmt den Dildo, er glänzt vom Gleitgel, dann legt er ihn an und stößt ihn ganz langsam Schritt für Schritt in mich hinein. Ich schließe meine Augen und stöhne. Santiago setzt sich auf und küsst mich innig.

Er sagt sanft: „Kannst du ihn selber halten?" Ich öffne die Augen und schaue ihn an. „Ich will dich spüren, ich will in dich hinein und du machst gleichzeitig weiter mit dem Dildo." Sein Blick ruht auf mir, abwartend auf meine Reaktion. Ich nicke und halten den Dildo nun selber in meinem Po. Santiago steht auf. Ich schaue ihm in die Augen, fahre mit dem Dildo rein und raus aus meinem Po. Santiago genießt sichtlich den Anblick. Sein Penis ist hart und pulsiert leicht. Er beugt sich über mich und leckt mir über meine Pussy und dann stößt er langsam in mich hinein. Ich stöhne laut, weil es sich so eng und gut anfühlt mit dem Dildo in meinem Po.

Er bewegt sich langsam, bis er am Anschlag ist. Er kann nicht mit seiner vollen Länge in mich hinein, weil er zu lang ist für mich. Er drückt gegen den Anschlag, was ein bisschen unangenehm ist. „Bewege den Dildo. Mach weiter." Er haucht es in mein Ohr. Seine Worte machen mich an und ich fange wieder an, den Dildo in kurzen Zügen rein und raus zu bewegen. Das lenkt mich ab vom Druck. Wir bewegen uns jetzt im gleichen Rhythmus rein und raus. Santiago schließt seine Augen, atmet tief und stöhnt laut. Ich spüre, wie ich mich entspanne und weicher werde. Er stößt tiefer in mich hinein und bleibt dabei immer ganz sanft. Er forciert nichts, damit es mir nicht weh tut.

Er wird schneller und ich spüre, wie er leicht zittert am Körper. Er ist so leidenschaftlich und in Ekstase. Ich stelle mich darauf ein, dass ich keinen Orgasmus haben werde und konzentriere mich nun nur noch auf ihn. Ich öffne meine Augen und beobachte ihn. Santiago reagiert sofort, wird wieder langsamer und sagt: „Sandra, so schnell sind wir nicht fertig. Mach weiter, bewege den Dildo und spüre mich, wie ich mich in dir bewege. Spürst du mich?" Er atmet mir ins Ohr, dann steckt er seine Zunge in mein Ohr.

Ich lasse mich darauf ein. „Ich spüre dich und das leichte Zucken von deinem Penis, du bist tief in mir, und wenn du am Anschlag bist, spüre ich den Druck." Santiago stöhnt und sagt: „Jah, du bist so eng und weich. Was spürst du noch?" Dieser Dirty-Talk macht mich an und mich überkommt eine Welle der Erregung.

„Ich spüre, wie groß du bist und dass du ganz vorsichtig bist, damit es mir nicht weh tut. Es fühlt sich so gut an. Ein bisschen fester!" Er stößt fester und meine Beine fangen an zu zittern. Er leckt über mein Ohr und haucht: „Was spürst du noch, Sandra?" Ich atme schneller und flüstere: „Ich, ich … Es ist so schön." Ich fühle, wie sich ein Orgasmus aufbaut. Er bewegt sich schneller und flüstert: „Lass dich gehen, spüre mich, wie tief ich in dir bin." Jetzt stößt er noch schneller und noch fester in mich hinein. Und dann komme ich. Ich bäume mich auf und presse mich Santiago entgegen.

Er stößt in mich hinein, stöhnt und kommt auch. Wir stöhnen beide laut und dann sind wir still. Ich klammere mich an ihn und wir zucken eine ganze Weile, bis unsere Körper sich entspannen. Santiago hält mich fest und küsst mein Gesicht. „Das war schön."

„Ja, das hat gutgetan."

Santiago legt sich neben mich und streichelt über meinen Körper. Ich schaue ihm in die Augen und sehen ihn das erste Mal wirklich an.

„Danke, das war sehr schön, auch wenn du beim ersten Mal gleich mit einem Dildo angekommen bist. Eine andere hätte wahrscheinlich die Flucht ergriffen." Ich kichere.

Er lacht. „Ja, stimmt. Aber ich habe dich richtig eingeschätzt. Ich habe diesen Dildo mal gekauft, weil es schon immer eine schöne Vorstellung für mich war.

Wenn die Frau einen Dildo im Po hat, wird alles viel enger, und auch für die Frau muss es viel intensiver sein. Ich stelle es mir auf jeden Fall in meiner Fantasie so vor. Aber bisher hat mich noch keine Frau an ihren Po gelassen." Wir lachen beide. „Ja, ich weiß, viele Frauen mögen das nicht. Sie finden es dreckig und haben Angst vor den Schmerzen."

„Du magst es, oder?" Er lächelt und fährt mit seinen Fingern zu meiner Pussy.

Ich nicke. „Ja, aber nicht zu oft. Es muss der richtige Moment sein. Dann kann es sehr schön sein, aber es kann auch wirklich schmerzen. Man muss sehr, sehr vorsichtig sein. Du hast einen sehr langen Penis, Ich frage mich, ob das wohl weh tun würde oder ob es vielleicht sogar superschön sein könnte mit so einem langen Penis im Po."

Er schaut mich überrascht an. „Würdest du das gern mal probieren? Ich würde es sehr gern mal versuchen, aber bisher hatten die Frauen Angst. Ich weiß, dass ich einen sehr langen Penis habe und ich weiß, dass ich sehr vorsichtig damit umgehen muss. Ich lasse mich leiten von der Frau, das musste ich früh lernen, damit ich ihr nicht weh tue. Aber wenn du es willst, dann gebe ich dir mehr. Ich würde sehr gern meinen Penis mal mit der vollen Länge ganz versenken." Er grinst mich an.

Ich spüre, wie mich dieser Gedanke anmacht. Ich drücke automatisch meine Oberschenkel zusammen.

Santiago lächelt. „Vielleicht probieren wir das mal. Was sagst du?"

Ich schließe meine Augen und nicke. Ich brenne schon wieder. Santiago beugt sich über mich und flüstert mir ins Ohr: „Das macht dich an, oder?"
Ich hauche: „Jaaah."

Wir lachen wieder beide.

„Hey, ich muss nach Hause." Ich gebe ihm einen Kuss und stehe auf. Im Wohnzimmer suche ich meine Kleider zusammen und ziehe mich an. Santiago folgt mir, bleibt in der Tür stehen und beobachtet mich, während ich mich anziehe. „Wie wird das wohl, wenn wir uns das nächste Mal sehen? Unangenehm für dich?" Er blickt mich fragend an.

„Ich denke, dass ich im ersten Moment peinlich berührt sein werde, ja." Mein Lächeln ist etwas gequält.

„So würde ich dich auch einschätzen." Er lacht laut. „Was kann ich tun, um es dir einfacher zu machen?"

„Schauen wir mal. Am besten machst du es so wie immer. Bis jetzt hast du immer genau gemerkt, was ich brauche, damit ich mich wohl fühle." Ich zwinkere ihm zu.

Er nickt. „Okay. Wann treffen wir uns wieder?"
Ich nehme mein Telefon und schaue im Kalender nach. „Heute war offiziell unsere letzte Stunde, aber wir können gern weitermachen. Ich weiß allerdings nicht, ob ich mit Privatstunden weitermachen will. Also, wie wäre Sonntag um 10 Uhr?"

Santiago nickt und schaut auch in seinen Kalender. „Stimmt. Ach, wir können jederzeit aufhören oder dann wieder einen neuen Termin machen, Sandra.

Also, dann machen wir noch eine Privatstunde am Sonntag, wenn du willst. Ich habe noch keine Pläne. Wie wäre es, wenn wir zuerst tanzen und dann bleibst du noch ein bisschen bei mir? Wir könnten zusammen zu Mittag essen und dann vielleicht noch…" Er zuckt mit den Schultern.

„Ja, das klingt schön. Das machen wir." Ich schreibe es mir ein, nehme meine Sachen und verabschiede mich von ihm.

41

Am nächsten Morgen betrete ich das Büro und sehe Rose und Stella am Schreibtisch von Rose stehen. Sie sind vertieft in ein Gespräch.

Ich lege meine Sachen neben meinen Schreibtisch und sage: „Hallo Ladys, guten Morgen."

Sie sehen hoch und blicken mich an.

Rose schmunzelt. „Okay, stopp. Stella, schaue dir Sandra an. Was fällt dir auf?"

Stella überlegt. Sie tippt mit ihrem Zeigefinger auf ihre Lippen. „Hmmm, heute siehst du sehr rosig aus Sandra. Hattest du Sex?"

Wir lachen alle drei los und ich werde feuerrot. „Oh Mann, ich kann vor euch ja gar nichts verheimlichen!"
„Oh mein Gott! Du hattest Sex mit dem Tangolehrer! Sie hatte Sex!" Rose hüpft und quietscht.

„Wir brauchen einen Kaffee! Lasst uns kurz rüber gehen." Wir lassen alles stehen und liegen und machen uns sofort auf den Weg zum Laden über die Straße.

„Erzähl schon!" Rose schaut mich mit großen Augen an. „Wie war es!" Wir kichern und stecken die Köpfe zusammen.

„Es war unkompliziert und schön und außergewöhnlich! Wir hatten eine ganz normale Tanzstunde, aber die Energie war so sexuell. Es ist auf einmal in mir ausgebrochen, wie ein Vulkan. Santiago hat das natürlich gemerkt, obwohl ich es nicht zeigen wollte. Aber ich war einfach heiß auf ihn. Ich fing an zu schwitzen, es war verrückt. Ich hatte diese Gefühle schon so lange nicht mehr. Santiago hat dann irgendwann gesagt, dass wir zu ihm gehen sollten. Seine Wohnung ist über dem Studio. Wie praktisch." Ich rolle meine Augen und wir fangen wieder an zu kichern.

Meine Freundinnen hängen an meinen Lippen. „Und dann hatte ich außergewöhnlichen Sex. Wenn ich bedenke, dass wir das erste Mal miteinander Sex hatten." Ich nicke vielsagend. Doch Rose hakt nach: „Wie sieht er nackt aus? Auch so schön wie angezogen?"

„Ja, er ist ein Gott auf drei Beinen."

Meine Freundinnen reißen die Augen auf.

„Was meinst du damit? Ist er gut ausgestattet?" Rose kichert.

„Ja, zu gut. Er hat einen sehr langen Penis. Wie ein Stützrad." Wir grölen wieder los. „Aber er weiß bestens damit umzugehen." Ich zucke mit den Augenbrauen. „Er war sehr vorsichtig, damit es nicht weh tut. Aber das Spezielle war, dass er gleich am Anfang mit einem Po-Dildo ankam. Ich war überrascht, aber irgendwie auch neugierig. Wir waren beide schon so heiß aufeinander, dass ich alles mitgemacht hätte." Jetzt werde ich doch ein bisschen verlegen.

„Und wie habt ihr den Dildo eingesetzt?" Stella ist neugierig.

„Gleichzeitig!" Ich schlucke bei dem Gedanken daran. „Das war intensiv und so heiß! Und wir sind zusammengekommen! Es war so schön. Tja und dann bin ich nach Hause."

„Du siehst so gelöst aus, Sandra. Das hast du gebraucht, oder?" Stella schaut mich ernst an.

„Ja, das habe ich wirklich gebraucht. Jetzt spüre ich, wie angespannt ich die ganze Zeit war. Ich habe das euch zu verdanken… und Santiago. Das Tanzen hat mich wieder aufgelockert und ich fühle mich wieder gut. Wir sollten unser Glück nie von einer anderen

Person abhängig machen. Ich muss es in mir tragen, und nur ich kann mir diese Liebe und Bestätigung geben, die ich brauche. Tatsache ist, dass es mir jetzt viel besser geht und ich denke nicht mehr an Ruben. Er ist wie ein schlechter Spielfilm, den ich mal gesehen habe, aber den ich auf keinen Fall mehr sehen will." Ich realisiere, dass ich viel zu viel Zeit verbracht habe mit dieser Geschichte. Jetzt bin ich bereit, durch Santiagos Zauberstab. Tädäää." Wir lachen herzhaft.

„Na ja, Themawechsel. Ich treffe am Sonntag Santiago wieder und wir haben geplant, Analsex zu haben, weil ich immer wissen wollte, wie es ist, einen so großen Penis in meinem Po zu haben." Ich zucke mit den Schultern. „Sandra is back!"

Meine Freundinnen prusten los.

Wir machen uns auf den Weg zurück ins Büro.
„Hey, ihr hattet mir ja die Wahl zwischen scharf und süß gelassen. Was war das Süße?" Ich schaue sie neugierig an.

Stella lächelt. „Das machen wir auch noch irgendwann. Das hat Zeit. Ich habe eine Freundin im Taronga Zoo. Wir dürfen sie mal besuchen und die Robben streicheln."

„Aw, ich liebe Robben! Ja, da freu ich mich drauf! Hey, wollen wir am Samstag statt Gym mal sündigen und uns im Botanischen Garten zum Picknick treffen? Das Wetter soll so gut werden."

Stella nickt. „Oh ja, eine tolle Idee! Ich bring Baguette, französischen Käse und Trauben mit."

Rose sagt: „Ja, coole Idee. Ich bringe ausreichend Champagner mit. Treffen wir uns um 10 Uhr beim Lower Gardens Teich?"

„Perfekt!" Ich umarme meine Freundinnen. Wir trennen uns und machen uns wieder an die Arbeit.

42

Ich sitze auf der Picknick-Decke und schaue den Leuten zu beim Flanieren. Ich sehe Stella auf mich zukommen. „Stellaaa! Whoop whoop! Ich habe schon alles vorbereitet." Ich zeige auf die ausgebreiteten Decken, den Picknick-Korb und die Kissen. „Es soll doch bequem werden."

Stella hat ein süßes Sommerkleid an mit roten Blumen drauf. Sie hat ausnahmsweise einen passenden Lippenstift aufgetragen, was sie sonst nie macht. Wir umarmen uns zur Begrüßung und setzen uns auf die Decke. Stella packt ihre Sachen zu meinen mitgebrachten, als Rose kommt.

„Ich habe noch einen kleinen Feldstecher dabei, dann können wir lästern beim gemeinsamen Spannen." Sie grinst uns an. „Vielleicht entdecken wir ein paar heiße Typen."

„Uh ja, schauen wir mal. Sonst trinken wir sie schön mit dem Champagner." Ich lache und breite das Essen vor uns aus.

Es ist ein wundervoller Tag, nicht zu heiß, und wir haben einen guten Platz unter einem schönen großen Baum.

Wir machen es uns zu dritt bequem auf der Decke, wir verteilen die Snacks und Sandwiches und dann öffnen wir die erste Champagner-Flasche.

„Ich will mit euch anstoßen, meine Lieben, auf die besten Freunde ever. Ich bin so glücklich, dass ich euch in meinem Leben habe. Auf wahre Freundschaft!" Mir schießen die Tränen in die Augen, weil ich meine Freundinnen so liebe und einfach so dankbar bin, sie zu haben. Wir stoßen an und trinken den ersten Schluck.

Rose nimmt ihren Feldstecher aus der Tasche und sagt: „Sooo, jetzt schauen wir mal, ob es ein paar heiße Männer in der Nähe gibt, die nicht schwul sind."
Sie schaut sich um, während Stella und ich uns einfach auf den Rücken legen und genießen.

„Oh Gott, wie langweilig. Ich finde nichts. Oh, oh, da machen zwei wie wild rum. Üüüh, die treiben es schon fast öffentlich." Rose verzieht das Gesicht und legt den Feldstecher weg.

„Also, ich bin eine bekennende Voyeurin, ich sehe gern zu. Gib mir den Feldstecher." Ich nehme ihn und schaue durch. „Wo hast du die zwei gesehen?"
„Da drüben." Rose zeigt mir die Stelle.

Ich schaue und stocke. „Oh Gott, das ist Ruben! Aber nicht mit Olga!" Ich bekomme einen hysterischen Lachanfall!

Stella und Rose sitzen ruhig da und beobachten mich.

Rose sagt: „Scheiße, Sandra, ich habe ihn nicht erkannt, sonst hätte ich nichts gesagt."

Ich schüttle meinen Kopf. „Alles gut. Ich habe ihn einfach schon lange nicht mehr gesehen, auf der Arbeit geht er mir sowas von aus dem Weg. Ich denke gar nicht mehr darüber nach. Muss anstrengend sein für ihn. Aber ich spüre nichts. Nur ein bisschen Ekel."

Ich schaue noch einmal durch den Feldstecher. „Das ist ein junges Ding aus der Firma, ich kenne sie. Meine Güte, dieser Typ kennt echt keine Grenzen. Aber das passt zu ihm. Die arme Olga muss das alles mitmachen, damit sie ihn halten kann. Tja, das ist nicht mehr mein Bier. Bin ich froooh!!! Ladys, das verdirbt mir bestimmt nicht diesen schönen Tag mit euch. Die zwei werden uns nicht wahrnehmen. Ruben ist bei seiner Eroberungsmasche immer sehr fokussiert. Außerdem sind sie genug weit weg von uns. Lasst uns trinken! Auf dass die Idioten dieser Welt bekommen, was sie verdienen, nämlich Krätze und Herpes. Auf dass ihr Karma ihnen in den Arsch tritt und ihre Schwänze schrumpfen lässt auf die Größe einer Rosine." Ich kippe das Glas weg.

„Yeah Sandra! Genau!" Rose und Stella leeren ihre Gläser auch direkt und Rose füllt gleich wieder auf.

Wir lachen. Der Champagner entspannt mich. Ich lege mich wieder hin und strecke meine Beine in die Luft.

„Sandra?"

Ich hebe meinen Kopf und sehe nur den Umriss eines großen Mannes. „Ja?" Ich setze mich auf und schaue ins Gesicht von Leonardo. Ich weiß gar nicht, wie ich reagieren soll. Mein Herz schlägt schneller. Sofort. Mir wird heiß. Leonardo! Ich stehe auf, umarme ihn kurz und entschuldige mich, dass ich schon ein bisschen torkle.

„Hey, wie geht es dir?" Er lächelt mich an und hebt mich bei der Umarmung ein bisschen vom Boden hoch.

„Ehm, mir geht es gut. Darf ich dir meine Freundinnen vorstellen? Das sind Stella und Rose." Ich drehe mich zu ihnen um und mache große Augen. Nur sie können es sehen. „Das ist Leonardo. Ich habe euch von ihm erzählt. Wir waren zusammen in Melbourne beim Festival und er hat mich auch einmal in Sydney besucht."

Stella und Rose nicken und strecken ihm ihre Hand entgegen zur Begrüßung und klimpern mit den Augen.

Leonardo bückt sich, gibt beiden die Hand und stellt sich kurz vor.

Ich stehe immer noch schockiert da. 100 Meter weiter drüben fummelt Ruben mit einer Frau rum und hier steht Leonardo vor mir. Jetzt fehlt nur noch Santiago, dann ist das Trio komplett. Ich werde total nervös.

„Leonardo, bist du allein hier? Wir haben noch Plastikbecher. Willst du etwas Champagner? Setz dich doch zu uns und stoße mit uns auf diesen wundervollen Tag an. Es gibt genug für alle." Rose lächelt Leonardo an und zwinkert mir zu, während ich hinter seinem Rücken meinen Kopf wie wild schüttle.

„Jaaa, eine gute Idee. Setz dich zu uns, Leonardo." Jetzt fällt mir auch Stella noch in den Rücken.

Ich verdrehe die Augen.

Leonardo dreht sich zu mir um. „Ich habe keine Pläne, soll ich mich zu euch setzen? Was sagst du, Sandra, störe ich auch nicht?"

„Nein, alles gut. Ich freue mich, dich wieder einmal zu sehen. Setz dich zu uns." Ich ergebe mich der Situation und schenke mir Champagner nach.

„Was machst du in Sydney, Leonardo?" Stella schaut ihn interessiert an.

„Ich wohne seit zwei Monaten wieder hier." Er lächelt und sieht mir in die Augen.

„Hast du hier einen neuen Job angenommen?", fragt Rose.

„Ja, ich wollte schon lange wieder zurück nach Sydney kommen, aber ich habe immer gesagt, dass es für die Liebe oder für einen guten Job sein muss. Jetzt habe ich den perfekten Job gefunden."

„Hm, cool." Mehr bringe ich nicht raus. Ich trinke mein Glas leer und schütte wieder nach.

„Wie war das noch einmal mit euch beiden? Sandra, hattet ihr noch Kontakt? Ich kann mich nicht erinnern." Stella schaut mich unschuldig an. Ich könnte sie erwürgen.

„Na ja, Leonardo musste zurück nach Melbourne und ich war noch mit Ruben liiert. Wir wollten uns erst wieder kontaktieren, wenn die Geschichte mit Ruben durch ist."

„Ah okay, ja klar. Zum Glück ist das schon eine Weile her mit diesem Idioten." Rose lächelt unschuldig. Diese zwei Weibsbilder. Ich fasse es nicht.

Leonardo schaut mich ernst an. „Dann läuft die Geschichte nicht mehr mit Ruben?"

„Ja, vor allem wie die Geschichte geendet hat, war nicht allzu schön. Aber ihm geht es gut. Sieh mal da drüben." Ich gebe ihm den Feldstecher. „Er sitzt 100 Meter weiter drüben und macht mit irgendeiner von seinen unzähligen Eroberungen rum. Wenn das arme Ding wüsste, was er für ein Teufel ist."

Schlimmer kann es nicht werden. Leonardo nimmt den Feldstecher. „Ach jaaa, stimmt, das ist Ruben. Hat er zugenommen? Ich finde, dass er dicker ist!" Er legt den Feldstecher wieder weg und grinst mich an.

Wir lachen alle und die Spannung fällt von mir. Leonardo hat so eine tolle Art, dass die Situation nach fünf Minuten aufgelockert ist. Wir verbringen zwei Stunden zusammen im Garten und dann packen wir unsere Sachen zusammen.

„Wo wohnst du, Leonardo?"

„In Darlinghurst, also zirka 25 Minuten zu Fuß von hier. Ganz in der Nähe des Green Parks."

„Oh okay, das liegt ja auf meinem Weg. Wir können ein Stück zusammen gehen." Vielsagend sehe ich meine Freundinnen an.

„Stella, kommst du mit mir in die Stadt? Ich muss noch ein Kleid für die Geburtstagsparty meiner Schwester suchen." Rose und Stella schauen sich an und sind sich einig.

Wir verabschieden uns und spazieren los. Leonardo trägt meinen Picknick-Korb und ich trage die Kissen.

„Sandra, wieso hast du dich nie bei mir gemeldet?" Sein Blick verrät mir, dass er ein bisschen verletzt ist.

Ich mache eine Pause, bevor ich antworte: „Die Geschichte mit Ruben ist nun schon Monate her. Das Ganze hat mich so sehr verletzt, Leonardo, dass ich mich verkrochen habe. Ich bin nicht eine Sekunde auf den Gedanken gekommen, mit irgendjemandem Kontakt aufzunehmen. Ich war nicht mehr tanzen und ich hatte keine Männergeschichten. Ich habe einfach meine Wunden geleckt. Erst seit kurzer Zeit bin ich über die Sache hinweg. Tut mir leid, dass ich mich nie gemeldet habe. Meine Gefühle für dich waren echt, als wir zusammen waren. Ich war immer ehrlich." Ich schaue ihn offen an und lächle entschuldigend.

„Okay, ich hatte ehrlich gesagt auch nicht damit gerechnet, dass du dich meldest, aber ich hatte es gehofft."

Ich bekomme ein schlechtes Gewissen und weiß nicht so richtig, was ich sagen soll. „Hast du eine Freundin oder nur einen Job hier in Sydney?"

„Ich habe keine feste Freundin, nein." Wir kommen am Kings Cross an.

„Hier teilt sich unser Weg. Wollen wir uns mal zum Dinner treffen? Ich koche für dich und zeige dir meine Wohnung." Den Ausdruck in seinem Gesicht kann ich nicht recht deuten.

Ich bin unsicher. Es fühlt sich falsch an, mich mit ihm zu verabreden, nachdem ich mich nie wieder bei ihm gemeldet habe.

Leonardo sagt: „Ich rede nicht von Sex oder einer Beziehung, Sandra, ich rede bloß von einem Essen."

„Ja, das klingt gut", entscheide ich. Wir verabreden uns für Mittwochabend und verabschieden uns.

Ich befinde mich in einer emotionalen Achterbahn. Was für eine Woche. Gestern hatte ich Sex mit Santiago, heute sehe ich Ruben in Action mit einer anderen Frau im Park und zur Krönung wohnt Leonardo unserem Picknick bei. Das ist doch verrückt. Es fühlt sich an, als ob ich ein Fenster aufgemacht hätte und nun meine Wohnung durchgelüftet wird. Eine frische Brise oder vielleicht auch ein Sturm. Ich lächle. Nur so für mich.

43

Ich mache mich auf den Weg zum Tanzstudio. Es ist mir unwohl, als ich das Studio betrete. Ich versuche, die Nervosität zu verstecken.

„Heeey Santiago." Ich lache verlegen und werde feuerrot.

Er umarmt mich herzlich, hebt mich hoch und dreht mich im Kreis. „Komm schon, Sandra, du brauchst nicht so verlegen zu sein." Er küsst mich auf die Wange und lacht.

Ich lache mit und fühle mich gleich viel besser. „Uff, danke, ich dachte zuerst, dass ich es nicht ins Studio schaffe, weil ich so nervös bin!"

„Ach was, hör doch auf. Ist alles okay, entspann dich. Wir sind in erster Linie hier zum Tanzen." Er zeigt auf den Spiegel und ich seufze.

Nach dem Gehen tanzen wir. Heute ist er sehr auf die Technik fokussiert. Wir halten jeden zweiten Schritt an und besprechen den Winkel vom Fuß, die Gewichtsverteilung und die Haltung. Die Zeit vergeht wie im Flug. Nach dem Unterricht wechsle ich meine Schuhe und es Zeit für klare Worte. Ich atme tief durch und sage: „Sei mir nicht böse, aber ich will keinen Sex haben heute."

„Oh, was ist passiert?" Er schaut mich besorgt an.

„Es hat nichts mit dir zu tun. Ich habe gestern jemanden getroffen, den ich schon lange nicht mehr gesehen habe. Ich würde gern herausfinden, ob das zwischen uns was werden könnte. Daher passt es irgendwie nicht mehr, wenn ich jetzt mir dir schlafe."

Santiagos Blick ist warm. „Sandra, das ist doch kein Problem. Ich fand unser Date wunderschön, und wenn du je wieder Lust hast auf mich, dann melde dich. Ich hätte dich so gern in deinen süßen Po gevögelt, aber ich verstehe das." Er zwinkert mir zu und grinst frech.

„Haha, ja, darauf war ich auch sehr neugierig. Wer weiß, was die Zukunft bringt. Dann gehe ich jetzt nach Hause. Danke, mein Lieber." Ich umarme ihn und gebe ihm einen Kuss auf die Wange. „Santiago, danke, ich liebe den Unterricht mit dir und unsere Zeit war wundervoll. Ich melde mich für einen neuen Termin bei dir." Ich umarme ihn noch einmal und gehe.

44

Am Montagmorgen im Büro werde ich schon von meinen Freundinnen empfangen an meinem Schreibtisch.

„Sandra! Wir müssen einen Kaffee holen!" Rose packt mich wie so oft am Arm und zieht mich zum Ausgang. Ich kann nicht einmal meine Jacke ausziehen. Wir lachen. Rose und Stella schauen mich an, als ob sie gleich platzen würden.

Wir verlassen das Gebäude. „Erzähl!"

„Was wollt ihr wissen? Also ich hatte gestern keinen Sex."

„Oh, wie schaaade! Ich war so gespannt, wie das ist mit so einem großen Ding im Po." Rose kichert.

Stella schaut mich ernst an. „Lass mich raten, Leonardo hat dir einen Strich durch die Rechnung gemacht. Mein Gott, der Typ ist ein Gott, er ist ja so nett und so schön und so intelligent und so groß und so sexy. Ich kann mich gar nicht mehr erholen von diesem Mann!" Sie hebt theatralisch ihre Hände hoch in die Luft. „Hat er noch etwas gesagt? Ist er Single?"

„Ja, er ist Single und ja, ich habe gestern tatsächlich bei Santiago gekniffen, weil ich einfach das Gefühl hatte, dass es unter diesen Umständen nicht passt. Das Treffen mit Leonardo hat in mir tatsächlich viele Gefühle ausgelöst und Hoffnung. Ich will dieser Sache Raum geben. Wir treffen uns am Mittwoch zum Dinner bei ihm."

Rose staunt. „Oh, wow, Sandra. Hättest du das vor zwei Wochen gedacht? Ist doch verrückt, wie sich alles auf einmal geändert hat!"

„Nein, nie im Leben. Aber es tut gut. Ich habe das nur euch zu verdanken. Der Tango-Gutschein wandert auf jeden Fall in die Box." Ich lächle verschmitzt und drücke meine Freundinnen liebevoll an mich.

Am Mittwoch fahre ich von der Arbeit nach Hause, füttere zuerst Mokka und dann stelle ich mich unter die Dusche. Meine Gedanken kreisen um Leonardo. Ich will heute schön aussehen. Oder ist das zu viel? Vielleicht sollte ich mir nicht zu viel Mühe geben. Was soll das, Sandra, hör auf! Ich werde total nervös. Wir haben uns so lange nicht mehr gesehen und jetzt ist alles anders. Ich bin frei, und wenn ich an Leonardo denke, springt mir mein Herz fast aus meiner Brust. Ich habe keine Ahnung, was er will.

„Okay, Sandra, beruhige dich." Ich schaue mich im Spiegel an und strafe mich mit einem strengen Blick. „Sandra, du übertreibst es. Es soll so aussehen, als ob du dich nicht bemüht hast! Himmel." Ich binde mir einen Pferdeschwanz. Dann suche ich mir eine Jeans und ein T-Shirt raus. Ich schaue mich noch einmal im Spiegel an. Perfekt, total locker und nicht overdressed. Na dann. Los geht's!

Ich spaziere zu Leonardos Wohnung oder besser gesagt zu dem Reihenhaus. Wow, wie schön! Ich klingle und gleich darauf öffnet sich die Haustür schwungvoll, als ob er dahinter gewartet hätte.

„Hi Sandra! Du bist tatsächlich gekommen! Komm rein." Er strahlt mich an. „Es ist so schön, dass du hier bist. Ziehst du bitte die Schuhe aus. Falls du Hausschuhe brauchst, kannst du diese hier anziehen. Die habe ich extra für Gäste gekauft."

Ich bin total sprachlos. Was arbeitet der Mann? Das Haus ist ja riesig und superschön! Ein bisschen eingeschüchtert von dem ganzen Luxus folge ich Leonardo auf Zehenspitzen. Wir betreten seine Wohnküche, die in einen schönen Wintergarten führt.

Leonardo fragt: „Hey, alles okay?"

Ich nicke und flüstere. „Jaaa, ich wusste nur nicht, dass du reich bist!"

„Woher auch? Immerhin kennen wir uns nicht so gut. Meine Eltern besitzen ein paar Hotels. Aber mir ist das nicht wichtig. Ich lebe mein Leben." Er lächelt und winkt ab.

„Alles klar. Na ja, du kannst ja auch nichts dafür", gebe ich ironisch zurück.

„Hey, Sandra, du bist ein bisschen angespannt, was ist los mit dir? Tut mir leid, dass ich dir das nicht erzählt habe. Für mich ist das total unwichtig." Er schaut mich besorgt an.

Ich schüttle meinen Kopf. „Alles gut. Wirklich. Ich bin nur von diesem wunderschönen Haus beeindruckt. Außerdem haben wir uns lange nicht mehr gesehen und irgendwie macht mich das jetzt nervös."

„Komm, wir trinken ein Glas Champagner." Er öffnet eine Flasche Dom Pérignon und füllt zwei elegante Gläser, dann reicht er mir eines und blickt mir in die Augen. „Sandra, ich bin so froh, dass wir uns im Park begegnet sind." Wir stoßen an und ich trinke das Glas in einem Zug aus. Das scheint wohl mein Ding zu sein, wenn ich nervös bin.

Leonardo beobachtet mich und grinst. „Noch ein bisschen?"

„Ja, gern. Tut mir leid, ich bin so nervös! Ich weiß auch nicht, was mit mir los ist."

Er schaut mich lange an, ohne etwas zu sagen. Ich werde rot und sehe aus dem Fenster. Die Stille ist mir unangenehm. Ich weiß nicht, was ich sagen soll.

„Komm, wir setzen uns in den Wintergarten. Dort ist es gemütlich." Er geht vor und ich folge ihm wieder auf Zehenspitzen. Herrgott, wieso bin ich so verdammt angespannt? Ich schließe meine Augen und schüttle mich.

Leonardo zieht eine Augenbraue hoch. „Sandra? Du benimmst dich wirklich merkwürdig."

„Ich bin so nervös, Leonardo, ich kann mich nicht entspannen. Ich weiß nicht, was mit mir ist. Der Champagner bringt auch nichts. Ich drehe durch!" Ich schaue das gemütliche Sofa an und mir wird ganz flau im Magen, dann sehe ich mich um nach einem Einzelsessel.

Ich merke, dass er es lustig findet, wie ich hier meinen inneren Kampf kämpfe auf Zehenspitzen.

„Sandra, ich denke, dass ich weiß, was los ist. Darf ich kurz helfen?" Leonardo zieht mich an sich und ich falle ihm in die Arme.

Er hält mich eine Weile so und dann flüstert er mir ins Ohr: „Ich war auch nervös, Sandra. Ich habe mich auch so gefreut auf dich. So sehr, Sandra, und auch meine Gefühle sind unverändert." Er fährt mit seiner rechten Hand hoch in meinen Nacken, beugt sich zu mir runter und küsst mich. Ich schließe meine Augen, küsse ihn auch und dann sage ich: „Leonardo, ich bin so froh, dass wir uns wiedergefunden haben, und dieses Mal im richtigen Moment, am richtigen Ort und zur richtigen Zeit."

~ Ende ~